九歌一一一年小說選

楊富閔●主編

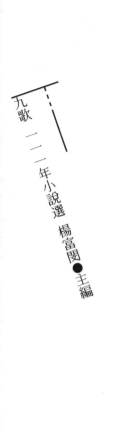

得獎感言　改變來自行動

廖鴻基〈雙魚〉、〈赤那鼻〉、〈桃花〉、〈食戒〉

感謝九歌及評審委員的認同與鼓勵。能獲得小說獎項，於我而言，意義非凡。

小說是我寫作以來，一直想寫卻又受限於能力與時間但又念念不忘的文類。過去因為生活壓力，時間被切割零碎，往往居無定所，在車廂旅店甲板上來去，在時空流動中過日子，散文因篇幅規模相對較容易著手，因此，過去的書寫以散文為主。也僥倖獲得九歌九十五年年度散文獎，以及其他散文獎項。

過去的散文作品曾被認為「有寫小說的企圖」，也有不少文章被認為是「遊走在散文與小說邊緣」。其實因緣際會成分居多，並非刻意。

一一〇年下半年，台灣受COVID-19疫情三級警戒影響，公開活動（包括海上）幾乎完全停擺，因禍得福的形容並不恰當，但確實因而意外獲得三個多月關起門來不再四處奔波的空檔。這段時間，我把存放在心頭二十多年的小說拿出來試試。寫作過程中，儘管時常遇到「散文日久，小說起步」慣性與生疏上的挑戰，但心情時常因為寫小說而振奮而開朗。三級警戒解封後，順利完成《最後的海上獵人》，算是個人生平第一部長篇小說。

這段寫作期間，好幾次停下筆來跟自己說，這部作品若獲得肯定，將會是往後從散文跨界到小說創作的莫大鼓勵。

這樣的轉型改變會不會太慢？都一把年紀了，任何領域都是英雄出少年。但回想自己走向文學創作也是三十才開始。我是進入討海工作時同步開始寫作，並非早早起步的文藝青年。是因為海、因為魚，因為有太多這方面的故事想跟人分享才開始寫作。

一一一年長篇小說出版後，不曉得為什麼，開始一日一夢。魚和海，每天晚上在我的夢裡以不同戲碼、不同手法展演。而且是變形離奇的非現實情節占大多數。這段時間，每天醒起，習慣動也不動地賴床十分鐘，不是貪睡，是因為怕忘記夢境所以多躺十分鐘來回味情節，因為怕模糊掉所以不敢妄動。這樣的「魚夢」持續了五十二天，寫成《魚夢魚：阿料的魚故事》由五十二個短篇組成的短篇小說集。

這一年來因為試行「拜訪太平洋抹香鯨計畫」，常在海上來去，一趟航班從三・五小時到五小時到八小時，海上時常戰戰兢兢，我站在頂層甲板上眼神專注來回搜尋海上鯨豚線索，航程中很少坐下來休息。計畫夥伴們說我「續航力」驚人。

富閔在通知我獲獎信函中也提到「文學續航力」。也許這就是海洋精神，也是海洋文學的特性吧。

得了九歌年度小說獎，感謝這兩本書中的每一條魚、每一個人，感謝老天賜予的每一個夢。回想前年嘗試小說創作的心情，榮獲這個獎，等同於是跟自己續約，履行繼續寫小說的自我承諾。如此轉折過程中我深刻體會，改變從不嫌晚，改變來自行動。

目錄

楊富閔　與小說共存的一年——《九歌111年小說選》編序　9
1 姜天陸　坑道　21
2 王仁劭　三合一　46
3 蘇朗欣　右直拳　73
4 張亦絢　上路的遊戲　95
5 阮慶岳　作孽的人生　114
6 周芬伶　河流的永　134
7 鍾文音　蝴蝶所愛的少女　159
8 廖鴻基　雙魚、赤那鼻、桃花、食戒　175

9 許獻平 十一公 190
10 桂春・米雅 山風 214
11 林楷倫 豬味 231
12 吳佳駿 川上的舞孃 240
13 陳柏煜 愛的藝術 272
14 陳禹翔 我們對於風箏的悼念方式 295
附錄 一一一年年度小說紀事線上版 邱怡瑄 319

《九歌111年小說選》編序

與小說共存的一年

——楊富閔

不知道你會怎麼定義剛剛過去的一一一年？誠惶誠恐接下一一一年年度小說編選的功課，伴隨疫情漸漸解封的生活，幾乎終日我都提醒自己一件事情：今天台灣哪裡有小說？我要去把它印回來；不印下來，我的手機也躺著無數小說書訊的截圖、連載，乃至相關研討、徵獎、座談的資訊，從徵稿期間一路追蹤到年底放榜。我正過著與小說共存的日常，頭頂罩著一朵繞著小說大數據而蔓生的文字雲。有一天，我在《鹽分地帶文學》讀到許献平老師的〈十一公〉。從頂溪捷運站上車之後，沒有打算要去哪裡，莫名其妙地下了一站，可能是中正紀念堂吧；又像被誰牽著搭上另一列剛剛入站的班次。這樣來來回回把這一篇描述十一公「討」起廟的故事給讀完了。那個台語發音的「討」字太生動，讓人入迷、入神，全神關注。我的日子本就繞著文學在跑，今年C位讓給小說來站：讀小說、寫小說、評小說、分析小說。一年下來，我才發現收穫或者改變最大的應該是我——一一一年我也開始起筆自己的長篇，同時蒐整散落多年的短篇。原來編選小說同時也在重建自己的小說認識，梳理我的小說「學習歷程檔案」，所以我要特別感謝今年應允選入的十四篇小說作者，一則你們的作品增色且擴大了一一一年度台灣小說的視野，並且無形啟引了仍在小說路上摸索與學步的我。

回到小說選的脈絡。創辦於民國五十七年的年度小說選，它在台灣小說史的進程已逾半個世紀。我的手邊收有一本隱地先生編選的《年度小說選資料篇》，整本細細讀完，其氣魄其規模，儼然得與小說史並肩。年度小說選也是我寫作論文的良師益友，我的許多問題發想都是從值年序文與收錄作品的重讀之中閃現的。然而年度選作為一年之選，縱然有其時間斷代的局限，以及主編審美的識見不見；重讀或者重返某一年度的選集，一直是我對錶、校準文路的方法。選集是我的浮木——它提醒著我：台灣小說（可以）是這樣走過來的。

所以，不知道從上世紀一路走到新世紀的年度選，平常它都擺在你的書架的哪個位置？擺在哪裡，一概格格不入，它只能自成一個時區，所以我都放在鞋盒。它已陪我從東海台大，一路遷移到了現今的永和。細細呵護。無法割愛。而且它的本數正以不可逆的氣勢持續累積下去。其中幾本，在我出生之前發行，讓人念念不忘：比如多次編選年度選的小說家季季，她在《六十五年短篇小說選》慧眼選入了當時仍是新人，後來的國民作家吳念真；比如《六十七年短篇小說選》李昂一度欲選當時已屬前輩作家潘壘的〈鋼血〉，雖未入選，卻也因此留下一筆珍貴的文學文獻；又比如小說家李渝以後常被學界引用的一句「讓文學提升政治／讓文學歸於文學——〈江行初雪〉不是政治宣言」實是剛柔並濟地應答了《七十二年短篇小說選》主編李喬的一篇序文；雷驤編選的《八十一年短篇小說選》皆替當年入選作品畫上一幅別緻的插畫；陳義芝的《八十二年短篇小說選》封面標記一九九三歲次癸酉肖雞。他選入了葉石濤相當關鍵的一篇〈玉皇大帝的生日〉。

對我來說小說選與小說史是連動且參照的，而重讀或者重返某一年度的選集：有時你從某篇當年頗為爭議小說入門，就此碰到時事與時代的趨勢；有時欣見作家的一鳴驚人的少作，才知其以後風格的變與不變。所有的重讀都是作品生命的新生，所以我相信每一本年度選也都努力溢出「年」的界限。每一篇作品不單單只是一年之選，放回作家寫作脈絡更能見其大見其全。

值得一提的是，年度小說選的取樣範圍，除了九歌編輯部定期定額從報端雜誌等平台掃描複印而來的小說；我在編選過程，隱約留意到了一一一年小說出版與寫作的幾個現象：其一是經典作家的全集／選集出版。包括了《新編鍾肇政全集》、《鄭清文全集》與《李喬全集》。以及印刻系列性重出的朱西甯小說。《一九四九來台日記》與《非情書》更是一一一年台灣文學的重要收穫。以上經典名家的共同交集，除了定錨小說此一文類，這幾位寫作投石問路於四九以後第一個十年的大家，作品紛紛在一一一年度整隊就位。此一現象，無疑提供我們重新探討「五〇年代台灣文學」的一個契機，以及再度提醒了我：台灣小說也可以是這樣走過來的。其二，高等教育與小說生產的互動值得關注。修業與創作的關係怎麼討論？碩論與成書之間的距離如何丈量？以創作等同論文的模式演化成為小說樣數的一個來源，我也因此登入國家圖書館下載了幾本公開的碩論。原來這裡也有小說。戰後台灣小說與學院體制的關係密不可分，台大外文系《現代文學》的故事是我們比較熟悉的。面對此一趨新當令的文學現象，其實我充滿了敬意與期待。它正滾動式修正文學既有的讀寫評編模式。創作遍地開花，每一所大學都潛藏著飽滿的文學量能。

以上初步回顧《九歌一一一年小說選》的編輯緣由，與其周圍的訊號，以下概述今年收錄的十四篇精采的作品。

首先登場的是姜天陸的小說〈坑道〉。我最初接觸姜校長的作品，是他發表在世紀之初的《南瀛白色恐怖誌》。國中時期就對台灣史興趣濃厚，該書於我影響相當深遠。〈坑道〉這篇小說收錄在二月發行的《擔馬草水》，拉開了民國一一一年的大幕。《擔馬草水》是一本完成度高的短篇小說，作者對於教育空間與軍事空間的捕捉格外深刻。而就單篇〈坑道〉來談，姜天陸將始終伏流於台灣小說書寫脈絡的軍事題材，重新搬上檯面；並把小說場景調度前線金門。故事描述具有教師背景的主角進入位階分明的軍事體系，並且側身於各種簽呈公文與密件之間，小說寫的是人事，人事卻是最難的。姜天陸始終保有一絲批判的清醒與抽離的自覺。〈坑道〉收束在一個意味深長的結尾。「你真年輕。」這四個字讓讀者毫無防備。小說到了盡頭，我們來到洞口。再下去沒有了。那四字是肯認、祝福、慨歎，還是標語宣言？真是一篇好厲害的小說。

新人王仁劭的〈三合一〉在第十八屆的「林榮三文學獎」，它以獲得四位評審首選的高票掄下首獎。賽鴿題材在台灣小說書寫並非首見，一一一年的金馬獎恰好也有一部《一家子兒咕咕叫》。〈三合一〉的優點首先在於將讀者不諳的賽鴿術語，轉化鑲嵌而成好看的情節血塊；中部地景的描述也是這篇小說的亮點，文字之中似是挾著風飛沙；而「放飛」作為一種繪測時間與空間的賽鴿詩學，作者巧妙踐予在一段將爆未爆的地下戀曲。〈三合一〉這篇小說處處埋伏危機，我因此認為「小冰糖」這隻並不合群的粉鳥可以是〈三合一〉的一個破口，流瀉著作者的有情。它且是一個關乎說故事的初衷，隱喻一種寫作的身姿，與其可能性。

去年冬天我在東華大學駐校，讀到香港青年作家蘇朗欣的另外一篇作品，非常驚豔。幾乎同時，我在台中文學獎讀到她的佳作〈右直拳〉。蘇的小說有極其穩健的敘事力道，用字明確、到位。收入年度選的〈右直拳〉也是一篇平衡感十足，剪裁俐落的小說。〈右直拳〉以世紀之交的香港作為背景，一路從非典型肺炎SARS寫到近年以來的抗爭運動。蘇的筆下盡是時代縫隙掉出來的小人物。作者在小說〈右直拳〉發明了一種「關係」叫做「岑政賢與郭婉柔」。只是岑郭兩人究竟是冤家、同窗、芳鄰、一起長大的舊識，或者只是運動現場相互掩護的「我們」？則就有待年度選的讀者定義。「我們決定來一場真正的敘舊」是這篇小說最令人拍案的一道金句。必須畫線。蘇朗欣的這一記右直拳持續且有力地演繹著運動與書寫之間的奧義。

抒情與政治的共構則一直是張亦絢小說的特色，兩股力量交錯在小說之中的結果，它在〈上路的遊戲〉之中即是關乎睡眠與風向的詩意描述。這一篇〈上路的遊戲〉張亦絢再度以其迷人的敘事聲腔，獨語一般的行進方式，恍兮惚兮之間，通過莉娜目光，引領讀者一起抵達了一國之門的機場。機場、航廈、國門……等空間隱喻自不待言，張亦絢亦在小說中提出一種「清醒不寧症」，間接回應與賡續了台灣小說自解嚴以降始終纏繞不休的諸多認同議題。我喜歡第六節對於國旗的不確定性捕捉，旗的聯想固然直接明確，可是在張亦絢寫來就是那樣的多義那樣的迷人。同時令我想起龍瑛宗發表於一九四五年《新風》雜誌創刊號的日文小說〈青天白日旗〉。張與龍分屬不同時代不同語系，卻一致以旗語入小說，未嘗不是一種對讀的方式。

阮慶岳、周芬伶與鍾文音可以說是當前此刻台灣小說的三位大將，三位作家正處創作的高峰期，而且正在持續突破，保持穩定的出書量，每每給予讀者閱讀的驚喜。阮慶岳的〈作孽的人生〉是一篇真誠動人的自傳小說，似是一個架構更為複雜的書寫的起錨，也可以視為小說家晚近多部精采長篇小說的跋涉之後，對於自我、離散與家族等命題的一次盤整。阮慶岳以孽逆寫愛欲，小說對於福州空間的點題，它複雜化了不僅是一道關於緣起的題目，也包含了從語言出發的寫作行動，及其未來可能的哲思推演。

阮慶岳的小說挾著濃厚的哲理況味，一紙相思，如此小說哲學化的還有周芬伶的〈河流的永〉。該文不妨與她的長篇《濕地》並讀。〈河流的永〉彷若古文明的沉船，或者古台北湖的遺跡，或者是令人心疼的瘀血烏青。周芬伶同樣以「愛」做擺渡，近期作品始終閃現一個不存在的「詩人」。這在「海底世界」閃現的「新文藝」的一詞，掀出底牌，給出靈光，照見周芬伶自《花東婦好》以至《隱形古物商》，實是存在一個對於大寫「文」的傳統的抗辯、糾葛與發明。背後涉及「現代文學」此一概念在戰後中文學界的從開始到現在。周芬伶一直強悍地進行著她的古今之爭。

〈河流的永〉終於一場黃蝶紛飛的竹林蟲洞。同樣位在小說高峰狀態的鍾文音，她的〈蝴蝶所愛的少女〉是《命中注定誰是你：甲木薩與雲遊僧傳奇》的單篇，單篇閱讀亦可成立。我們不妨留意小說中李雁兒的導覽員身分。小說藉由口頭的導覽、佛理的解經，與書面文字的銘刻，提醒我們晚進鍾的文體的形成。鍾文音一方面在纏綿悱惻的修辭迴路，總能祭出一個恰到好處的轉場設計；另一方面在面對經典題材與宏大命題，熱帶南方的敘述聲音適時突圍而出，那是李雁兒也是鍾小娜，也是長伴長照天可汗身邊的「我」吧。鍾文音留給讀者的印象是大部頭的長篇，〈蝴蝶所愛的少女〉舉重若輕就給予了我們一個完整的宇宙，一門生生不息的鍾文音學。

阮慶岳、周芬伶與鍾文音三位小說家，近年之作都已溢出學界既有討論的架構，而在自身文論的建構，與文業的開創，持續耕耘並且豐饒。我的書架始終擺著阮慶岳的《林秀子一家》、周芬伶的《汝色》以及鍾文音的《在河左岸》。我很幸運能在一一一年度選入三位老師的最新小說。

民國一一一年是廖鴻基小說寫作豐收的一年。先是一月於聯經出版創作生涯的第一本長篇《最後的海上獵人》；同年又於六月發行收納五十二則魚故事的《魚夢魚：阿料的魚故事》。廖鴻基深耕海洋文學此一領域已近四十載，而其風格的轉變則在稍早的《大島小島》更見端倪。《大島小島》一系列的困境書寫，明顯可見廖氏語言與其文體的折變，以及擾動著海洋文學既有的範疇。海天浮沉。腳跡船痕。廖鴻基文學是建構台灣本土文論的重要資源，而它同樣業已溢出既有的論述架構，豐富了包含了海洋、島嶼，乃至環境生態等概念在內的讀法。廖鴻基演示了台灣文學一種類型的生成過程，與其邊界的此消彼長。什麼是文學？文學何以為？廖鴻基從海洋出發，他在無邊無際的航程之中，我們先是看見文學與生命教育的對話，文學與公共領域的連結；晚近一系列與女兒合作的插畫，則帶領我們看見文學與繪本，以及不同創作媒材既疊合又增生的可能性。展示著作家作品豐沛的生命力與續航力。

對我這樣長於世紀之初的文學青年而言，廖鴻基是課本走出來的海洋作家，卻也是台灣文學本土化工程不能忽視的一座經典。我讀廖鴻基文學，始終讀到文學寫作一種相當珍貴的品質：不安。廖鴻基的作品腔調輕聲細語，可是冊頁流轉之間，盡是海風與海湧。《魚夢魚：阿料的魚故事》是令人愛不釋手的一本好書。收入集中的四篇作品〈雙魚〉、〈赤那鼻〉、〈桃花〉、〈食戒〉原本隸屬不同篇章，我將它織成一個四則既是有情但又令人不安的連綴故事。廖鴻基曾以〈出航〉一篇動人的散文榮獲九歌年度散文獎。我很榮幸將一一一年度小說獎頒給廖鴻基老師，同時向他的文業表達深深的敬意。

我在採集一一一年的小說途中，許献平的〈十一公〉是我最早決定收入的一篇。許献平對於厲祠與陰廟的踏查寫作既深且廣，我也是許老師的讀者，他始終都在田野之中。這一篇小說藉由十一具屍首分離的骨骸，如何經由高課業的從調查到解謎，繼而微縮而成一部台民百年拓墾的血淚。許献平的〈十一公〉是用生命召喚出的一種小說範式，那樣的格格不入，那樣的與眾不同。這一條從田野文獻到小說創作的摸索之路，前頭至少走著吳新榮《震瀛採訪記》等台灣文史的先賢先行。〈十一公〉讓我想起一句俗諺：少年若無一擺憨，路邊哪有萬應公。設想你在荒郊野外不期而遇一座

「小廟仔」，大概也會遇到正在田調的高課業或者許猷平吧。許猷平擁有一張法力無邊的厲祠陰廟故事地圖。我們期待以後系列書寫的成書。台灣的小說也可以是這樣走過來的。

而當許猷平走進歷史的田野，桂春．米雅（Kuei Chun Miya）則拾起一片象徵「傳承」的陶片。一一一年桂春．米雅是第十三屆台灣原住民族文學獎的小說散文的雙料首獎。有沒有一種小說的範式就叫「山風」？這篇小說儘管設有五個相當工整的分段，然而串起小說精神的結構，是那不知從何吹來，但總來得正是時候的一陣風。第一陣山風吹來的時候，像是在笑，那正是慕雅蓋遭逢彷若收有千年故事的陶壺的關鍵時刻，慕雅蓋覺得胸悶；第二陣山風交織著Vuvu的笛聲與獵人的虐殺。第三陣山風吹在小說結尾，風勢助長燒火中的文物，卻指引出了慕雅蓋一條從自我出發的重建之路。

一一一年林楷倫獲獎連連，而且皆是全國性的大獎。資料所見至少就有「林榮三文學獎」的〈返山〉與「鍾肇政文學獎」的〈擬脹〉。說明林楷倫有著出色的小說技藝。一一一年林楷倫也出版了第一本書《偽魚販指南》。一一二年開始在《自由時報》主持一個專欄「家族移跡」。我以為三者的共同交集是家。而選入年度選的〈豬味〉發表在《聯合文學》雜誌，寫的正是一篇關於家的故事。這篇小說是林楷倫相當特殊的一個寫作面向：呢喃、斷裂與抒情化。擘畫出了一個有別於當前作品的鮮明風格，則又顯見林楷倫潛藏多面的創作量能。〈豬味〉篇幅不長，作者巧妙地將家屋搬至屠宰場附近，人物以此開始小劇場一般地上演著內心戲。作者善於捕捉當歸不歸的心理徵狀，感官書寫可以直接也可以細膩，一如小說描述那因提著過重的塑膠提袋，而已近乎滲出血絲的一隻手。那樣地扣住人心。

一一一年「葉石濤文學獎」頒出了設獎以來的第一個首獎，得主正是曾經出版小說《新兵生活教練》的作家吳佳駿。這一篇得獎之作〈爺爺和我說〉因為尚在連載，我改選收入的〈川上的舞孃〉，則是吳佳駿在「鍾肇政文學獎」的潛力獎。吳佳駿的風格同樣多變，〈川〉可以看見吳佳駿對於語言、寫作乃至翻譯理論的思索。〈川上的舞孃〉字裡行間始終瀰漫著一股水氣，一種氛圍的經營，作者鍛鑄一種相當特殊的抒情語調，處理的與其說是性別，可能更是我們鮮少觸及的友情、友誼，或者同窗袍澤，乃至各種人我關係的「群育」議題。

陳柏煜寫詩，寫散文評論，原來也寫好看的小說。一一一年出版雙書《科學家》即以蓋玻片載玻片等製作概念，藉以展現陳柏煜敏於形式的探究熱情，知性感性兼具則是作者的特色。〈愛的藝術〉沒有服膺任何一種寫作流派，或者回應時興的當令話題。我把它讀做陳柏煜寫作的一篇自剖，一篇青年藝術家的文論。陳柏煜正在更為廣義的「藝術」象限，坐標自己的所來所去。〈愛的藝術〉讀來充滿思辨的快感，這是一篇有意見有想法的作品。「定稿」何其艱難。〈愛的藝術〉展示小說技藝之際，陳柏煜也遞出了自己的創作論。

一一一年度選的壓軸之作是陳禹翔的〈我們對於風箏的悼念方式〉。陳禹翔也是入選者年紀最輕的一位，現正就讀台大人類系。〈我〉拿下台中文學獎的小說大獎，寫的跟台中一點關係都沒有。陳的小說展現初生之犢不畏虎的氣魄，別具速度感的敘事聲腔，小說開場就是一場隆重的喪禮，埋的卻是一紙風箏。風箏得以指涉的太多了：我以為陳禹翔一方面呼應了蘇朗欣在〈右直拳〉提案的「一場真正的敘舊」；陳則直指哀悼作為一種生存，乃至寫作的技術，如何「突破」？小說中的圖文接龍，特技一般，操演作者過人的敘事力；看似別具後設況味，卻在戲耍之中，昭示著新人新作，堅硬無比的創作信念。

以上十四篇小說，是為今年的年度小說選篇。台灣小說何其多，一定有更多的好作品，因我自身學養能力的不足而錯過了；然而我要真心推薦在你眼前的十四篇優秀的創作，同時感謝九歌出版社的信任，讓我有機會讀到這麼多精采的故事。與小說共存一年，我才發現自己也回到小說的隊伍了。

坑道——姜天陸

1

那晚他到師部時已近黃昏，他進坑道時覺得是另一個星球的地底，全身的肌膚被四周花崗岩伸出來的銳利指尖驚醒了。彎了幾處彎，才察覺岩壁頂的那盞日光燈明滅不定地眨眼，這時他確定還在地球上，他伸出手要丈量四周，卻一頭撞向側面岩壁。

這是戒嚴時期，這孤島在黃昏六點陣地關閉，稍晚宵禁。他前一晚被安置在大金門水頭碼頭附近的步兵營暫宿，穿破北風脊骨而來的達達槍聲，讓他一度醒來聆聽許久。

他少有機會拿槍了，他被分派入師部參一科，住進坑道中段，精確地說是坑道岩壁再挖進去的大洞窟，前半面是辦公處所，大約三部裝甲車身那麼寬，角落木板隔著有軍用吉普車身大的一間房間，是科長的辦公室兼寢室，再深進去是更寬的洞窟，那裡壁頂有一管從沒睡飽的日光燈，瞇著一隻白朦朦的昏眼，他勉強從迷暗中看出眼前擠滿了雙層鐵架床，有二、三十個鋪位，大都掛了蚊帳，後來他才體會到，這薄薄的蚊帳紗幕圍成了一座隱私的堡壘，即使隨時都會被掀開，大家顯然很享受在蚊帳內的片刻安寧。

他的床位在最靠外面的上鋪，是快被擠出寢室的邊界，再過去四米左右就是辦公室了，粗想就知道這是所有床鋪最沒隱私最吵雜的位置。但他清楚菜鳥沒得選擇，剛把黃埔背包放上床鋪，還沒有停喘，就去向科長報告。

「來了！要洗個澡，你身上都是柴油味和腐餿味，幾級浪？」科長望了他一眼，又低頭批公文。

「報告，七級。」

「那就翻白浪了，冬天大概都是這樣子，整個台灣海峽都是我們陸軍的嘔吐物。」科長放下筆，抬頭看了他一眼，笑著喊：「年輕人！我們師現在一團亂，第一次營移防，九千多名軍士官兵，你要先分清哪些是剛到，哪些正要走，你隨時要統計島上各單位的士官兵人數給我，還有那五個離島，每一個島都要掌握。爾後，每一次船期都要再統計一次。有問題問行政官，他不教就求他，求他，會吧！你們預官啊——永遠在交接中，他比你早來，這裡戰地業務和台灣不同，你問他。」

科長算是訓完話，訊息只有一個「問行政官」。

他兩個多月前到屏東的師部報到，將退伍的師父卻在一夕間接獲命令先遣到這裡，根本無暇交接，師父臨行前要他熟讀舊檔，約好兩人到這裡碰面再仔細交接，結果呢？師父先退伍了。

直到深夜十二點多，他總算把急件公文約略處理完畢，拿了臉盆和換洗衣物，出坑道要去洗澡。步出坑道口的水泥屏風，他被冰冷的海風摜退了一步，眼前的天空一片墨暗。

「長官，你要洗澡啊！」黑暗中有聲音。

「澡堂在哪裡？」

「長官你是今晚才到師部報告的吧？以前我沒看過你？」

「對。我姓蔡，士官兵人事官。」他忽然聯想到自己成了「菜士官兵人事官」。

一名衛兵自暗處中出現，指著左方建築物暗影處說，那廁所旁邊就是澡堂，不過，現在太晚，沒有熱水了，熱水在六點時被用手推車推來。

「那些熱水只夠洗那些梅花，」另一名還隱在暗處只露出槍身的衛兵說：「對一條槓的軍官來說，那熱水是神話，到退伍前能洗到就是神蹟了。」

苦笑。北風伸手伸腳推得他站不穩，他摸黑進浴室，摸黑一陣子，才打開電燈開關。這澡堂中間砌有一座水泥池，大約是一輛吉普車的大小，想來這應該是每日盛放熱水的水池，他伸手摸池內僅剩的一灘水，一陣冰凌。四周牆上，每隔一米左右有一座蓮蓬頭，一轉動它，噴出忽大忽小的水柱，把他臉面凍麻了，只見眼前冒起霧煙，哦！原來我是浴室內唯一的發熱物。他沖水，不斷地呼氣抖動。想起早上文書兵向他說的趣事，說他連上有一名天兵，前幾天洗澡在浴室大喊大哭，安全士官以為是什麼大事，持槍衝到浴室，這天兵捧著兩顆蛋蛋大喊他的小鳥不見了，安官蹲下去檢查，原來這天兵的小鳥被凍得縮進毛裡，安官只好命令他說：「把褲子穿起來，唱九條好漢在一班，唱完再脫下來檢查，小鳥一定會出來。」這天兵唱完歌，真的有掏出小鳥來，高興得大喊大叫。

洗完澡，他快步閃入坑道，馬上有一股溫熱烘暖他。原來這整座山是有心跳的巨大生命，坑道的熱度是從山的心臟處流湧出來的，如果他鑽進坑壁裡，會不會找到這座山最神祕的心臟處？這樣想像著，他走進辦公室，被喊住了：「過來。」

是行政官。

他把臉盆置放在辦公桌旁的地上，還沒就位，行政官刷地一份公文甩到他桌面。

「讀一讀。這是急件，這是新兵撥來本師的公文和名冊，」接著行政官又丟來一份公文：「明天一定要給師長批准，再慢你會死得很難看，這一份是上梯次簽稿舊文，你先讀一讀，參考上梯的公文，把這一梯的分配出來，明早八點前，我要看到簽呈和分配表。」

接著，行政官拿出兩張小便條紙，先吁了一口長氣：「媽的我又不是你師父，還教你這些——看清楚，要帶腦袋，這是師長和參謀長寫的便條，上面這幾個新兵，先撥到指定的單位，有指定單位的最先分，例如，你看，這個人，師長指定到衛生連，就先分到衛生連。如果沒有指定單位，就塞師部直屬連，再塞不下，就分旅部直屬連，明早給我看。」

他把便條紙湊得很近地研究著。

「看什麼看？你要不要拿去問師長和參謀長這是不是他們的簽名？」

「那……是先放戰車連還是旅部直屬連？記得師父曾說過他把一位有下條子的新兵分到戰車連，後來被釘慘了。」

「別再提你師父了，他現在是死老百姓。」行政官哼了一聲：「你自己看著辦，明早給我看過，再送師長批。」

「是。」

行政官又搖頭又嘆氣，回到後面的寢室區去了。

你自己看著辦——這就是答案。他研究上一梯撥兵舊文的附件：各單位兵力分配統計表。發現直屬連的缺額已經不多，尤其衛生連人數已爆編，倒是各步兵營的缺額還很多，唉！這些有關係的人是不願到步兵營的，誰要當乞丐兵？他決定除了便條紙上的五人編入直屬連外，其他新兵全數編入步兵營，遂開始埋頭工作，忽然一抬頭，壁上的時鐘已指向兩點多，整個辦公室盡是從後面寢室區追逐而來的打鼾聲。

早上他下床時，行政官已經坐在辦公桌前等他了。

行政官瞪著他，拳起右手敲敲桌子，接著從抽屜裡抽出一份公文，遞給他，說：「看看人家文書兵寫的字體，這是呈師長公文的標準，你被圈起來的字，都不行，你以為師長有時間猜謎嗎？你這份公文呈上去，會被釘得滿頭包。還有，你他媽的三營要上大膽島，你不知道嗎？缺額那麼多，先補不會嗎？你不知道他們營長給師長一通電話，搞不好你剛好去大膽島接人事官，給我全部重擬。」

「是。」

「師長和參謀長的便條紙呢？」

「蛤～」

「蛤什麼？」行政官把他的公文夾丟回來。

好像夾在公文前面呀！早上四點多他要上床前，還有印象，但現在卻怎麼也找不到了。

他把抽屜翻找了一遍，就是找不到。

行政官搖頭：「這兩張便條紙不能丟，你敢報告師長和參謀長便條紙丟了嗎？這是那些立法委員或總統府高官的關說名單，你丟了，師長怎麼回報？不釘死你才怪。」

他尋遍抽屜、桌墊、衣袋、褲袋、摸魚袋、垃圾桶與床上，就是找不到。再尋遍辦公室其他桌面，也沒有。只好趁行政官去早餐，大膽地翻找他桌面的公文，沒有。急得早餐沒去用，等到科裡的其他軍官都回到辦公室時，拜託他們翻看抽屜，也找不著。

近八點時，科長回到他的辦公室，馬上喊他進去，瞪了他一眼，道：「一大早我看到你桌面都是公文，全師的各單位士官兵分配表都沒收進抽屜，你卻睡死了。你不知道這裡是戰地嗎？洩密罪要進看守所的，他媽的外面有人喊十萬要買各種情資。爾後，每晚要睡前辦公桌面上的文件都要消失，密件都鎖進抽屜。」

「是。」

「你不知道我們剛移防來時，對岸每晚大喇叭一一唱名我們軍官的名字嗎？誰把名單洩出去的？戰地匪諜罪是重罪，這裡保防最大，別惹火上身，燒到我來了。」

「是。」

科長緩緩地打開抽屜，拿出那兩張便條紙。

2

他總算領回這一梯新兵並完成撥補作業，吁了幾口長氣，突然驚覺登島至今已過一週，這週他每夜僅小睡三、四小時，先是為了那份新兵撥補的公文就被行政官退了幾次，加上其他積壓的公文，他只能不斷熬夜趕工。

他意識到自己還未排下登島後的第一坨大便。慘了！等他蹲在馬桶上，使盡革命軍人的浩然正氣，逼了一身的汗水，只差沒把肛門直腸擠出來，最終排下五、六顆羊屎般的硬塊。唉！只能這樣了。

回到辦公室，熱鬧滾滾。行政官在痛罵一名下士文書──這司空見慣，不足為奇──軍官人事官也在大聲訓斥一名士兵：「到底怎麼回事？說出來。」這軍官人事官英挺高大，據說還是陸官正期生。

「……」士兵立正站得挺直。

「你他媽怎麼回事？我問你，到底誰那麼大膽，把我們參一的文書兵打到這樣還沒事？你們四營都沒有王法了嗎？」

這名瘦黑的文書兵戴著黑框眼鏡，右顴骨到額頭烏青一片：「報告……」

軍官人事官伸手壓了一下那士兵的額頭，那士兵慘叫一聲。

「再往上一點的話，你的腦袋要成豆腐渣了。這是被什麼敲的？你說！」

「……」

「不說，你在這裡罰站。」

那文書兵立正不動，緊抿著嘴唇。

「四營的——你們營長我同學耶！我搖電話給他，叫他查。」軍官人事官拿起電話，轉動電話手搖把。

「報告，我講！」士兵急了。

「到底誰打你？」

「……」

「我問話你沒聽到？是不是你自己脫哨被老兵揍？不對啊！你三勾老鳥了啊！誰還敢揍你？一定是士官長。」

「報告，昨天高裝檢，我們太累了，待命時就睡著，被旅長抓到，他叫營長修理我們，他就動手了。」

「他他他，到底是旅長還是營長動手？」

「報告，營長。」

「被我同學扁的，」軍官人事官搖頭：「不打勤，不打懶，專打不長眼，有人就是不長眼。你他媽的搞不清楚狀況，難怪會被打，機槍彈藥都被鏘走了你要被送軍法啦！難怪會被打。他用什麼打你？這樣一大片烏青不容易。」

「報告，營長用槍托打我，用腳踢我。」

「你還有哪裡受傷？」

「下面。」

「什麼？」

「睪丸。」

辦公室有人噗哧一笑，大家都抬頭看這傷痕累累的士兵。

蔡人事官看著眼前這個乾瘦的小兵被踢傷睪丸，還直挺挺地立正站著，痛苦地忍耐著，心中竟有一種殘忍的趣味。

軍官人事官語氣間帶著笑意：「我同學不是故意踢你的睪丸吧？這睪丸受傷怎麼醫？」發出嘖嘖聲音：「去找醫務兵看看，你睪丸有沒有破掉？」

「報告，沒破，但是走路會痛。營輔導長有拿消炎藥給我吃。」

「沒事的，革命軍人嘛！睪丸都比死老百姓的頭還硬，你向營長報告說我問候他，他的假要是准了，我會打電話告訴他，我會交代他對我們參一的文書要多照顧一些，出手不要那麼重，他奶奶的，沒事沒事。」

那士兵步到門口時，又被軍官人事官叫回，問他最近步兵營都忙什麼？士兵答說他們連隊已連續構工三、四個月，最主要是運動場聖火台、精神標語、排水牆等工程，前幾天又修戰備道，他們部隊每日要晚上十點才能回連上，再保養裝備，準備高裝檢，接著半夜要值衛兵，大家幾乎都睡不到三小時，累到連行軍時都要邊走邊補眠。

那文書兵離開後，軍官人事官拍拍自己微微隆起的小腹，吁了一口長氣，感嘆說：「我聽一位在步兵營的學弟說他們常常連續構工二十幾個小時，我還不太相信咧！看來是真的。這些步兵營都調去支援蓋工程，還要應付戰情和高裝檢，又下基地，步兵營長不好當啊！是說要打兵也不用自己動手，叫排長或班長動手就好了呀！」

辦公室的氣氛熱絡起來，幾人七嘴八舌地討論起哪幾個連長和營長會打兵。忽然停了電，大家喊說我們的發電機最近怎麼一直故障啊？

四周一片墨黑，辦公室裡每一個人的聲音都變成了蟲，貼著蔡人事官的耳朵爬著。他還感覺到坑道蠕動了一下，打了一聲飽飽的嗝，嘆了口長氣，那氣息輕觸了他的臉頰。他一陣麻顫，唯恐那背後巨大的怪物現身。

3

他已習慣坑道內的黑暗，就算臨時停電，他也不會打開手電筒。他會仰靠椅背，閉目養神，任由意念馳騁，腦海總會自動浮現多彩的事物：台南白亮的豔陽、開山路上火紅的鳳凰木、嘉南平原金黃的稻穗，當然，最常出現的是肥乳豐臀的女人。

這一天停電，他被一隻冷冰的手摸了臉頰一把。然後，他聽到水滴的聲音。

燈亮時，他才注意到頭頂的花崗岩石濕漉漉的含著水滴，四周的岩壁面，爬滿水痕。原來春天來了，整座山裡的水脈活了。

那天晚餐，他一進軍官餐廳，就感受到一股肅殺氣氛。等師長進來，喊開動了，五、六十位軍官，竟然連嚼飯菜的聲息都聽不到。他正忐忑猜想到底出了什麼事？突然，師長大喊參三科站起來，罵了一句「丟臉」，猛拍桌子，站起身氣呼呼走出餐廳。

所有軍官都草草用完餐，快步離開餐廳，沒人敢久留。

關於參三科的鳥事，傳得比精誠連跑五千公尺的腳步還快。原來參三某位少校軍官，在上週六陣地關閉後擅自離營聚飲，醉後精蟲衝腦，竟然拿著一把小剪刀闖入民宅，想找一名少婦辦那檔事，那少婦嚇得尖聲大叫，少校也驚嚇逃竄。事後，對方忌憚少校是師部軍官，平時又有數面之緣，只託村長帶話來警告一番就算了。想不到那少校大概是豬八戒轉世，又趁酒後溜進村裡，露鳥嚇壞了幾名婦女，其中一名還是少女。這次他被早已防範的百姓聞聲圍住後，竟拿剪刀要自裁，那些百姓喊好叫讚要他下刀，偏偏他就僵持著不敢刺下，當場少校變成「被笑」。這次村民早有覺悟，不再姑息他，圍住他後通知憲兵隊，據說到場處理的憲兵看到是校級軍官也不敢依法處理，帶走人後，還建議私下和解。最後是村長和幾名村民找師部政戰處長檢舉，才依法辦理。這件事讓師部威信盡失，據說師長氣到高血壓發作，除了要求軍法官依軍法簽處外，還對參三科長行連坐處分，同時要求處置一同離營聚飲的軍人。

因為有了這件事，晚餐後，幾名別科室的中、上尉軍官來參一科串門子，圍著軍官人事官打屁，話題從參三科是「巴頓將軍」——每天要被修理八頓——聊起，一路扯到「當兵兩三年，母豬賽貂蟬」，再聊各種軍中謠傳的仙人跳故事。

「是說，他受不了，怎麼不會去捌參么（八三一）啊？」

「他有軍官的堅持吧！」

「以後建議國防部，初任軍官就直接閹割，這樣就天下太平了。」

「那先割參一科軍官人事官，當全師的示範。」

軍官人事官跳起來，抱著下腹大叫：「他奶奶的！」

大家精神亢奮，嬉鬧聲把坑道震得張嗓低鳴。

忽然，聲音緩了下來。

原來門口探頭進來一位少校。

少校把公文夾放到軍官人事官桌上，笑吟吟地環視一遍大家，馬上就出去了。

大家好像落了水濕了身，雖然還故作輕鬆，卻在乾笑兩三聲後都散了。

蔡人事官趁處理好公文，湊身到軍官人事官旁，問：「那人是誰？」

「誰？」

「送公文來的那人啊！」

「保防官。他送他的假單來，順道來看看大家，你知道的，保防官常常要聽聽我們在聊什麼？」

「哦？」

「沒事沒事。」軍官人事官拍拍他的肩頭。

這是他進入參一科以來最輕鬆自在的一夜，他難得悠哉悠哉地洗了澡，十一點多準備要早早就寢。

想不到行政官已在等他。

「今天你過得不錯啊！」行政官睡眼惺忪，沒等他回話：「下電話紀錄給各單位，明早八點前我要看各營和直屬連大專兵人數，然後，你做一份大專生比率統計表。再擬公文呈給師長批。」

「我有做全師的軍士官兵統計——」

「我要大專兵，你耳聾嗎？」

「哦！是全師的總計比率就可以？還是要分各單位比率？」

行政官不吭聲，敲了敲桌子。緩緩吐了一口長氣，才開口：「你的腦袋是豆腐渣嗎？」瞬即瞪他一眼：「師長要全師比率幹嘛？」

「我……不知道。」

「師長為何要做不知道要幹嘛的事？」

「哦！那是要各單位比率？」

「五營準備要上二膽和復興嶼，營長向師長打小報告，說他們單位大專兵硬是比別營的少很多人，迫砲沒幾個人會操作，戰力受到影響。師長要查各單位大專兵分配情形，尤其五營的大專兵比率是不是真的比較低。」

「是！」

「現在要是查出來五營大專兵真的比率太低，看你會不會被釘在牆上，參三科現在黑到發亮，你搞不好把參一科也搞垮了。明天中午科長就要回報師長，你明早八點前完成。」行政官仰身靠到椅背上，眼睛瞪向天花板：「你再混啊！」

他心中燎起一把火，握緊拳頭，起身步出辦公室。室外的坑道一片死寂，僅有日光燈眨著眼，映照著濕漉漉的坑壁。他久久無法平息心頭的怒氣。去他的行政官，如果真查出五營大專兵比率低，也是長期以來撥補不均造成的，這是一、兩年來的結果，每次公文也會你，你行政官沒責任嗎？我才接多久？要不是我和師父交接不順，我也不必受這般羞辱——就是一份全師各單位大專兵比率表嘛！幹嘛要講到好像天大的事？是科長向他要資料他才來找我做的？還是科長指示他轉達要我做？

他想起這四個多月來，行政官每每在晚上十一、二點的時段——甚至曾經掀開他的蚊帳喊他下床——交付他工作，隔天一大早就要成果，行政官交代完大抵就回床上大睡，留下他獨自摸索完成業務。這一段時間，他幾乎沒有安枕的一晚，科長和其他軍官，應該都看出行政官刁難他，大家卻沒有為他講一句話。

倒是很少來辦公室的上尉憲調官，前幾天忽然輕拍他肩膀，打氣說：「小老弟，你的事情多如牛毛，尤其才剛移防，最近狀況又多。我們這裡啊～背後沒有星星或梅花罩的人較辛苦，要不然就看血統，正期、專科、專修班，學長、同學或學弟罩，你這種落單的預官小少尉，沒人會罩你，就只能自己照亮自己囉！」

他聽懂憲調官的意思。

已是杳無人聲的時候，他拿起話筒，搖動電話，總機響鈴了很久才接通，顯然值總機的士兵在打瞌睡。

「你完蛋了，敢睡覺。」他抬高聲調責問。

「報告……長官，我出公差，剛剛才回連隊，馬上來值班，太累了。」

「軍人有講理由的嗎？你出什麼公差？」

「報告，戰史館要畫一幅大壁畫，師長一直不滿意，我們一再重畫，沒日沒夜地趕了快一個月了。」

他想起兩個月前科長親自下電話紀錄，要找繪畫人才，原來是為了這件事：「你們到底會不會畫？畫什麼鳥要畫一個月？還師長親自督陣。」

「報告，壁畫的主題是總長當年帶領部隊打八二三砲戰的情景，師長認為我們抓不到總長當年英勇的感覺。」

他了解這件事的重要：只要總長到這裡視察，看到自己雄姿英發的身影永留戰史館，對師長印象必然極佳。這真是一件大事啊！也難怪科長很慎重地一一面試繪畫公差。

「現在起我們有得忙了，我要下電話紀錄。」

「是。」

4

又到了各營與直屬連交月統計報表的日子，下級單位的人事官或文書兵絡繹進出參一科交資料。他不停地檢查各單位送來的資料，桌上堆的文件越來越高，背後行政官也不停地斥責下級單位人事官或文書：

「你腦袋裝屎嗎？」

「你們真是一群自掘墳墓的豬。」

「白痴都會你還不會。」

……

他也學會板起臉孔訓人，發現有效率多了。那些下級單位的承辦人，沒有威嚇他們，就會一直耍賴，一再拖延或是胡搞。反正混到退伍，就閃人。某些人，罵久了變老皮，任憑你怎麼罵，他們還是老樣子。

有時他不免會想，是他們太笨了，不，文雅地說，是智商不夠高嗎？還是因為每天瞎混？這是永遠無解的問題，沒有人能真的了解別人的動機與能力。他只能憑短暫的接觸去判斷、揣測，至於這些人面對他時的說詞與表情，是真是假，只有天知道了。

有次他與科長一起到下級單位視察內務環境，科長在吉普車上還有說有笑，到了營區門口瞬即換了一張嚴肅的臉孔。下車時，營、連級單位的軍士官兵全都一片肅然，畢恭畢敬地招待他們。

科長那時的嚴厲的臉孔，讓他嚇了一跳。事後科長對他說：我們今天是代表師長來視察內務。不怕官，只怕管。權力在我們手上，他們就該怕我們。尤其，我們師部軍官的氣勢絕不能弱掉。

氣勢。受預官訓時，連長也曾教過他們，身為一名軍官，就該有懾人的氣勢。連長還親自示範，在一兩秒內，如何由一張笑臉瞬間變怒。那時，他才體會到，人類的外在表情，有時只是表演，無關乎內心——他的師專教授，竟然沒有人教過這類的知識。

我已經有軍官的氣勢了嗎？他最近常常問自己。

忙碌到中午，他準備要去用餐，才舒了一口氣。

行政官在背後喊他：「你過來。」

他勉強起身，緩緩步到行政官桌前。

行政官啪一聲，將一份公文摔在桌上，瞪著他：「這份公文我不簽。拿回去重擬。」

「這……」他瞄了一下公文，原來是昨天擬的公文，依例每月都要發一次：「依往例都要會你，你也都有簽章。」

「我不簽章，重擬。」

「為何要重擬？」
行政官拍桌：「我要你重擬就重擬。」
「你有什麼道理？」他提高聲調。
「你——什麼東西啊你？」
一股氣上來，第一次，他鼓起氣勢，張大眼，瞪著行政官：「憑什麼叫我重擬？你是我長官嗎？」
「我是你師父。」行政官站起身指著他。
他知道這是該決裂的時機了，他往前一步，重捶行政官的桌子，喊：「我是士官兵人事官，不是你的奴才。你管好你自己的業務吧！」
「哇！這——」行政官氣急敗壞地猛摔公文，高舉拳頭。
他挺身站著，等著行政官揮第一拳，行政官是中尉，軍階比他大，他不能先動手。
行政官卻收了手，轉身去擂科長室的門：「報告科長！今天的事你要處理。」
科長在裡面冷冷地說：「我知道了。」
「科長，你都聽到了。我是他師父，他竟敢對我這樣。」行政官又大力捶門。
科長緩緩開門，步了出來，行政官緊跟在他身後嘟囔著：「今天不能這樣善了。」科長逕自走到行政官辦公桌前，看看辦公桌，搖搖頭，冷冷說：「沒事沒事。」說完，轉身走回科長室。

「科長，今天這事不能這樣善了。」行政官跟在科長後面。

「沒事，沒事。該簽章就簽章。大家準備吃飯了。」科長進入他的辦公室。

「科長——」

科長再也沒出聲，行政官只好無趣地離開科長室門口，回到辦公桌前，大聲喊：「今天這筆帳我一定要回來。他媽的一個小預官。」

「好啦！大家都同事嘛！」軍官人事官站起來拍拍大肚，笑著說：「參一科一條心嘛！」

蔡人事官回到自己座位，他全身顫抖，整個頭顱烘烘地燒著，汗水已濕透全身。他早在一個月前，就反覆盤算過，清楚自己已熟悉一切業務，他不願再被行政官當嘍囉使喚，而是要當一個能獨立行使職權的士官兵人事官，他必須承擔責任，也必須擁有尊嚴。那時他就決意要與行政官來一場公開的衝突與宣戰，他本來忌憚科長會挺行政官——目前來看，他賭對了。

不，現在還不是下結論的時候。他開始被一個念頭纏住了：如果行政官也抓準科長不管事的態度，暗中報復他呢？他開始隨時留意桌上的公文有否短缺，甚至在半夜驚醒，下床檢查加鎖的抽屜。他擔心行政官會到哪兒去參他一狀？或者是在他領新兵的過程中動手腳？他甚至期待行政官光明正大地來找他「釘孤枝」，如果有這一場對決，他寧願讓步多挨幾拳，來換取接下來安穩的軍旅生涯，也不願意再忍受這樣的煎熬。

5

幾天以後，他慢慢冷靜下來，檢視那些恐懼，盤算著：自己再怎麼說是一名預官，退伍時間一到，拍拍屁股走人，難道師長能關住他不讓退伍？除非自己進了看守所，那得要他犯了大錯，他能犯什麼大錯？他的言行都恪守軍法規範，除非——政治思想上的因素，因為沒人知道紅線在哪裡，容易誤踩犯錯。幸虧自己師專生的馴良形象有正面的作用，不像那些名校畢業的大專兵，多少被那些職業軍人忌憚，尤其他們又喜歡夸夸批評時政，讓那些遵從絕對服從的職業軍人如坐針氈。

到了春夏之際，坑道彷若變成一尾水蛇，壁面滑溜。某一天，他終於面對脫下鞋襪時的那股腥臭味——他本來無暇面對——原來自己的腳趾縫處和腳掌，已經起了水泡或破皮，難怪他總覺得那裡奇癢無比，是香港腳吧！他提醒自己得找時間去看軍醫。有一種傳言，說坑道內住久了，老年會得風濕的毛病，那得二、三十年的時間去證實，但是得香港腳，眼前，他親身驗證了。

那些隱藏在坑壁後的水脈都探出臉來了，棉被吸了太多的水氣而異常沉重，或者如大家嘲弄的是「畫了地圖」而改變了顏色，他每隔幾天就抱到後坑道曝曬，如果可以，他也想在太陽下曬個半天，讓身體徹底乾燥，可惜沒有這種空閒。

政四科的保防官來電話找他。他暗叫不妙。暗處的攻擊開始了嗎？

來到位於坑道口的政四科，彎過一道石屏風，他踏進政四科辦公室，有點福態的保防官起身，請他進一間小辦公室。

果然有事，他知道今天不是來純聊天的。

「只是找你聊一聊。」兩人坐妥後，少校保防官笑著說：「我們科內的文書兵還有兩個月就要退伍了，要麻煩你幫我們挑一位新文書兵。」

「當然，我一定挑一位讓你滿意的。」他緊繃的神經稍稍緩了下來。

「你才二十出頭，我們都三、四十歲了，你剛來時，我們都覺得你太小太嫩了，想不到最近看你就是個標準的師部軍官了。」

「哪裡，我的本質學能太差了，要學的還很多。」

「別客氣了，你也來半年多了，聽說你在外面是當老師的？」

「是，我本來是國小老師。」

「哦！國小老師……難怪你們科長會挑你，他有眼光。有件事，我想來想去，也許你能協助。」保防官放緩速度，如話家常般地親切：「好吧！我們進入主題，你應該知道保防業務的重要性，部隊沒有保防業務，就像一個人沒有眼睛。」

「是。」來了，他警覺到這是嚴肅的一刻，自己為何會被保防官盯上呢？難道是「思想」上面的問題？眼前的保防官皮膚白皙，圓臉上泛著油光，完全沒有步兵營軍官那種草莽剽悍氣息，一看就是在師部坑道內歷練許久的老狐狸。

「是這樣，關於你們科內的行政官，你有發現什麼嗎？」

怎麼會先問行政官？出乎他意料。他搖頭，沉默。

「你有沒有發現他，比如說，言論偏激，批評先總統蔣公或蔣總統，或是批評國家，或是收看對岸的電視台，或是洩漏機密文件？上次我到你們科裡時，就發現他匆匆忙忙地關電視，我猜，行政官有在收看對岸的電視節目？」

真的是針對行政官嗎？或者這是迂迴地針對自己而來？他一時之間不知道如何拿捏回話的分寸，只好搖頭。

「對了，之前，馬山一位軍官游到匪區去，你們行政官曾提過這件事嗎？」

「我來參一科還不到半年。」他小心地回了一句話。

「哦！對。」保防官沉默了好一陣子，似乎在等待他要不要再補充什麼，才接著說：「聽說行政官非常討厭你，他沒考上預官，才轉服四年役預官，對你很不客氣，還曾要你罰站，是真的嗎？」

「是對我不爽，常訓我，對我口氣真的很不好。」

「你自己多小心，你師父被修理過，我們這裡還有你師父被檢舉的資料，查無實證，存查歸檔，你師父退伍前有點孤僻，就是因為被檢舉過，當然，檢舉的人我們不會洩漏。」

「哦？」

「我們覺得你很優秀，可以為國家多做一些事。行政官確實是一個問題，」接著他拿出一個公文夾：「這裡有一封檢舉函，寫了很多他的言論，是有一點偏激。你回想一下這半年來他的言行，有什麼不妥的地方？慢慢來。」

「好。我想想看。」他裝模作樣地低頭，避開保防官銳利的眼神。

「我們的談話都是保密的，今天行政官到大金門出差，我趁這機會請你來的。」保防官輕聲細語地提點他。

這是一個好機會，他心裡翻騰著，如果要打趴行政官，只要順著檢舉內容，編造幾句證詞，讓保防官列入紀錄，以後行政官將被「點紅做記號」。他總愛刁難、羞辱別人，對他人從不心軟，前幾天吵架，還放話說這筆帳一定要討，這樣的人真該好好教訓他，但是，若硬要誣指他有不當言論……

「怎麼樣？」保防官輕聲問。

「我仔細地想過了，這半年，」他決定放行政官一馬：「我沒有想到他有任何不當的言論，或是洩密的情形。」

「沒有？你再想看看，」保防官肩頭緊蹙，顯得有些失落：「國家安全，人人有責。」

他沉思了幾分鐘，才又緩緩開口：「就我和他同辦公室的觀察，他沒有。」他篤定地又強調一次：「沒有！」

「沒有一點蛛絲馬跡嗎？無風不起浪，這封檢舉函檢舉的都是具體事實，而且，其中有一件，我查證過，是真的。」

他嚇了一跳，其中竟然有真的！難道行政官真的有什麼不當言論？且慢！這可能只是保防官設下的陷阱，攻心的策略，要別人隨之起舞。

他相信自己的眼睛與耳朵：「沒有！我沒有聽到或看過他有什麼奇怪的言論。」

保防官注視他良久，才嘆了一口長氣，道：「沒有？你想清楚，不必保護他，我們可以合作，這也是我們的責任。他那樣對你，你更不應該縱容他。」

「我只會把眼睛看見的、耳朵聽到的講出來，」他語氣堅定：「我確實沒有發現他有異常。」

「沒有啊～」保防官放鬆嚴肅的表情，笑吟吟地看著他，不斷點頭：「好！你真年輕。」

這句話，後來定格在他對坑道的記憶裡。

——原載於《擔馬草水》（九歌，二〇二二年二月）

姜天陸，台南下營人，台東大學兒童文學碩士，國小校長退休。小說作品曾獲聯合報文學獎、林榮三文學獎短篇小說類首獎，浯島文學獎長篇小說類首獎。著有短篇小說集《擔馬草水》、《火金姑來照路》、《瘖・人》，長篇小說《胡神》，另有兒少小說《在地雷上漫舞》。

三合一——王仁劭

終於理解為什麼會被拐來養鴿子。

那天有人找貴叔，一個約五十歲，理平頭嚼著檳榔的男子，想要看之前過五關的鴿子。閔良在打掃鴿舍時告訴我，是線西一間塑膠大廠的老闆，員工有六十幾人，我從小窗戶外瞥一眼，說他開的只是TOYOTA的TOWN ACE，小貨車基本款。閔良罵我戇呆，掃把一扔，拽著我走到隔壁。

看到貴叔先指著牆壁諸多照片，解釋鴿子來自哪個家族，從比利時買來的種鴿生平戰績輝煌，後代的選手鴿也都有不錯的成績，作育、作出、使翔皆是自己一手包辦。

貴叔介紹完後便逕自走去二樓的鴿舍，將天際王子抓下來交給對方。

玩賽鴿的人都有一套大同小異的評量標準。眼色桔黃與西仔是大宗；再來摸翅膀、尾巴，講究手感，拉開時羽翼結構不能分岔，像百葉窗那樣櫛比鱗次；肩得寬恥骨要強硬等，甚至因南北氣候不同來選擇鴿子的體態。

貴叔人不高但有股凜冽的威嚴，話不多，只講重點，平日跟閔良的互動極不像叔姪。

「阮作比賽粉鳥攏是看兩點，敢會當互補無。」趁著男子在檢視天際王子時，貴叔說明。

所謂互補：速度快配體力好、頑黠的配溫順的。

我就是聽到這句話，才想通為什麼閔良找我一起養賽鴿。從二十三到二十七歲，他每半年都跟我借一萬五，說一定會還，其實以我跟他的交情來講，借出去就沒想過要討回來。

三個月前閔良突然發訊息給我，四個字，去看戶頭。

他總共匯了八十萬進來。

「參加比賽至少要十五羽，我每次都幫你報了五羽。」他說。羽就是隻的意思，然後他叫我一起幫他養鴿子，獎金對分。

「怕家人知道的話工作就不要辭，反正你是新車業務，有底薪。沒輪到留守車行就早上開完會後來，你不是都要拜訪客戶？現在一樣，只是客戶變鴿子。」

之後我每天下班都去看一次帳戶，在ＡＴＭ前不斷微微點頭，像鴿子於地啄食混合穀物。

八十萬，他一定也有拿，卻還有八十萬。

兩個禮拜後我到伸港，閔良似乎早預料到我會來，從頂樓抓起音速飛將，上次參賽十五羽中唯一撐完五關的。

「就知道你跟鴿子都會回來！」

原來那就是貴叔說的互補。

男子摸著天際王子似乎很滿意，想了一下，然後跟貴叔說一百。

阿莎力。但貴叔依舊沒表情，只將沖泡好的鐵觀音遞給對方。「歹勢啦，猶毋過出一百萬買你囝，欲賣無？」

閔良對我使眼色。「叔叔，我們去買飼料跟土塊。」

繫好安全帶，手煞車才剛放我立刻說：「一百萬。你叔叔對鴿子這麼有感情。」

「媽啦你以為喔，如果他真的不賣，連泡茶給對方都懶。」閔良翹著腳繼續說。「太少，萬一那鴿子的後代又過一次五關，你都沒在聽，獎金池跟檯面下的金額根本不能比，押對了，幾千萬都有可能。」

閔良搖下車窗點菸，哈一大盆。「老實說我會賣，誰能保證下次也贏。」

每次比賽少至五千羽，多則兩萬羽，從資格賽一路到第五關，飛行距離逐次拉長，最後歸返率幾乎不到一％。出一萬隻賽鴿，九千九百羽回不了家。

去哪了？喪失方向感落在海面上的、中途體力不支的，也有飛往廈門一帶的逃鴿。

「作父母的比較疼小孩，還是小孩疼父母？當然前者，所以我才說別當養鴿家，要當鴿養家。」

閔良說貴叔養賽鴿養到妻小都跑了，六坪大充斥噪音跟鳥糞的鴿舍才是他的家，能飛回來的鴿子才叫爸媽，哪有什麼不能賣的，錢的問題而已。

「不過幹咧，一百萬在面前，你賣不賣？」他將菸蒂往車外一扔，轉頭問我。

「撈到一票就要閃人了，別想留我。」

閔良沒說什麼，只是竊笑。

鴿子巢居在浮晃水晶體，羽翼敞開如角膜遮蔽了視線，我要等牠們衝出眼眶，伴隨著哨聲回家。

養鴿家或鴿養家，不變的是家的位置。對，撈一票，他媽的閃人，回家。

台灣的賽鴿跟國外不同，鴿子一生只能參加一次比賽，都是半歲鴿子，方便夏冬季都能參加，鴿子滿四週就要帶去協會，在翅膀蓋章拍照存檔，好讓主辦方在比賽前能確認是同隻鴿子。

閔良說玩賽鴿的多半都是有歲數的人，像我們這種年紀要不根本不懂如何訓練，要不沒錢入行。貴叔算半個強豪，不只教閔良養鴿要訣，還提供優秀的種鴿給他。

「你要惜福感恩。」

蓋完章後帶著鴿群去打巴拉米哥疫苗，防止鴿子染巴拉米哥病毒——前期水便、食欲降低、精神萎靡，後期影響至神經系統，歪頭斜頸、無法站立、羽翼下垂。

真正養鴿後才知道，費心耗神，飼料的選擇重要外，還得定時投藥，餵保健食品，像益效菌、電解質、綠色精套水等，我撒著大把飼料，閔良在一旁記錄每隻鴿子的食量。

二十四隻鴿子擠在天良鴿舍，閔良說前八隻是我的，看是要給牠們取名字還是純叫號都行，總之要能認鴿。

「飼料用較多欵，夏天由北海轉來是對頭風，粉鳥愛有體力。」貴叔的聲音從門後傳來，指令簡潔扼要。

現今賽鴿多為海翔賽，由協會派船統一載到外海放飛，早期還有陸翔賽，我聽貴叔說陸翔比賽退流行是因為作弊情況屢見，加上鴿子在山區容易被人抓走。

「按怎作弊啊？」我問。

「上蓋簡單著ＡＢ舍啊，嘛有注藥仔欵，類固醇，彼款粉鳥咱正常飛直線攏袂贏。」貴叔冷笑。「幹伊娘咧，阮是一隻粉鳥飛回來，人看到是歸車載去報到。」

賽鴿是這樣的：協會根據每間鴿舍的位置不同，來分別計算所需花費時間，例如我們的鴿舍要在五小時內飛回來才過關，遠一點的可能就五小時十分。

鴿子一飛回來，腳上的電子腳環經過閘門都會記錄，到鴿鐘打卡，再印出上頭時間。

問閔良什麼是ＡＢ舍，他又扯到美樂蒂。

「例如我們報名的鴿舍在彰化，其實桃園也有一座。訓練鴿子認桃園的鴿舍為家，鴿子一到桃園，人早就在那等，接著專車飆回彰化，再送去協會，兩個家的意思啦。」閔良講完後又說：「哦，就像你去台中找美樂蒂時，那裡才是你真正的家。」

之前他看到我跟美樂蒂的聊天紀錄，說唉唷你對客戶賣車賣到開始噓寒問暖，再點開美樂蒂的大頭貼，媽咧，這女人幾歲了。

閔良說我中了美樂蒂的毒，怎麼會愛一個比自己大九歲的老女人，不漂亮也不有錢，眼睛不曉得被什麼糊成一團。

還能是什麼，我的眼睛裡只有鴿子。

「你住海邊仔？管人遐爾濟，飼好粉鳥啦。」貴叔碎念。

「無啦阿叔……彼查某有翁呢！我是甲伊苦勸，莫予查某勾去。」

「連炮都沒打過是要勾什麼，來掃鴿子大便跟換土塊啦。」我說。

「我清掃鴿舍，難道是你要來訓練鴿子嗎？阿叔咱後禮拜欲開始飛喔。」閔良嘻皮笑臉。

「一點鐘就好，毋通過頭。」

我跟閔良將二十四隻鴿子按號抓回一格格的鴿子公寓，接著照貴叔講的，在舍訓前要先建起鴿子的地盤性，伸出手掌不斷朝方格內的鴿子們揮動挑釁，鴿子感到領域被侵犯才更有家的概念。

眼睛直盯手掌，鴿子張開雙翅，橫移踩著碎步，發出嚕嚕聲，幾隻脾氣暴躁的甚至作勢啄咬，緊張地來回跳躍。

我給其中一隻取了名字，三號的小冰糖，並非外型上與眾不同，而是最溫順的鴿子。

一個禮拜後的舍訓是最基本的練習，只讓鴿子在附近繞圈，熟悉環境。閔良跟我踩在藍色鐵皮屋頂上，我手執長竿綁上旗幟，若鴿子想偷懶飛回家，就得揮舞竿頭嚇阻，閔良拿著望遠鏡觀察鴿子的紀律性、飛行狀況、速度等。

「跑來養鴿子，是不是因為美樂蒂？」閔良說。

「哭爸啊，想發財啦，賣車要死要活還要看客戶嘴臉，不努力做功課沒人理年輕業務，努力點就是從早忙到晚上十點過後，哪像現在，鴿子休息人也就去吃飯睡覺。」

「講到重點了，這裡只會操鴿子……十一號愛飛不飛的，我看不適合參賽。」

「不過養鴿子的開銷好大，叔叔怎麼有辦法全職養鴿？」我問。

「高中畢業那年，他養出一隻伯馬鴿。」

「賺多少？」我好奇地問。

真的好奇。伯馬台語發音像「半罵」，比賽中唯一飛回來的一羽，除獨吞獎金池外，要是還有跟協會暗賭，我無法想像金額總數。

閔良放下望遠鏡，轉頭說：「怎麼不問曾經輸多少？嬸嬸都帶小孩跑了。幹，連怎麼配種作育都不清楚，別肖想伯馬鴿啦。」

「問而已，是在雞雞巴巴什麼。」

「旗子收起來了。」他說。

訓練結束，哨音響徹田間。鴿子陸陸續續飛回來，一進鴿舍就狂喝水，我留意著不讓鴿子攝取過量水分，否則飼料一吃，到胃裡遇水泡發膨脹，下午就不用飛了。

閔良還站在屋頂上，有兩隻鴿子停在鴿舍外踱步理毛，就是不進鴿舍，我一看，是他說的十一號，還有小冰糖。

「嘖……這種最麻煩。」閔良開始不斷趕著鴿子。「最怕飛回來的鴿子不進鴿舍，沒辦法記錄時間，差幾秒就有可能失格或名次被往後擠。」

我告訴閔良，這場景我看過，但不是鴿子。

有次送美樂蒂回家，車子到了大樓外，美樂蒂突然說再多繞幾圈好嗎。

繞去哪？不清楚，反正家裡沒人，還不想回去。

我知道美樂蒂不會邀我進她家——她跟她先生的空間。那也無所謂，我就在附近轉圈，後來乾脆將引擎熄火，她也就不說話了。我窺視美樂蒂發呆的樣子，手指捲繞髮尾，偶爾迅速看我一眼後又將頭轉回，像解不開的密碼鎖，我放棄揣測。

閔良聽完後滿臉不屑。

他說我才是美樂蒂的鴿子，排除萬難也要飛去那。

鴿子天生具有歸巢的本能，即使到了陌生異地，體內彷彿內建GPS，加上能看到數十公里以外的高超視力，就算距離家有一兩百公里，要飛回來也並不難。

鴿子返家固然重要，但在賽鴿人的眼裡，快才是最值錢的。

讓鴿子飛行速度提升的方法有許多，前天貴叔買回來一大袋的沖天炮是一種，我只是有點猶豫。

「看到鴿子想飛下來，就點一根；若是隊伍太整齊，也點一根。角度要喬好，炸到阿叔的鴿子他會殺人。」閔良說，將線香遞給我。

「一定要這樣嗎？」我問。

「你的八十萬也是炸出來的，到底想不想撈一票？」他反問，接著將鴿群接連放出來。

「幹，炸就炸，炸死最好，飛不快的鴿子有什麼用。」我說。這是半氣話，但閔良似乎很認同。

「飛不快只能拿到鴿園換飼料，或是送給親戚燉。」他歪著頭想了一下。

鴿子聽到鞭炮聲緊張就會加速，為了後續長途的飛行訓練，速度一定得往上催，同時也是讓鴿子比賽時能免疫突來的聲響。

後來跟美樂蒂分享我是如何炸鴿子，以及鴿子在空中逃竄的景象。

引信到底，沖天炮上揚，短而促的聲響就像賭客的金流，當耳朵清楚聽到振動翅膀的頻率加快，二十幾隻鴿子在空中甩過發出啪擦啪擦的聲音，就知道這真的有效，真的能賺錢。

繼續點下一支。鴿子以繞圓的方式反覆出現在眼前，牠們有兩個選擇，要不飛得快，要不飛得高，只要想休息就是朝鴿群後方炸，練習時間也從一小時提高為兩小時。

閔良說，兩小時，不多也不會少，鴿子就是好好待在天上，誰都不准下來。

領先群逐漸被炸出，食量大脾氣躁的二號、十號和十九號總是飛在最前頭，但這三隻離獎金的模樣仍只有個輪廓。

「這樣牠們還會想回家嗎？」美樂蒂問。

我很想反問她，那妳怎麼還不離婚。

彼時群鴿振翅抖擻，遠颺無際空中，如果歸巢是天性，牠們還能去哪。

「有隻鴿子好像妳，之後我會帶牠們去外縣市放飛，一起去。」我說。

離開舒適圈，距離資格賽兩個月時開始飛長途，從三十逐次加到兩百公里，以前太遠的話會統一讓鴿車運送，司機匯集不同鴿舍的選手鴿，在南北海岸或東部進行放飛。

閔良知道我喜歡開車，把運送鴿子的工作交給我，他跟貴叔要留守在鴿舍記錄時間，如果有鴿子受傷或生病，也能第一時間處理。

幾天後貴叔帶了八隻鴿子來，閔良將新鴿分別安置在公鴿旁，並且拉下木閘門避免鴿子接觸。

「調節鴿，都是母的。」閔良在我發問前便回答。「這樣牠們飛長途時速度可以增快。」

「為什麼？」我問。

「跟人一樣，鴿子也要爽啊，旁邊有母鴿，公鴿看得到碰不到，如果是你女朋友在家等你，下班後會不會想早點回去？」閔良解釋。

他說業界讓鴿子提速的方式還有飼料控制法，每次訓練完後都讓鴿子大量進食，用這招簡單又暴力，但如果餵太多又沒掌握好清除飼料的分量，怕鴿子生病或飛不動；也有讓母的選手鴿在比賽前產卵，雌性的育幼本能同樣可驅使母鴿迅速返家，再來就是以性愛作為誘因了。

比較躁的公鴿適合配發一隻調節鴿，至於怎麼判斷，從飛行狀況、與同伴相處，甚至是睡姿和步伐的節奏。

「你真的以為我說記錄是在摸魚哦，錢都在鴿子裡面，怎麼可能不仔細？喂，專業一點，養鴿家NoNo。」閔良說。

「遮隻粉鳥哪會看起來無啥物精神，甘有咧照顧？」貴叔抓起小冰糖端倪著說道。

閔良對我挑眉，我接過小冰糖，檢查牠的羽毛狀況和口腔唾液，再查看了糞便顏色和濃稠度，還是什麼都看不出來。

「有啊，逐工飼。我毋知影遮隻粉鳥咧想啥。」我說。

「若知影粉鳥咧想啥，我毋著倒佇眠床輕鬆趁。」貴叔訕笑。

「阿叔，到底愛啥款粉鳥才會當贏？」我接著問。

貴叔比了個三。

他問我鴿子的鴿怎麼寫，一個合跟一個鳥，這個合就是要具備三項條件。三合一：最重要的速度是前提，以及耐力，而耐力又可以延伸成穩定性，面對不同的氣流、天候狀況都能良好適應。

比賽最怕下大雨或強風，有一次比賽日期撞到颱風來臨前，協會硬著頭皮載到外海，聽說資格賽就只剩個位數的鴿子，數量太少比賽最後取消。

「最後是啥物？」

「他不會告訴你啦。」閔良插話。「從以前就跟我說三合一三合一的，我還泡咖啡咧，搞不好根本沒有第三項，裝神弄鬼。」

貴叔踹了閔良一腳。彎腰替我們檢查每隻鴿子的狀況，順便問閔良打算下哪幾隻，要連串還是押伯馬高關。

只是他仍然沒有講，究竟缺什麼才能做到三合一。

只有在車輛裡，隨著引擎發動，P檔位移到D檔，包覆於冷漠的鋁合金，四扇窗安穩地密合，繫上安全帶，並壓低冷氣的出風口，美樂蒂活了過來。

活過來，像齒輪組牽引著輪胎角度，隨方向盤緩慢地改變方向，也是老舊的風扇開啟後，等待扇葉完美輪轉的過程。

當暖機結束，美樂蒂會開始瓦解自身，吐出好多心事，我甚至不確定她是否有意識，因為那只是我第一次跟她在同台車內。

我想美樂蒂跟我一樣，對車子具有獨特情愫，並且找到部分歸屬。

那時候她正猶豫要買豐田的YARIS，或是NISSAN的TIIDA，我羅列出TIIDA的優點，作為一個業務並不難。

美樂蒂沒有被花俏的話術給動搖，讓她試駕一段路程，我在副駕駛座對她說：「每次開車，都感覺到心安，像另一個家。」

是這句話撬動了美樂蒂的開關。

她突然開始說起婚姻中的缺失，語調穩定，似乎也沒有要理會我的意思。車子開上了高速公路，我沒有阻止她，在流暢變換車道的過程裡，左右方向燈交替使用，好像她人生中的抉擇，下了匝道，車子拐個彎又上相同的交流道。

後來我假借售後滿意度調查，多次在訊息中偷渡私人話題，問她最近還好嗎？但美樂蒂永遠都是含糊帶過。

猜不透美樂蒂對我究竟抱持何種意思，她先生長時間在北部工作，我因此嘗試約美樂蒂幾次，她都婉拒了，但偶爾卻突然詢問要不要開車出去，甚至連目的地都沒有明講。

同樣的，在車內聽美樂蒂傾訴，回憶現實交織，車子是我們兩人的神祕空間。

七十公里。帶著貴叔還有我跟閔良的鴿子到苗栗大湖的汶水橋邊，下車後我拎著客製化鴿籠，照著閔良講的，一次放四隻，並讓已經參加過比賽的年長鴿子帶頭，避免年幼的鴿子會迷失方向。

雙手緊握鴿子結實的身軀，手一放，領頭鴿蹬起身，迅速振翅飛翔，到空中後幾乎沒有多餘的盤旋，精準地朝南飛去。時間絕對是金錢，玩賽鴿的都將這句話當成聖旨奉行。

我迅速地將其餘三隻選手鴿放飛，然後打電話給閔良。

「十點二十三分，第一批出發。」

講究精準，要根據距離計算鴿子在何時內返家，才符合資格賽最低時速四十公里的門檻。

第二批、第三批、第四批……下車後，美樂蒂只是倚著紅欄杆，安靜地在旁看我放鴿。最後一隻鴿子，我抓起小冰糖，然後告訴美樂蒂，就是這隻鴿子跟妳很像。

「哪裡像。」美樂蒂捧起鴿子，與牠的西仔眼對望，撫摸頸部的綠羽處，小冰糖舒服地瞇起雙眼。

「等等要不要去汶水老街逛？」我問。

美樂蒂搖搖頭。

「那南庄呢？桂花巷。」

美樂蒂依舊拒絕。

「白沙屯，那裡的海蠻清幽的。」

「想回車上。」她說。

什麼都不要，美樂蒂放開鴿子，小冰糖朝遠方的同伴飛去。這就是她跟小冰糖像的地方，就算訓練過程再艱辛，只要翅膀一飛、上了車子，就是準備回家。

車子是我跟美樂蒂的ＡＢ舍，就算知道如此，她還是有座真正的歸處。

所有鴿子放完了，閔良叫我回鴿舍，下午還要再舍訓。

開國道一號接國四，在靠近清水時轉國三，跟鴿子一起回家，我開在外車道維持最低時速六十公里，聽美樂蒂機械式喃喃自語，五年前去醫院做檢查，血瘀體質，不容易受孕，吃中藥好多年都沒用。

高速的車輛不斷從旁閃過，想到一萬多隻鴿子在海上初從籠內放出畫面，彼此不斷超車，我加快油門，追求速度及穩定性。

偌大的廣告牌上面寫著Dr.情趣，再來右手邊會是柏登莊園的廣告牌，然後頭頂即將出現往烏日、五權西路、右轉下台灣大道的綠色指示牌。這些地標我記得一清二楚，就快要到美樂蒂的家了。

準備下匝道時，美樂蒂突然轉頭對我說：「如果你……」

叭——

一陣急促的刺耳聲響，前面的大貨車沒注意到我車子在他的死角處，突然往內切，真的就差那麼一點，可能我們兩人都回不了家。

「運氣不錯。」我吐氣。

回到鴿舍才發現鴿子居然比我快返家。

「都有回來？」我問。

「七十公里遠而已，正常。」閔良說都有達到資格賽的門檻。

「最慢的是哪隻？」

「你的啦，到底有沒有生病啊？」他指著小冰糖。

我一樣那句話，不知道小冰糖在想什麼。

已經有鴿子在籠裡休息，晚放的鴿子們正在喝水吃飼料，他抓起最頑皮的十一號，指著牠的鴿腳。「腳黑黑的，跑去哪裡玩，幹。」

其實鴿子長途飛行時會停頓休息算常態，只是如果腳沾附泥土，代表鴿子跑去田地，怕的是喝到含有農藥的髒水，染病就不用比了。

閔良正在一一檢查鴿子的羽翼，我下樓走到二十公尺外貴叔的鴿舍。

「阿叔。」我喊道。

貴叔應了一聲，他也蹲在地上照顧鴿子。

「粉鳥欲贏的第三項，敢是運氣？」我想到稍早前險象環生的那一幕。

「運氣喔，運氣嘛是蓋重要。」貴叔歪著頭說。「驚是落大雨，抑是風……」

那就不是了。

我離開貴叔的鴿舍，傳訊息給美樂蒂，問她那時候想說什麼。

預料內的，她只是已讀。

車行的課長問我最近還好嗎，這幾個月的業績下滑很多，是不是沒熱忱了。

我想告訴課長，一隻鴿子就能賣到一百萬，客人也阿莎力，不會討折扣討配備的，誰要賣車。

但沒贏的話，這半年就是一場空。

閔良大概嗅到我的不安，禮拜日他突然開車找我，一上副駕駛座，後面坐著兩個刺半甲、抽著菸的少年仔。

「要做什麼？」

「帶你賺外快啦，上車。」

車子開到花壇的山區，到山腳下超商時閔良先讓少年仔一號下車，接著在半山腰時也讓另一名少年仔下車。

「一個領錢，一個把風。」他說，並繼續往上開。

到了人煙稀少的地方後，閔良從後車箱拿出白色細紋漁網，並指揮我協助他布置陷阱。

「別讓我叔叔知道，否則他連你一起打。」他哼著歌。

「這要幹什麼？」

「賺錢。」

我們靜候了一小段時間，閔良拿著望遠鏡看向遠方，接著突然揮手示意。「鴿子來了。」他說。

我朝他手指方向看去，果然有六隻鴿子在上空飛翔。

隨著越靠近漁網，鴿子飛行弧度拉高，就在經過面前時，閔良朝上丟出一串繩索，上頭綁著十幾個小鈴鐺。

兩隻受到驚嚇的鴿子向下俯衝，撞上細網，越想要掙脫，翅膀還有爪子卻越被纏住。閔良快速地將中網的鴿子一一抓出，然後遞給我。

「腳上的環有電話號碼，打過去，快一點。附近鴿舍的飼主都沒聽過你聲音。」

閔良給我一隻呆瓜機跟一張紙條，上頭是十二碼帳戶。

「機掰啊，勒索贖金會不會啦，鴿子想要回去的話，兩隻報五萬。」

我只好照做，電話一接通，壓低聲音，念起兩隻鴿子的腳環編號，五萬塊。

飼主似乎很冷靜，只說帳戶給他，立刻匯。

十分鐘後，超商的少年仔告訴閔良錢已經入帳，閔良手一揮，我立刻把鴿子放開。

那兩個禮拜跑了四個點，總共賺三十萬，閔良給我十五萬，說補貼一下，車行底薪少得可憐。

「這樣好嗎？」我問。

「幹，別人怎麼對我們，就討回去而已，我們還算業餘兼差的。」

閔良說本來山區都會有專業擄鴿集團出沒，並且贖金的金額會隨著接近比賽日期而提高，道理很簡單，一隻鴿子可能能賺幾百幾千萬，區區一兩萬塊算什麼，以前他跟貴叔的鴿子也被別人抓過，對方一定知道貴叔來頭不小，調查好鴿舍位置跟訓練時間，一開口就是十萬，殺價可以，拔一根羽毛。

手上殘留鴿子打算掙脫時的毛絮，突然覺得自己在做什麼，怎麼那麼順從。

「你想美樂蒂一直不離開老公，算不算互補？」我問。

「錯了，不是不離開，是離不開。上次你說撈一票就要閃人，從你抓鴿子的力道，我擔心你說到做不到。」閔良咧嘴笑出來。

「真的撈了一票，你還會跑嗎？」他說。還是變成他和貴叔，等待第二票、第三票，自己迷了路，只能永遠等鴿子回家。

距離資格賽前最後一次放飛，開車將鴿子載到富貴角，離伸港約莫兩百公里，怕鴿子被擄走或出意外，所以選擇最安穩的路線，鴿子只要沿著濱海快速公路就能回家。

早上是貴叔親自餵飼料和營養品，如此長途，他得嚴格控管好飼料的分量，還有凝望每隻鴿子的「魂」。貴叔說，粉鳥若無魂，怎樣攏袂飛。

「你駛車嘛愛注意安全，莫傷雄，是粉鳥趕時間毋是你呢。」他提醒我。

「會啦，粉鳥袂出代誌。」我說。

帶著美樂蒂，這是我跟她待在車上最久的一次，她卻格外反常，到富貴角的路途中，美樂蒂幾乎沒有講話，只顧著專心用手機。

在燈塔旁的堤岸上，方格子草皮與乳白建築，鴿子一批批飛出，我看著平滑的鴿子隊伍翺翔於廣袤灰濛濛的海面上，黑點越發渺小，牠們還知道家在哪嗎。

依然將壓軸的小冰糖遞給美樂蒂，她接過時問我：「你跟這隻鴿子有感情嗎？」

「我不知道這隻鴿子在想什麼。」我說。

美樂蒂鬆開了手，我們看著小冰糖加快速度，最後沒入海平線的盡頭。

「全放完了。」我告訴閔良。

當我心想著是否要直接回去時，美樂蒂拍了拍我的肩膀。

「他說今天會回家，四十分鐘前，從台北內湖。」美樂蒂說。

我呆住了五秒鐘，然後拉著美樂蒂上車，陪鴿子一起跟時間賽跑。

進資格賽的時速至少要四十公里，而我至少要一百公里。

車子在國道一號上馳騁，路燈桿、安全島上的植被、左右的車輛，全都化成殘影般淡出視線，當油門踩越重，時間的流逝彷彿凍結，密閉的車體內只聽得到美樂蒂的聲音。

我只能專心留意車況，美樂蒂妳知道嗎？現在那些看起來距離遙遠的東西，其實一下子就會閃爍到眼前，可是我反而沒辦法仔細凝視。像妳現在突然笑著問我對妳是什麼感覺，我回答不出來，還是妳早就算計好，這也是屬於自言自語的一場秀，連同妳指尖觸碰我大腿都是齣單人舞。

如果我是隻賽鴿，絕對拔得頭籌，但又是為了什麼，家明明也是合一的概念，地點是有我跟妳的車子裡，我卻以速度、穩定性來拆解破壞。

回過神來已在台中，放慢速度，尋找熟悉的廣告牌和建築物，深怕自己開過頭。

「你喜歡我嗎？」離美樂蒂的家只剩一個轉角時，她突然說。

雨刷浮升，美樂蒂笑出來，我趕緊按掉，重新打了正確的方向燈。

我點點頭。

當車子終於停在她家外，美樂蒂解下安全帶，將唇湊過來親了我臉頰。

「那你為什麼要開這麼快？」她說。

哨音交錯響起，鴿子從富貴角回來了。

清掃完鴿舍，我將水和飼料都準備好，到屋頂跟閔良一起迎接鴿子。五號、十二號、十九號……看到率先飛回來的鴿子並不是前幾梯次的，而是那些性情急躁的公鴿，我便離開屋頂，爬上貴叔的鴿舍，站在同樣位置。

「阿叔。」我大喊，貴叔回頭看。

「創啥？」

「第三樣，敢是感情？粉鳥愛佮主人有感情。」

「你叫是粉鳥親像狗仔喔？有啦，毋過是先飛轉來，才有感情。」

「喂！」閔良在頂樓呼喊。「我要去看鴿子了，剩你那隻，自己來等。」

半小時後，小冰糖才飛回來，依然不進鴿舍，在屋簷上梳理羽毛。我把閔良叫出來，指著小冰糖的腳。

「腳黑黑，不曉得去哪裡野喔。」他說。

「上次你說公鴿為什麼能飛比較快？」

閔良抓抓頭皮。「啊就趕著回來打炮啊。」他用大拇指比鴿舍裡面。

「幹你娘。」

我迅速彎腰抓起小冰糖，助跑幾步後用力朝空中一丟。

將一隻鴿子丟到空中是什麼結果呢？小冰糖只花了零點幾秒便穩固住身軀，又飛回我腳邊。

「幹你娘咧。」我嘶吼，抓起小冰糖，再丟。

「媽的你有病是不是啦！」閔良愣住，看著我荒謬的舉動。

我將小冰糖丟出去三次四次五次……牠也不躲，就只是反覆飛回。

「不進鴿舍也沒必要這麼大脾氣吧。」閔良雙手插腰。

不敢問美樂蒂那天的後續。

但我就只是想要她飛得遠遠的。

比賽前三天，將選手鴿載到協會報到，由那裡的人統一餵食，防止飼主餵鴿子禁藥。貴叔報了十五羽，菁英中的菁英，我跟閔良則報了二十羽，走以量取勝的路線，當天進到北彰和美海翔協會，擁擠的人潮挾帶濃厚鴿味，每個人提著藍色鴿籠，幾張臉孔看到貴叔後立刻前來寒暄。

「欸欸，你看那邊，你唯一認識的熟人。」閔良對我挑眉，指著某個鴿舍的主人。

「我又不認識他。」

「白痴，匯給我們錢的金主爸爸耶。」閔良低聲細語。我仔細一看，還真的是上次在花壇擄到的鴿子。

協會人員拿著掃描圖，為防止一鴿多賽，檢查選手鴿的翅膀印章是否跟當初雷同。接著取下腳環，裝上能與鴿舍感應器起作用的電子腳環，報名費五百，腳環費兩千五，二十隻鴿子也才六萬，之後才是重頭戲，貴叔跟閔良拿起白單，圈選額外下注的賭法。

「你也選一隻，要賭就賭伯馬鴿，買個希望。」閔良對我說。

我指著三號，小冰糖，伯馬高關，意思是在最後第五關時如果只有小冰糖飛回來，就能海削一票。

「浪費錢。」閔良吐嘈，但還是幫我下注。

離開協會，貴叔說要去廟裡拜拜，我們跟著他的車，半路上手機突然響起。

「喂？」

過了幾秒後，低沉的嗓聲才傳來。

「我知道是你。」

「……」我沉默。

「離她遠一點。」

電話掛掉了。閔良詢問，我說擴鴿集團的啦，但沒有討贖金，閔良罵我神經病。

「這幾天別吃雞翅鴨翅啊，不吉利。」

「什麼爛迷信。」

那三天我跟閔良心神不寧，喝酒抽菸，有一搭沒一搭地聊，心裡想著都是鴿子，怕鴿子到陌生的環境裡食欲會降低，或是擔心協會的人水餵太多太少。

「其實很多鴿子一放出來，體內的GPS失效，海風又強，飛沒多久就掉到海裡面了。但更慘的是，有些鴿子即使閘門放開，莫名其妙就躲在裡面不出來，我阿叔說的啦，無魂，連比都不用比。」

「所以能飛回來的第三項到底是什麼？」

閔良聳肩，他說真的不知道。

放飛那天早上，我們三個人看協會的直播，主辦方公關了幾句，接著開始講最重要的資訊。

「放鴿地天氣多雲晴。風向西南風。風力三級。風浪小浪。能見度十五公里。空氣溫度二十八度。海水溫度三十度。放鴿時間七點整。」

接著鏡頭環繞四周。

倒數十秒時，畫面上工作人員隨時準備拉開閘門。

「四、三、二、一。放鳥喔！」

貴叔和閔良同時按下碼表。

貨船響起鳴笛聲，一萬四千隻鴿子瞬間從籠中竄出，我看到海上颳起了骯髒的雪，像燒金紙，風吹灰燼布滿空中，在白雲和晨光底下徹底染黑視線，那麼汙濁，那麼殘忍。

鴿群很快分成幾條隊伍，朝各自的家飛去。

打給美樂蒂，無論如何都要再見妳一次，等到資格賽結束，去找妳，就在妳家外面，妳開妳的車出來就好。

我們急也沒用。下午兩點四十分前，提早不會賺，超過就是失格。

隨著時間推進，貴叔開始接到不同鴿友的電話，通知鴿子最後行經位置，讓飼主心裡有個底。

一點五十，貴叔朝我們兩人大喊。「轉來啊！轉來啊！阿良趕緊。」

哨音劃破靜謐的伸港，鴿子落地，快速通過閘門，我負責取下腳環打進鴿鐘，接著必須在十五分鐘內送到報到處。

鴿子陸續返家，我則來回奔波多趟。

碼表響起，時間到。貴叔的鴿子共飛回九羽，我們只有七羽。

資格賽就被刷掉六羽，貴叔有些憤怒，後來又有三隻鴿子飛回來，一隻是貴叔的，兩隻是我們的。

我看到貴叔抓起失格的鴿子，將翅膀俐落一折一拔。

「無想欲佇天頂飛，著好好去土跤跕。」

貴叔將鴿子往田裡拋，鴿子飛不太起來，失魂於地面，沒多久就被一隻野貓跳出來攫走。

「鴿鴿拔拔真偉大。他一定有下注那隻。」閔良說。「要不要也折斷？就不會像上次那樣一直飛回來了。」閔良指著六號跟二十號。

我說好啊，不當養鴿家。

抓起兩隻鴿子，有樣學樣，也將鴿子的翅膀一折，感受到樹枝般細骨清脆地一分為二。

「幹咧……找你養鴿子真的沒錯。」閔良說。「你的鴿子沒回來，要繼續等嗎？」

閔良說的是小冰糖。

「搞不好迷路了，找不到家。」我對空遠望。

我想第三項應該是犧牲，別隻鴿子的犧牲。

看到美樂蒂的車就停在路上，我將車子緩緩開過去與她平行。

美樂蒂沒下車，也沒有打開車窗。

兩台車，兩個人，心安，像終於能溝通，鎖在密閉車窗也能聽到對方聲音，合一。

我凝望美樂蒂，隔著兩道透明玻璃，她的臉孔模糊，不解地看著我，並動著嘴唇。

搞不好迷路了。

「妳現在，回家了嗎。」我說。

——本文獲二〇二二年第十八屆林榮三文學獎．短篇小說獎首獎

王仁劭，彰化人，一九九五年出生的沙豬，不吃木耳，畢業於東海中文所，得過幾個文學獎，二〇二三下半年可能會出書，除了小說，現在也想寫電影、舞台劇本，興趣是一本正經地胡說八道。

寫作就像內褲一樣，是很私密的，你不見得想讓所有人看到，但如果對方看了後很喜歡，那真的是很幸運的事。

無論如何，我會寫下去的。

右直拳——蘇朗欣

1

終於出院之後，我嘗試活動手腕，右手手指可以扭動，卻無法握緊拳頭。我按照醫院訂立的時間表每日復健，醫生哥哥、護士姐姐每一個都稱讚說「政賢好棒，政賢的手很快就會好起來」但從來沒有。我拿不起筷子或者鉛筆，手心到手肘之間長著一條又大又長的肉疤。

拖著這樣的一隻手回到學校，沒有人理會我是正常的。那時候所有人都蒙住口鼻，每次小憩都必須要量體溫，體育課時也得戴上口罩，同學叫苦連天，唯獨我得到豁免，不必上體育課，上課時只負責坐在操場旁邊的長椅看同學拉筋、跳遠、打球，並且學著躲避他們打歪了的皮球。

有一次，一顆籃球扔中我的後腦。下一次，朝著我的腳踝投過來。後來改學排球的時候，換成藍黃相間的另一顆擊中我的臉。我其實一直知道球從哪裡來，我猜得出來，只有一個人會這樣做。

下次排球打中我的右手時，我向女生們衝過去，抓住郭婉柔，把她拉出來，指著她的鼻尖問：「郭婉柔，妳為什麼偏偏要打我？」

女孩子們保持一定的距離，圍繞著我們竊竊私語。

「誰要打你，是皮球不長眼。你自己避不過，還怪別人。」她說，一邊抱起排球。

「每次都是妳把球向我扔過來，妳這個八婆。」

第一次使用這個詞，我絲毫不清楚它的重量。

郭婉柔馬上漲紅了臉。她罵：「那你打回來，你打回來啊，用你那隻右手試試看。」我扯下口罩，對準她的臉頰吐口水。原本在旁邊看戲的女生們立刻退開，像看到病毒一樣，那時候口水比刀劍更傷人。郭婉柔驚駭地瞪大眼睛，猛抹臉。我聽見老師從男生堆裡大叫我的名字，跑過來。

「岑政賢你這個瘋子，你有病。」郭婉柔說。

老師把我們拉開，但我繼續說：「我不單止要傳染妳還要妳回去傳染妳的父母，我要妳們病死在家裡。」

郭婉柔霎時紅了眼眶。她轉身就跑，跑得遠遠的，最後消失在我的視野裡。

這是二〇〇三年，SARS肆虐全港，八歲的我被送進輔導室，並且無從得知郭婉柔有沒有全家斃命，因為隔天教育局宣布疫情嚴峻，全港學校停課。學生們幽禁在自己的家裡應付作業，郭婉柔從我的生命中消失得徹徹底底。不過也僅止於這一小段時間而已。

2

郭婉柔一點也不溫婉柔弱，她就是個男人婆，短髮、肩膀寬橫、穿襯衫短褲、玩男生才玩的高達模型，還會欺負比她矮小的男孩，把四驅車從他們的手中搶走。她在屋邨裡是有名的小霸王，但她從來沒有成功奪去我的玩具。我和她打得難分軒輊，七歲時在馬騮架上的對決在一代又一代的孩子口中傳頌至今。那個黃昏我們拳腳相向，最終同時從馬騮架掉下來——象徵一場戰役的終結——然後交換彼此的四驅車，握手言和。後來發現她就住在我家窗口斜對角的單位，有時我會大叫她的名字，再躲起來。

郭婉柔是典型的公屋富戶，家裡開批發公司，父母駕駛名車出入，他們用離岸戶口把錢匯走，請會計公司做假數——郭婉柔告訴我，而我在很久以後才理解「離岸戶口」跟「做假數」的意思——他們家裡吃的是和牛，郭太太的化妝品放滿一整組收納櫃，郭先生有全套的專業音響。至於郭婉柔，她是獨生女，她有自己的房間，她擁有一切。我也是獨生子，卻缺乏一切。媽媽總是在哭，阿爸總是在罵，我們住最小的單位，一家三口分享同一個房間，我必須彎著腰進來也彎著腰離開，因為我怕一點聲響都會引起爭吵，我媽媽最怕聲音。推門、開燈、浴室的水花通通都是她的敵人，她聽見就會尖叫，大聲嚷嚷我聽不懂的語言。阿爸好像是聽懂了，卻罵過去，不留情面地罵，我全然不知道他們在幹什麼。

你們到底在幹嘛？我很想問。

但想想還是算了，誰會想聽到一個小孩在最轟烈的爭執中間插嘴？不就等於請拳頭往自己的臉上送嗎？我需要拳頭嗎？得像媽媽一樣被拳頭打中，我才會學懂閉嘴嗎？

小學三年級的開學日，我從學校放學回家，背包塞滿了大堆需要父母簽署的通告，我推開門，躡手躡腳走進家裡，媽媽站在陽台，釘住了一樣停在那兒。陽台是用來晾衣服的，用一條長長的竹竿掛起家人的所有衣服，她站在一件阿爸的條紋襯衫下面，風吹過來，吹起了襯衫也吹起了媽媽的頭髮，她有一把柔順亮麗的黑色直髮。我喜歡她的頭髮，我記得她的頭髮。我走近她，想知道她今天的狀態如何，是害怕風聲，還是願意替兒子簽署他的書簿津貼申請表？

媽媽低下頭來看著我。她手上拿著切肉刀。

我問了些什麼。她答了些什麼。

然後，她抓住我的右手，上下打量，視線來回，接著往我的手臂砍下來。

在醫院裡緩慢地甦醒、經受媒體追訪、聆聽父親如泣如訴的呢喃，種種時日經過，母親消失在我的生命中。

郭婉柔一直沒有來探望過。我在床邊擺放著郭婉柔的四驅車——在許多玩具之中，我獨獨挑選了它來參與這段住院時光——然而因為缺乏場地，四驅車由始至終都不曾在病房裡發動過。

3

我和郭婉柔升上了同一間三流中學，這裡的學生出了名練精學懶，考試單靠取巧，成績只求合格，上課倒頭大睡，全是些幹不了大事的廢柴，而升讀這種爛學校的我也是這垃圾堆中的一份子。唯獨郭婉柔是不一樣的。郭婉柔這個人，生長得稜角分明，有一個故事可以從她的臉說起。

隨著成長，她長出了一張不太討喜的國字臉。她自此告別短髮，把頭髮留得長長，用臉頰兩旁的髮鬢遮掩突出的顎骨，但學校規定女生若留長髮必須束成馬尾，而郭婉柔不肯妥協。每天她踏入校門，就被訓導主任叫停，罰站，長髮束起——不過僅僅一陣，回到課室她馬上放下。我們的班主任是個沒什麼原則的男人，髮線持續向後退。他看看郭婉柔，就放她回座位去。她就坐我鄰座。簡直是孽緣。

「那個老女人。」

上數學課的時候她突然說，聲量小得只有我聽到。我不管她，繼續抄寫二元一次方程式的公式。

她說：「她也長著國字臉。」

把 x = -1 代入 (ii)。

「我要讓她嘗嘗看我的感受。」

∴ 方程式的解是 x＝-1，y＝2。

聽說郭婉柔一個人把訓導主任關在廁所裡，把她的髮鬢剪掉。被勒令停學期間，有人流傳她會打泰拳；說她拿剃刀而不是剪刀；也有人說訓導主任嚇得尿褲子，於是連續請假三天。不管哪一種都與我無關，作為同學，我只負責聽取流言，並在關鍵的時候給予反應，微笑帶過。我過著與世無爭的生活，盡量穿著長袖毛衣掩蓋傷疤，讓故事淡出眾人的視野。事實上也無須我做任何動作，大家的目光自然就聚焦在郭婉柔身上，因為她特立獨行，不與任何人為伴。

除了我之外。

所以我知道她確實會打拳。不是泰拳，而是拳擊。

她晚上在馬騮架前運動，拉筋，練習出拳。我從陽台可以看見她。女生比男生長得快，那時候才初中年紀，她已經長出明確的腰線、微凸的胸部，而且比我高。她的體態在緊身運動服下張揚地浮現。媽媽離開後，房間永遠昏昏暗暗，窗外的街燈是唯一的光源，而郭婉柔像一隻螢火蟲。

阿爸差遣我去買酒。我綁緊鞋帶，向屋邨士多前進。只有士多老闆願意賣我菸酒，因為他記得我，總是用哀愁而深長的眼神盯著我的右手。我恨他。

我去問郭婉柔拳怎麼打，該怎麼做可以打倒比我高、比我壯的中年男人。

「岑政賢，你要打你爸嗎？」郭婉柔問，一邊用毛巾擦汗，胸膛不斷起伏。

我不回答。

「你多少說幾句吧，這算是請求別人的態度？」

「對。」我說：「我爸。」

她卯起勁來擺起架式，把最基本的套路演練一次，叫我照做，但我沒有辦法。有打不出右直拳和右勾拳的拳手嗎？沒有。

至今我仍然豁免體育課，醫生每半年開一張診斷書，聲稱我缺乏應付中學體育課堂的能力，但口裡一直說：「你這算好得七七八八了。你看，你慢慢地能夠拿起鉛筆了吧？」

「我沒有辦法打拳。」

「打拳？」

「我想把那些愛說人壞話的嘴巴打爛，不然就把愛瞪人的傢伙的眼球挖出來。把他們打壞。」

醫生沉默一陣子，他凝視我的眼睛正正是我想挖出來埋葬的眼睛，其中之一。然而在我動手之前，他拿起應診室的電話，打給隔壁的青少年精神科。

4

一年之後我就擺脫了精神科的複診日程。我根本沒有他們以為的狂躁或者成長偏差，但為了省事，我便和所有人一樣學會了圓滑。

擺出笑臉，溫和從容。

反倒是郭婉柔接替了我的位置，在區域醫院離開那天，我看見她哭著鼻子坐在候診室。我們錯開了視線，不知有意無意。

二〇〇八年金融海嘯導致全球性經濟衰退，這事後來被記錄在課本上成為歷史例證，而對身處其中的我們而言，撲到身上的浪花會根據彼此各自不同的背景而呈現或大或小的形狀。於我，當然沒有任何直接影響，因為我們就是窮光蛋，阿爸是一個終日買醉的日本餐廳二廚，沒有資產。

郭婉柔家破產了，他們賣走了名車，我家樓下的車位如今空空如也；偶爾在屋邨碰到他們一家的時候，我可以嗅見他們身上散發出有別於過去的沉重氣味，郭太太臉部皮膚鬆弛，郭先生的眼皮往下垂，像永遠睜不開來。郭家終於成為真真正正的公屋居民了。

士多老闆再也不賣我菸酒了——應該說士多根本換了一個世界，由老闆那位健壯如牛的老婆打理店面。老闆自己呢，因為股災鬧自殺，他從屋邨頂樓跳下來但因為舊式公屋樓層太矮，結果只跌斷了一雙腿。老闆娘嚴守法規，不賣菸酒予未成年人。殘廢的士多老闆沒有話語權；他仍憂傷地凝望我，但我再也不打算把他的眼睛挖出來。

亂世底下的中學生大抵如此。

我還是會拿著澆花瓶和男同學們一起衝進圖書館，對著躲在一角讀小說的瘦男孩噴水，並趕在老師發覺之前逃跑，一起哈哈大笑，做出是日檢討，試圖想出新一輪的惡作劇方法。

只有郭婉柔的世界漸漸變得比學校裡的任何人都更加宏大。最近調位，她又擔當我的鄰座，她的桌上放了一堆「全球化危機」、「經濟殖民」、「土地正義」的剪報和書籍。

事情鬧大是在新年的反高鐵運動，郭婉柔跑去跟著一堆左翼青年包圍禮賓府，大頭照被東方日報拍下來放到頭版，後來在課上到一半的時候被叫了出去。

「是校長，不是主任那種小角色。」捎消息來的班長特別強調。

那年我們幾歲？十五歲。如果把生日日期算進來，才十四歲。一個十四歲的小不點去堵截行政長官是一件怎麼樣的事情——是興奮、恐怖、不知所措還是正義凜然？

說來我已經很久沒有見過郭婉柔在公園練拳，甚至沒有在屋邨裡遇見她。

「妳是不是搬走了？」上數學課時，我問。當時在學sin、cos、tan。

「沒有，我只是近來比較忙。幹嘛這樣問？」她專注地抄寫筆記。

「妳很久沒有打拳。」

「不學了。」

「為什麼？妳打得很好看啊。」

話一出口連我自己都覺得尷尬，只好埋頭去寫公式，但眼角餘光依然可以瞥見郭婉柔回望過來，好一陣才轉回去抄寫。

升上高中以後，升學壓力沉重如鉛。我放棄了所有對於右手復健的想像，左手寫字日漸工整，無暇思索是否還要把別人打爛之類有的沒的。倒是郭婉柔，不打拳之後反而一日過得比一日忙，放學就消失，有時還缺課。

5

「岑政賢！岑政賢！出來！」

升中六的暑假的最後一天，郭婉柔猛拍我家大門，單靠手勁和沙啞低沉的嗓音我就曉得是她。我還在和暑期作業奮戰，不想理睬，但她似乎不打算收手，力道不斷變猛。沒辦法，我唯有應門，一打開，她就把傳單往我懷裡塞。

「去這裡。」傳單上寫著占領政總。「去集會，我們要反對國民教育，撤回……」我關上門。如果要說撤回，那首先就把她撤回算了。

可是那張傳單上寫著的占領、升級、社會行動越鬧越大，我看到郭婉柔出現在新聞直播，接受記者訪問，她在學運組織擔任祕書處成員。她在鏡頭下披頭散髮，油光滿面，表示自己為了示威而長期留守，已經好幾天沒有回家。她的國字臉在螢幕上顯得比平日更加寬。看著她，我依然會聯想到她的四驅車；她練拳時起伏的胸部；她在抄寫數學算式時對我意外的掃視。那才是我認識的郭婉柔。

大約十日上下過去，學生取得勝利，政府讓步，但郭婉柔堅持政府沒有真正撤回國民教育，官字兩個口，抗爭路漫漫，她是想要死守的那種人。不過抗爭熱潮漸退，廣場已然冷清，開學兩星期後郭婉柔終於再度出現在學校。我感到一種無以名狀的安心，但郭婉柔一臉死灰。

中學生涯的最後一年我們必須每日留校補課，操練舊試卷，直至四月的文憑試結束。只要熬過去，成功升讀大學，我就可以離開屋邨，住進大學宿舍。因此無論是國民教育、郭婉柔抑或右手，我都努力把它們放逐到腦海的邊緣。

七月文憑試成績公布，我剛好可以考上排名末席的大學，大概會讀英文系；而郭婉柔正正是英文考不好，倒是通識考了個五星星。大家一起拿著成績單聊出路的時候，她一個人坐在座位上一語不發，我走過去揚了揚成績單。

「你這是什麼意思？」她問。

「想知道妳以後的打算。副學士還是高級文憑？」

她抬起頭，望出課室窗外，長髮髮鬢落下，但這姿勢並未表現出任何失望。

6

離開屋邨、入住宿舍之後我沒有再見過郭婉柔。

我將生活重心完全投放在菸酒大麻和假日打工。右手成為了能夠使我在社交生活裡戰無不勝的一項談資，一場無人能夠媲美的淒美故事。我沒有去看過媽媽，既不打算去看，也不想知道她是不是根本就死了，就像士多老闆在經受殘疾折磨後某一天在自己的單位——我家樓上——燒炭自殺死掉一樣。媽媽已經是過去式了，是那種不必要碰觸的舊患，不管它會比較輕鬆，儘管有時半夜夢迴，我會夢到媽媽和她的刀，醒來時嚇出一身冷汗。

知道郭婉柔修讀公共行政副學士課程是後來的事。退出學生組織的她這次加入了學生會，負責發言，額頭上綁著白布條。她那麼激動，吼得聲嘶力竭，畫面被網民截圖下來盡情恥笑。

和大學同學聊起時政，我有時忍不住說：「那個學生代表郭婉柔，是我的舊同學，出了名要強。」這番話必須用一種隱隱然的懷念語氣來說，好惹人遐想。

大學二年級開始，學聯宣布罷課，在添馬艦舉行集會，我沒有參加。只有少數政治狂熱分子才會一整天往返金鐘和校園，還在課堂前後抓緊時間向學生宣傳罷課。我通常不會留意。但是當學生占領公民廣場，警察包圍現場，情況馬上急轉直下，市民紛紛前往政總支援，占領中環正式啟動。平常吃喝玩樂的同學個個走上街頭，剩我一個在宿舍發呆，又不想看手機消息。還不是些一模一樣的轉發帖子，說哪個地方被占領了，哪個地方發生了動亂。

但是郭婉柔又一次來拍我家的門。

「岑政賢，岑政賢。」她的聲音沒有兩年前的自信：「出來。」

「我不會去集會。」我隔著門扉說。是趁阿爸北上不在，我才回家一趟，卻倒楣遇上郭婉柔。「我只是來拿幾件衣服去宿舍。」

「開門再說。」

才打開一線門縫，她馬上衝進來：「父母要我禁足，不准我去聲援。我偷偷溜出來，借你的名字說跟你敘舊。」

「敘舊是可以。」

「帶我去。」

她緊盯著我。她的眼角帶點鳳尖，目光倔強，總能教對手屈服。

我嘆口氣。

我們搭地鐵向港島西區出發。郭婉柔滑手機跟學生會的伙伴交換消息，聽說添馬艦已經被封死，從灣仔出發比較有利，因此我們在黃綠色的車站下車。一路上人頭湧湧，每個人衣著不一，但憑眼神就可以認出來誰是自己人。

走在馬路上感覺非常自由。我們再也不需要在乎石壆和欄杆。而且混在人堆裡，我也不需要記認自己的身分，我不過是浪潮中的一滴水花。而我的身邊有另一滴似曾相識的水花。就這樣我和郭婉柔一路往前走，聽著身邊的人指點路線，要越過路壆的時候，她牽著我，一起向下爬。我想起了七歲時的馬騮架大戰。現在，我們誰都不會再往下掉。

但是，催淚彈轟然發射，我看著白煙往路口飄，像電影場景。而在那之前半分鐘，有人拿著保鮮紙說，用這個包裹手臂吧，中了胡椒噴霧沒那麼痛，說罷便替我裹起右臂。我想說這隻手其實殘廢了，便是那時候，白煙飄來。

人群向後退，我和郭婉柔失散了，我想把她找回來，但終究沒找到。待煙消霧散，再回頭去找，仍遍尋不獲，而我根本沒有郭婉柔的電話號碼，或是任何聯絡方式。一直有流言風傳會斷網、很快開實彈、坦克會入城。

我站在灣仔地鐵站的出入口一直等。車站裡兩個女孩拿著大聲公說情況很危險，大家趕快走。這是二〇一四年九月二十八日。

7

占領後來被稱為雨傘運動，持續接近九十日。事後一切煙消雲散，金鐘清場，柏油路上重新通車，但那又和我沒什麼關係了。我沒有再上過街頭。社會跟我之間，除了在馬路上化成浪花的一剎那之外，沒有任何連結。我穩當地完成課業，兼職家教賺錢交租給學校宿舍；阿爸長期待在大陸，和他的新女人搭建全新的家庭。

聽說郭婉柔沒有完成副學士學位，而是在學生會任期結束後退學，去當區議員助理。每逢過節，她會跟年輕的民主派議員一同擺檔，派月餅、寫揮春，所謂服務市民。見到我，她會微微點頭打招呼。事到如今竟然連郭婉柔都學懂了世故。看看社會對我們做了什麼好事。

兩年後的新年，我一個人在家裡吃著ＫＦＣ二人餐，一邊過自己的節。現在右手可以拿起炸雞，要挪到嘴邊沒有問題，用力抓卻抓不緊。大概終其一生都會是這個樣子。我突然想起自己曾經在醫生面前說要把誰幹掉之類的大話。這時賀年節目中斷，插入新聞直播，旺角發生騷動，小販被驅趕，市民鼓噪，警察介入。畫面裡兵荒馬亂，突然一個交通警察擎起了槍，向天發射。

我繼續沿回憶的線索去向下尋，想郭婉柔的拳擊，想自己不中用的右手。我扭扭手腕，使不上勁。我試圖模擬初中時在公園裡和郭婉柔演練的套路，記憶早已模糊，動作混淆不清，但唯獨記得右直拳怎麼使。為什麼是右手而不是左手呢？偏偏記住傷痕。我用捉不緊的右拳向前揮，揮向電視機上的警察，揮向電視機上的示威者和政治明星。

要是這時郭婉柔出現，如同過去無數次在運動現場被鏡頭捕捉到那樣，我也會一視同仁，揮拳過去嗎？

右手很快便發疼。那疼痛令人沮喪。

郭婉柔一直沒有登場。明明這種場面她是不可能缺席的，看那些磚塊、那些鐵馬。我起身走向窗邊探望，樓下公園沒人，倒是斜對角郭家的單位點起了燈光。我不知道應該算放心還是擔心。我希望她心中的大火只是內化了，而不是熄滅。

我繼續練習右直拳，管它疼痛乏力，總之就是揮拳，直到直播結束。

翌日清晨，報紙出爐，稱呼事件做「旺角騷亂」或者「魚蛋革命」，政治領袖站在私家車頂、手持大聲公的照片成為了頭版新聞。我看著便利店貨架上的油墨紙，許多年來第一次買了一份實體報紙。

這也許是唯一一次郭婉柔並不在場，卻又跟她攪和得千絲萬縷的事情。

8

畢業後我成為全職補習老師，專門指導高中生的英文科，賺一份不算低但沒有升值潛力的薪水。當一個業餘的教師，沒有人在乎你的手為什麼總是握不緊。我自己也不在乎了。日復一日，吃喝拉撒，一切都沒有意義，時光以無法覺察的速度流轉，直到某年某日，好幾個學生跟我說要停課。

停什麼課？父母沒說。孩子的父母才是我的金主，我聽他們的命，怎麼可能讓學生自己選擇不上課就不上課。

但是這次孩子們異常堅決。

他們說六月要出門遊行。

又再一次，我在街上遇見白霧。沒有郭婉柔，沒有包裹手臂的保鮮紙。我只是不走運，路經金鐘，遭催淚煙偷襲。這次的煙沒有二〇一四年的嗆——可能是距離拉遠了，從遠處看見人群我就知道不妙——我在混亂中走避不及，被人浪淹沒，捲入衝突之中。我兩手空空，這時有人走近塞給我一個口罩，又有人遞來頭盔，再有人送來一支瓶裝水。

人來人往。

我沒有辦法強迫孩子們上課，因為我的心同樣不在課堂上。每天，街上都有烽煙，我知道有烽煙的地方，郭婉柔便會在場。孩子們想要偷溜出去，當滅煙的人，這也令我難做。畢竟我沒有任何話語權。有個高材生因為政治立場和父母吵了大架，上課哭著訴苦，趴在桌上顫抖，他的身影有點像從前我常常欺負的那個瘦男孩。

一次下課後經過區議員辦事處，我探頭一望，正好和在整理文件、準備下班的郭婉柔對上眼。

「稀客啊，岑政賢。」

「路過而已，郭婉柔。」

似乎已經很久沒有呼喚過她的名字。

上一次，我在腦袋裡回溯，竟然抵達了小學三年級的疫病之年，我對她吐口水的那一次。

我們決定來一場真正的敘舊。沿途路經的麥當勞、星巴克都被郭婉柔過濾掉，她說那些都是藍店，親政府的。最後選了一間看起來快要倒閉的街坊茶餐廳，立場不明，不過綠的總比藍的好，她可以妥協。

郭婉柔說她跟了三年的這個區議員是個溫和民主派，相信和平理性非暴力，而她並不，同時對於整天發布文宣早就感到不耐煩了。她還說自己重新開始練拳，強身健體，長命才能撐下去。

這次終於交換了電話號碼，郭婉柔說不如一起去下星期的中上環行動。

「妳沒忘記二〇一四年吧？多麼狼狽啊。」我扭了扭右手腕。

「岑政賢。」

但她又一次那樣叫我的名字：

「岑政賢，出來吧。」

那天我在地鐵月台徘徊，猶豫許久才邁出步伐，走向在灣仔站出口等待的郭婉柔。

我們換上黑衣，戴起眼罩和面巾，抹去身分，再一次成為水花，化成黑色浪潮，撲到大道上。有示威者向中聯辦國徽投漆彈，群眾譁然，歡呼和驚叫。警察舉起催淚彈槍向前推進，示威者後退，子彈穿梭於空中，空氣中充斥刺鼻氣味。我們只能跟著人浪往回走，但是郭婉柔不願意。我拉起她的手，她馬上掙脫，獨自向前走，站在馬路中間，藏身在躁動的人影裡，手裡拿著一柄黑色雨傘，她回眸而來，只從眼罩透露出一對眼睛。那眼神和往常一樣，就像在馬騮架上纏鬥的時候、被訓導主任為難的時候、拿到文憑試成績單而知道自己不合格的時候。

她在面巾底下好像說了些什麼，又好像沒說。

不過，這一切很重要嗎？重要到可以促使我不顧一切跟隨上前嗎？

五年前在白霧中的茫然突然浮現心頭。

我拉好面巾，向前踏出一步。

十五分鐘之後，我們被圍捕，陣線亂作一團，一個全副武裝的防暴警察對準郭婉柔的額頭，用警棍用力毆打。她跌倒地上。這時，明明背後還有逃走的空間，但身體卻命令我向前，走到警察面前，揮出軟弱無力的一記右直拳。

9

「為什麼要用右手？」

「誰知道呢。」

新的瘟疫爆發，所有香港人都買不到口罩和消毒酒精，全城恐慌，議員的工作也由倡議民主變成張羅防疫物資。作為區議員助理，郭婉柔的工作由整理文宣變成打點防疫包，派街坊。她當然會派給我，還塞過來兩包，說是給我爸，我說我爸現在是做個勇敢中國人，她沒有作聲，但大概有在口罩底下笑笑。

這一年我的學生少了一半，但不是因為疫情。

那個瘦男孩不再需要學英文了。他爸說：「我們不能讓黑暴教壞我們的兒子。」說罷就掛了電話。

那孩子的未來令人擔心，不過那又和我有什麼關係。多年來有太多事情，我彷彿牽扯過、關注過，甚至親身經歷過，但到最後還是說不上建立了真正的關係。我終歸是浮浮沉沉，在飄蕩。

只有一個人始終鍥而不捨地叫我的名字，岑政賢，岑政賢。出來。

街坊茶餐廳門口貼滿了抗爭海報。自此我和郭婉柔便常常在那裡聚頭。沒有約好，只是剛好遇上，又剛好坐在同一張餐桌，就在茶餐廳正中央。為了防疫，餐廳要求客人坐對角的梅花座。我和郭婉柔斜著眼互望，各自安靜地咀嚼。有次生硬地打開話匣子，聊著聊著居然慢慢熟絡了，交換了許多回憶。

她說她仍然以學生組織時代的同儕為目標，夢想成為像他們一樣的政治領袖。她說為了修讀政治跟父母鬧翻，用了五年的時間才說服他們，如今他們都是抗爭派。她說她在青少年精神科見到我，當時她目擊父母為了申請破產而爭吵，憂鬱不已，才去見醫生。她也說她其實很愛打拳，當初放棄是因為沒錢，毫無辦法，而且她很抱歉教會我右直拳。

「要是沒教你，那你當時是不是就不會揮拳，而是直接轉身向後跑？」

她問，而我搖搖頭。

她說她沒有剃訓導主任的頭，不過是把她反鎖在廁所裡面而已。

她說她很抱歉小學三年級的時候沒有來醫院探望過，因為父母不准，他們覺得岑家的人都有病，而且那一年還有疫症，住過醫院一定會傳染。她投球過來只是想要打開話題，沒想到我竟然會吐她口水。她當日晚上就發燒。後來證實不過是普通感冒，虛驚一場。

我不知道怎麼回應，那些舊事。舊事通通被我放在遙遠的角落，只有兩個座標一直緊跟不放：「郭婉柔」這個人，以及右手。

我唯有岔開話題：

「哎。與其懷舊，倒不如說說未來。過兩天我們又要過堂了吧？」

郭婉柔用湯匙撥弄吃到一半的豆腐火腩飯，曖昧地點點頭。

夜深，我們沿路走回區議員辦事處，郭婉柔抽出鑰匙，偷偷摸摸地去又偷偷摸摸地回，提著一大卷貼紙和兩支噴漆。我們特地走到幾個街區外的地下隧道，一起把宣傳品貼上牆壁。當然是郭婉柔的主意，她從來對整理文宣沒有好感，可是運動沉寂，通過圖文提醒身邊人毋忘初衷，是她——我們——唯一可以做的事情。

我用噴漆寫了一句口號，突然背後有人啐了一口。有個老伯站在後方，盯著我們。隔著口罩，可以觀察到他的下顎在蠕動。

隧道只有我們三個人。去年這樣的場面經常發生：不能接受抗爭的中老年人，拿起利器襲擊張貼文宣的年輕人。假如發生相同的悲劇，希望他砍的是我而不是郭婉柔，畢竟我一早就是個廢人了。

是嗎？

我把噴漆從左手換到右手，在牆上歪斜地噴了一句：

「那場美好的仗我們已經打過了

但是」

正要繼續噴下去時，老伯衝前，搶走噴漆，把所有句子通通刪掉。

「不三不四的，垃圾。」他說。

我把口罩拉下來，對準他的眼睛吐口水。他尖叫，我乘機搶走噴漆，把他噴成一身黑色，然後拉起呆住的郭婉柔，一起跑，一直跑。漸漸地我感到世上所有的節奏都輕快起來，郭婉柔在後頭大笑。不知道我們將會抵達何方。我想起後天的法庭，每星期的警署報到，一年後的監獄，可是就只有這個晚上，我希望一切都不會停止。不如就直接跑回屋邨裡的馬騮架，跑回七歲的時候，我們一同摔落地上，卻彼此攙扶，結束一場漂亮的仗。

——本文獲二〇二二年第十一屆台中文學獎．小說佳作

蘇朗欣，香港人，現就讀東華大學華文所創作組，曾獲奇萊文學獎、後山文學獎、台中文學獎等。已出版中篇小說《水葬》（香港：水煮魚文化）。

上路的遊戲——張亦絢

1

她應該是一上車就睡著了，但她不是故意的。

醒來時候她有點詫異，覺得自己太不小心了。這輛巴士要通往的是機場，不是在第一航廈就是第二航廈下車，如果一覺不醒，司機應該也會叫醒她吧？沒發生過的事不知道。也許睡著後，又被原地載回台北也不一定。聽朋友說過各式各樣趕不上飛機的事，大部分都令人不可置信，最多的是時間沒算準，在去機場的這一路上，先出了差錯。

不過，就算她習慣事事算好時間，提早出發，也曾在飛機場等了一天一夜，坐不上飛機。在荷蘭，說是風太大，飛機根本不能飛。人在機場大廳裡，感覺不出外頭的風是怎麼了，一直懷抱希望。以為下個小時就會通知起飛，一小時一小時過去，後來還得在機場過夜。那時才知道，飛機看來那麼堅固的東西，竟然也怕風。

趕飛機有趕飛機的心理。偶爾因為什麼意外延遲了，莉娜會對自己說：塞翁失馬，焉知非福。誰知道一心一意趕上的這班飛機，會不會失事？據說劫後餘生的，常常都是一些滿身缺點的人，早上會睡過頭的，出門會忘記帶護照的，眼睛太大會看錯日期的——是否這時的分秒必爭，正是加快腳步葬送此生？趕什麼趕？趕投胎嗎？難怪會有這類口頭禪。然而，就算腦海將豁達的想法衝浪了幾遍，莉娜也還是沒太拖泥帶水——這一趟，似乎更不可以，因為算是有公務在身的旅行。

我的死亡焦慮只是中等而已，莉娜對自己說。妞妞走的時候，她有一陣子非常不好。看到漂亮的衣服，會對已經不在的妞妞說：這衣服妳會喜歡嗎？看到一盒牛奶糖，也會對著虛空問：妞妞，妳喜歡或是不喜歡牛奶糖？每個新的月分到來時，她也會想，妞妞，這個新的三月，這個新的五月，妳都不會度過了。喊妞妞，彷彿是多熟的人，其實不過就是跟著妞妞的朋友喊。因為想來這是妞妞可以接受的東西——在這世上，應該有很多很多事物，是妞妞妳不願接受的吧？

現在會想起妞妞，並不奇怪。如果不是妞妞，她不必出這趟遠門。剛剛睡的那場覺，莉娜覺得有點不對勁，她沒有感到睏就睡進去了。在這種沒有床的睡意來襲前，她通常會覺得放鬆或疲倦，會給自己下達模糊的指令「那就睡吧」。但這一次，她根本什麼也沒感覺到，什麼招呼也沒打——這個覺好像一塊長方形的物體，非常平整地駕馭了她切割了她，她沒有置喙的餘地，睡眠直接地拿走了她。睡眠，有種是掙扎再三才落敗的，但至少有那個掙扎的過程——她也碰到過非常暴力的睡眠。那種時候，她一點都不想睡，全心想醒著，卻像不斷溺斃般，被睡眠捲去、帶走。

跟發瘋差不多，著了魔。最激烈的幾次，說也奇怪，都是在交通工具上。後來算一算，著魔時辰，都有親密的朋友或親人，剛好離世。那也是一種告別嗎？所謂的失去意識，是因為她溜了她在陽間的班，去陰間陪走了一段？不過，或許那只是預知死亡的憂鬱。像水被放進冰盒裡，做成一格一格的冰塊——對著冰塊道：啊，這是冰塊，這是睡。為的是，不說痛苦是痛苦。

但這次連過去那種劇烈的搏鬥也沒有。也沒有夢。

不久，我就要到另一個國家去了，這是為什麼我現在得去機場。莉娜看著窗外，突然泛起了陣陣不安——她發現，她一點也不認識車窗外的風景。完全不認識。

2

我有可能坐錯了車。這是為什麼風景看起來很奇怪。但是等等，風景很奇怪？風景不可能奇怪到哪裡去。如果我覺得看起來奇怪，應該是心境作祟，境由心生。莉娜想，我一定是壓力太大了。

前幾天，有件事老堵著莉娜的心。如果遇到鬧場——該怎麼辦？無論如何，主辦單位，一定會介紹她是台灣來的，就算她不主動說出來，一旦被問，也不可能把自己說成別種人。運氣好，一切會平靜無波地過去，但運氣不好呢？

在歐洲的時候，有次同學邀她去參加悼念死於集中營的猶太人的紀念會。就在學校的其中一間教室裡。本來感覺是很單純的活動，但才開始，麥克風就被一個學生拿住不放。如果說這人反猶，說的話又太過破碎，講話講不停，是不是感情疾患也很難說。總之，最後全部的紀念會都泡湯了，因為沒人知道，可以怎麼辦。如果只是有心鬧場，也許有處理的辦法，但對方又像病人，變成無論放任或阻斷，都進退維谷的狀況。

「在這裡，話都可以隨便說說隨便混，到了外面，」莉娜說，「隨時都有人冒出來想問我們是不是獨立的國家。」莉娜有次跟小海閒聊——好像是去看陳澄波的展之後吧，小海工作的出版社，那年做了一本相關的書。「煩惱？」小海道：「像賴清德一樣說，妳是一個『務實的台獨工作者』，不就沒煩惱了？」「我？」莉娜開玩笑回去：「我一生不知務實兩字怎麼寫。」

外國人讀國際關係或歷史的，那是比一般碰到的台灣人，都知道台灣地位的眉眉角角。但要是碰到一般人，反應常常離奇得讓莉娜啼笑皆非，都已經跟他們說，中國飛彈與飛機對著台灣島，他們還老是無比豪邁地說：「中國不贊成有什麼關係呢？不用管他們吧？你們應該可以愛怎樣，就怎樣吧？」愛怎樣，就怎樣，我還真想呢。

那陣子，「務實的台獨工作者」變成許多人開玩笑時喜歡用的詞。沒想到小海開玩笑開到她頭上來。小海比她小十來歲，如果說台獨，跟莉娜這一代堅壁清野的氣氛真不一樣。因為網路的關係，他對中國的慣用語或年輕人流行什麼，興趣都很大。每次都笑她不懂中國年輕人的梗。

小海說了好幾回「習近平這人怎樣怎樣」，莉娜才想，如果中國最紅的是這個人，那就研究一下也不吃虧。YouTube上看了幾集「紀錄片」，莉娜打電話問品怡：「台灣的電視怎麼這個樣？三歲小孩都看得出來在歌功頌德，花那麼多時間說習近平童年多苦個性多堅強。」

品怡問她看的是哪台做的，莉娜說了。品怡回答得很乾脆：「這台早賣掉了，妳不知道？」說起來品怡甚至不是台灣人，高中時就移民國外。莉娜會問品怡，是因為知道他們家族早年跟國民黨搞政商關係，跟錢有關的事，問品怡最快。品怡七竅生煙的口氣，越來越像愛生氣的台獨分子。莉娜想，品怡的家人一開始想中國大概只是商機，這幾年突然了解商機也是共產黨——對做生意不是太好的那種共產黨。

妳擔心的是這個嗎？突然有人跑出來，說妳不可以說妳是從台灣來的。

這事她碰過，也聽說其他人碰到過。有次有個國際研討會，她沒去，幾個中國朋友跑來問她，怎麼你們有的作家會說自己台灣來的？搞台獨嗎？莉娜很吃驚，他們消息那麼封閉。他們眼中十惡不赦的那些作家立場一直很清楚，在台灣或別處，莉娜覺得大家都知道，只有中國出來的人，會像看怪物出世那樣，忿忿不平——跟他們說一點台灣史，他們都一副聽天方夜譚的表情。

無論如何，公開場合就是未知的空間。

出席任何活動都有引發攻擊的可能，就像搭飛機，等於把自己交給飛機失事率。什麼樣的可能都有。遇事最重要就是要冷靜、要鎮定。

但我應該不會用坐錯車，來逃避眼前的一切吧？又不是寫小說。

3

坐錯車的可能性很小，但也不是全部沒有。

莉娜快速回想：坐計程車到台北轉運站上的車，要坐的車有四個數字，她當然是對過了很確定了才上車——刷悠遊卡。中間沒碰到什麼麻煩，所以也沒有特別的記憶。她坐的是巴士後門後的第一排，離司機的位置有點遠，算在巴士的中間，從車內看不到任何痕跡，表示這是到機場的車。她曾經睡得不省人事，那段時間沒有任何記憶，所以，也許發生過什麼事。發生什麼事，她的責任——莉娜想到，她的責任——但誰會覺得坐車的時候，有什麼責任？

她的責任就是到機場。上了車，責任在司機。她會立刻睡著，就是知道這中間她不必負什麼責任——如果坐計程車，司機有時還會問她對走什麼路的意見。巴士的好處，就是一切都是約定好的——不用管細節。總之，她上了車，她就會到。到終點。除非？

莉娜這時對一向的輕鬆篤定，產生了近乎胃痛的懷疑。

她定睛看著窗外。把眼鏡拿下又拿上。這種巴士她坐過不只一次，到機場前，會經過好幾個大飯店，從飯店上車的旅客，有時一上來就好幾人。在市區繞行，應該蠻浪費時間，但那段時間裡的景物是好認的。招牌，市容，認真一點也看得到路名。但莉娜顯然把那段時間都睡掉了，現在看得到的，都是沒有明顯特徵的事物，田地田地、樹木樹木、電線桿電線桿、像是農舍的房子、倒在地上的腳踏車、最沒有幫助的是許多許多雲——看起來，就像任何到機場路上的景色。但要反過來說，它們看起來，一點都不像是會通往機場，莉娜發現，她也完全，完全無從反駁。真是糟糕。

我坐在開往機場的巴士上，但我覺得它沒有開往機場。莉娜如果拿出手機，在LINE上打這一段話給朋友，一定會得到有大小問號的有趣貼圖。而莉娜卻不會感到有趣。

乘客出奇地少。旅遊淡季？發車偏早？連莉娜在內，竟然只有三人。莉娜記得自己上車時，並不是一個人——人是沒很多，但如果只有她一人上車，她應該會有「啊，坐車的人好少」這種感覺。一起上車的是幾人？都沒在飯店接到人嗎？如果是司機有問題，他們以三敵一，有救嗎？其他兩人坐得離莉娜不近，不是立刻可以說上話的距離。莉娜覺得乘客的人數，也透露著蹊蹺。

司機劫持旅客——在電影與小說裡都看過。莉娜很後悔，以前看的時候，沒從生活常識的角度看，現在想起來只有一些派不上用場的畫面，還有虛無飄渺的焦慮。無助感。

年輕時如果知道，作家的工作，包括代自殺的作家上場——如果早知道，會不會乾脆放棄寫作？

莉娜想：「從來沒想過，會有這一天。」袁、邱、黃、葉——幾個作家自殺的時候，莉娜都覺得，像是意外、像是例外，像是極少見的事。自己離這種事很遠、很遠，對離較近的那幾個作家，感到很深的同情。他們必須駝著他人的死亡前行，別無選擇。那種承受人生有壓痕的人：儘管長相不同，他們卻會擁有越來越像的一張臉：那種經常忍耐，不能痛哭的臉。莉娜一定偷偷祈禱過，不要有相似的命運。而且還以為，祈禱會有效。

現在她該祈禱嗎？如果祈禱有效，妞妞也不會死。

4

都是眼睛惹的禍。越看，景色變得越不能信賴。太綠，太白，太暗，太亮，太沒問題。幾個路牌閃過，那些地名讓莉娜不會說自己在異國，但卻沒把握，它們現在出現，是好消息還是壞消息。

都怪她。如果她認得出植物，記得住沿途風景，她就知道，車子是不是正常行駛，她有沒有成為某人妄想的一部分。莉娜想起有次在北非文化中心買過一張明信片，她跑去問櫃檯的書店店員，這是哪個沙漠？

沙漠？店員訝異地反問。「這是綠洲，不是沙漠。」她需要的就是那個店員的眼睛，那種讀得出田與田、樹與樹、小徑與小徑差異的眼睛。她像讀阿拉伯文報紙般地，讀不懂地讀著窗外——訊息龐大卻又沒訊息。書店店員或許曾生活在沙漠與綠洲中，但親愛的莉娜，妳並不生活在公路與田地中間。這不是妳的生活。現在沒有誰記得住所有的街景，那是Google Map的工作。

這不是我的生活，那是什麼？我此刻的恐懼與憂愁是我的什麼？這不生活嗎？這還不生活嗎？莉娜伸手想掏手機，拿到卻又放開，對自己說：妳先想清楚。

Périphérie：又重要，又不重要。字典有這個字，但字典沒有這個定義。莉娜覺得她正處在這個字當中。屬於但又非中心的一部分。

這條路、這個自己、這種沒記憶——這段時間，這種「看著卻又看不到」，都是「陪稀非惜」。如果一直睡就沒事，偏偏她半路醒了。如果不往外看也好，偏偏她往外看了。從首都到國際機場，從住處到另一個城市的工作場合，每個地點的意義感覺起來都很明確，但是把明確意義連起來的力量與存在，卻很混沌，有種中空感。如今到處都是混沌，都是中空感。我雖在這裡，跟沒在卻沒有太大差別。可以說，因為「這裡」只是連接兩個點的通道，所以「在不在」並不重要嗎？如果這個時候，莉娜想：我無法做出任何判斷與應變，導致我命喪途中——那麼，我就是這種極端現代性的絕佳祭品——然而，我會隕世，所以這一切又會隨著我的死亡，再死一次——不被認識。彭婉如。

莉娜記得那年新聞上說彭婉如失蹤時，她完全是樂觀的，一點都沒往不好的方向想，她覺得事情最後會有合理，甚至爆笑的解釋——儘管她想不出來，但莉娜覺得就是會有。幾天後，當電視新聞播報出彭婉如被殘忍殺害的消息，莉娜正在家附近的餃子館裡吃晚餐。她永遠記得了桌子上的那盤涼拌小黃瓜。事情就是這樣了，再沒有用想像討價還價的餘地。

那一年的幾個月前，莉娜的工作遇到了麻煩，她要不中途而廢，要不就再想辦法。長輩是彭婉如的好朋友，跟她說了幾遍，去找彭婉如。彭婉如會幫忙。長輩知道莉娜是同志，還會把她引向彭婉如，莉娜於是應證了，聽過彭婉如對同志很友善的傳言。但莉娜累了，她想放空幾個月後再說。莉娜有些頹廢傾向，常常覺得有所成就是很無聊的事。她有些害怕，彭婉如會把她捲入比較陽光、甚至強壯的世界中——而就是莉娜眼中比較明亮、比較有力量的那個人，最後以刺瞎眼的霜白，映照出徹底的黑暗。當然莉娜什麼都沒看到，只是偶爾在看到雲或雪的時候，想到究竟能賦予被做成那種裸體的白的死亡，什麼樣的理解。事實上，終歸不能理解。能夠理解的是，那在其他人身上的影響。莉娜看著她們，她們那一代，比自己母親年紀稍輕或稍長的女人，全都掉了色。

彷彿血管與血管是相通的，一個人以這種方式流血而死，其他人也會以其他方式失血過多。

人類對悲劇是沒有預知力的。在妞妞出事前，她曾列了若干注意事項，請幫著妞妞的人，要防範有人對妞妞可能的惡意攻擊。她寫了刪，刪了寫，最後還是沒寫的是，要防範妞妞自殺。莉娜覺得妞妞都結婚了，這說明妞妞已精神復健到某個階段，自己的不放心，沒有道理。莉娜回信，一向速戰速決，為了那一句話，拖了半個多小時。最後寄出的是比較平靜的版本。沒有說到防範自殺。

我不夠警覺，或是，我過度警覺。如果我總是過度警覺，就會使人們對我失去信任——所以，我不應該過度警覺。結果就是——我又變成了不夠警覺。莉娜偷瞄了一下手機上的定位，定位顯示她在西雅圖。這樣她何苦坐飛機？西雅圖，西雅圖咖啡吧？上星期她曾在模里西斯的路易港，昨天是雅加達。根據定位，莉娜認為她應該是忍者或是一隻灰頭信天翁。她的人生什麼都不用做，成天只在換地方。大家都說莉娜莉娜妳要修手機，但她總沒修。

5

失去過手足的人，大概都曾面臨一個處境，就是覺得其他人可能希望，死去的那個人是活下來的，而活下來的，也許更適合死去。莉娜沒有研究過這個主題，但一個家庭會因為愛著死去的孩子，造成活著孩子的陰影，這是很容易想像的。莉娜很慶幸自己已經不是個孩子，也已經過了會很在乎愛不愛的年紀。然而，妞妞留下的陰影，是別的型態。

莉娜知道有的作家，會直接拒絕處在類似莉娜的狀態中。一個研究員對莉娜說，我們不得不取消某個單元，因為自殺的作家不能接受採訪，他的作家朋友也覺得仍然沒有準備好，幫忙介紹。他們覺得受不了。莉娜點點頭，這可以了解，不是嗎。又說：但是很可惜，對文學來說。是啊，研究員說，是很可惜。我們只好取消。莉娜說：活下來的人，判斷自己受得了或受不了，也很重要。

妳受得了？莉娜問過自己。莉娜用一種奇怪的方式評量：研討會加上可能必須出席的社交，嚴格說起來，並不會超過二十四小時。就當成只要撐過不到二十四小時。——她還在前一天對著年輕作家說，你們的小說要在期限前寄來，我會在旅館讀，不要遲交。好像她都不會崩潰那樣。

但是，時間並不是可以這樣截然畫分的。現在並不算在她要撐住的時間，她計算的撐住，是從研討會當天的早餐算起——現在根本還早。說起來，我還是不夠有經驗呀，莉娜嘆道。用芥川龍之介的方式來說，人生就是沒有練習，就會被丟下水的一件事。因為我正在一件煩心事的途中，我自己是不可能出事的，否則，也太怪異了——這會不會也是彭婉如那個晚上的想法？她想的是，議案會不會過，是國家大事——最想不到的，大概就是自己也會出事。

莉娜發現像她們這樣的人，經常覺得各種會議是重心，總在全力以赴什麼。到底要怎樣才算有剛剛好的警覺？莉娜盯著司機的方向瞧。

她跟司機的關係通常相當好，小時候有幾個月通車上學過，同車的國中生吵得不得了，讀小學的莉娜，因為沒有人陪伴而總覺得十分緊張。但同一時間開車的司機是個快樂的人，他老是邊開車邊罵滿車嘰嘰喳喳的國中生：「愛說話愛說話，少說一句是會死喔。」因為是用非常愉快與寵愛的語氣說的，莉娜聽到總忍不住笑，就沒那麼緊張了。該信任的時候，還是要信任，即使對方是男人——那個告訴莉娜，彭婉如會幫忙的女學者，曾經這樣教莉娜。莉娜覺得老師說的是好話，事情本來就是這樣。

莉娜上車時，沒有很注意司機，他既沒有蓄鬍子，也沒有戴墨鏡——有次有個說做建築安檢之類的人要莉娜幫他開公寓的大門，莉娜在陽台上問：「我怎麼知道你真的是你說的那個人？」他又蓄鬍又戴墨鏡。但後來莉娜打了電話確定，裝扮像搶銀行的人，真的是個公務員。

妞妞過世後，有些謎團變成難以忍受的陰影。人們會攻擊揭發性侵害的人，所以會攻擊妞妞，莉娜並不驚訝，這她找得到方法撐住自己。奇怪的事發生在別處。有人告訴莉娜，某些有點權威的文學人，對妞妞反對得很厲害，但不肯告訴莉娜是誰。莉娜原先覺得無妨，托爾斯泰還討厭莎士比亞呢。大家一天到晚都在意見不同。問題是，有影響力的人通常不露面，懶得讀書的人卻會照抄意見，不斷以口頭的方式流傳出去。

莉娜曾經始終覺得，F是對文學有不同想法才反對妞妞，卻在幾個莫名其妙加起來的狀況裡，知道F是某人的地下情人。當然，枕邊人文學意見不同的例子也很多，意見相同不能說明什麼——只是莉娜是在事情過後很久很久，才拼出來人際網絡，突然覺得自己當初對人的想法，似乎太單純了點。

莉娜大學時，碰到過一個大學女生被教授侵犯的案子。大家覺得最多敵人就是教授或教育部。後來才發現教授的整個家族，牽牽會到報社，甚至到教宗——雖然教宗最後並沒有扮演什麼角色——但當年那一批人，幾年後還繼續辦文化雜誌，甚至請了因性侵案快入獄的電影導演來做封面。說犯罪這也不是犯罪，但就是說不出的恐怖。

妞妞的事也是這樣。新聞爆出那人（就說是妞妞的敵人吧）用出版社專標政府採購案時，莉娜還覺得大概就是印印政令小冊，防癌一起來那種東西。直到有天也是偶然，莉娜對某書的版權頁看得仔細了點，上面沒有上了報的名字，但推得出家族關係。從莉娜手頭上的東西來看，出版社只負責硬體的編排印刷，與軟體沒關係——但排在版權頁的，無論作者或編輯，盡是赫赫有名的人。

莉娜出過書，印書的人做了什麼，作者其實不知道，壓根就不認識，但是編輯或出版社呢？如果不把事情兜起來，莉娜還曾對印過整套整套台灣文史叢書的「出版社」，有過好印象。那人跟文化圈的關係，應該並不簡單，只是非常隱蔽。妞妞是不是誤打到了什麼？妞妞以為那就是個背景，但裡頭卻剛好有贓物或別的罪證的倒影。

倒影——莉娜突然想起，風景讓她覺得不對了的那一幕了。那裡有個東西。

6

莉娜直覺那就是青天白日滿地紅的旗子——但回想起來，並不確定。

一開始莉娜想到的是風，風吹得方向太混亂或太強，沿路應該是掛著的國旗全都內捲了起來，不太好看。照理說，國旗不是該在風中飄揚嗎？把它想成煮來吃的金針花大概可以，總之就是一種弱弱的長條狀的倒吊花苞樣。莉娜邊回想邊懷疑，像有人用橡皮筋或什麼東西，從下面把它束起來了。國旗被綁起來了？

那感覺就像風大又亂吹時，有些人的臉會被長髮吃掉，如果還露出眼，看起來就好笑——如果連眼睛都看不見，分不出是一人的前面或後腦勺，就有種妖異感。

可能有十幾根這樣的桿子，在路與田的中間——莉娜讓它們溜過了意識的邊緣，也是因為這些旗垂垂的樣子，跟她印象中的旗子與旗桿都不一樣，像被嚴酷的大自然做過手腳——她記得自己漫不經心地飄過一句：十月了嗎？風那麼大？

離開學校後，就很少看旗子。印象中，政府機關或郵局，有幾天會插上。莉娜記得是所謂國慶日前後，說是元旦也可能。如果是象徵意味濃厚的地方，看到並不奇怪。通常莉娜看到會有一陣生理與心理的緊繃，然後自己調適，看是視而不見，或是重新接受。雖然是同一面旗子，揮舞它的意思卻往往未必一樣——三十年前，搖這旗子，通常是想把台灣獨立踏扁，三十年後，拿這旗子，變成向禁止台灣獨立的中國勢力宣戰。現在有些時候有人還把旗子藏起來，更是令人覺得可笑。

然而，因為這些旗子像包莖一樣死死不動，莉娜就只感到：「咦？」或是她有個想法低掠過：還好我在台灣，若是獨裁國家，旗子這樣腫不腫，虛不虛，長方形變成空包穀，打不開又揚不起——恐怕誰會有麻煩吧？然後她開始瞥見風景中，詭詭的異境感。只是這樣嗎？莉娜又覺得不確定。她會不會產生了幻影？看到變形的紅旗子，會不會是快要發瘋的前兆？

到底都是誰來立這些桿子，掛這些旗的呢？

莉娜往年喜歡聖誕節的燈串與掛飾，覺得很溫馨熱鬧——直到有次聽到自己的舅媽說，以前在商店打工，最恨聖誕節。因為被命令要弄那些布置，掛起來特別累，還有同事釘東西時，從梯子上摔下來。此後，莉娜就再不用同樣心情看發亮的小星星或天使了。莉娜想，她倒是從沒聽過誰負責弄旗子，累不累的故事。

這車離開市區，就算直達車了——快是快，但真要出事，就不像平日的公車，可以隨機應變——說有事，莉娜想想也只有一次，她覺得司機或車子有毛病，左右搖擺像是舞蹈病，她就提早下車換了計程車，應該也沒到危險的程度，只是不舒服，否則她應該會打電話，讓人注意一下。現在車子倒是平穩極了，沒有車子喝醉了的那種可疑感——但平順這東西，也很難說。馬航有架飛機，載了兩百多人，說失蹤就失蹤，那麼多科技玩意，最後什麼也沒調查出來。有人說是軍演擊落，有人說是恐怖襲擊，機長自殺這種講法，最為嚇人。東京地下鐵沙林事件，更是根本想像不到呀。就像我，看起來也不錯，穿著最好看的一件外套，誰想得到我心裡走來走去，都是些殘酷不仁的事呀。

孤單、抑鬱或是有模有樣把許多人聚起來一起發瘋的人，越來越多了。因為要上飛機的緣故，莉娜想起，她把所有的防身武器都留在家裡了。那些東西過不了檢查。

又想起了妞妞。莉娜想，行前告訴過自己，不能在研討會上說的事，一路上絕對不要去想。

不會有解答的，灰色的重霧。那都是因為，有人來告訴莉娜，妞妞帶著自己的新作去拜見某文學大老H。莉娜大吃一驚。不、不、不，雖然這會顯得野心太過外露，但莉娜早就看過許多——本來就很難分別汲汲營營與力爭上游。莉娜還不是讓年長的女教授帶過、提拔過——當年她也是送自己的作品去給人家，也沒覺得冒失，也沒預設後果——年輕都是這樣。並沒有清楚到想要遇到貴人什麼，就是到處試試機運，想要不那麼寂寞。這沒什麼。這本該沒什麼的。

「怎麼會這樣。」莉娜道。「是啊，怎麼會這樣。」來人道。

她們之所以會這樣驚疑地哀嘆，原因很簡單，H，H不在「信任名單」上。事實上就是，莉娜聽過不同人說，H有問題。人們會互相提醒，不要單獨與H在一起。現在他們有一種委婉但有效率的訊息傳遞方式，就說「某人剛好不是對人我界限有良好素養的人。」這樣說是為了不直接說性騷擾，又期待達到警戒強暴的功能。——之所以如此，一來確實沒有足夠證據，二來是，莉娜曾請人具體說明碰到的狀況，而莉娜發現，那是一個「舉證性騷擾太弱，但說可以放下戒心又不可」的朦朧危險地帶。莉娜本人沒有聽過嚴重越界的事例，但幾乎所有人互相詢問，是否該小心，都說該小心。莉娜相信，妞妞剛好不知道。

在一種僥倖的心態中，可以把黃燈的信號視為並不存在。如果有悲劇，這個悲劇是像用虛線看見星座一樣，存在於象徵層次：一個被出賣的人，再次前去的地方，站著與她出賣者大同小異的人。在最壞的想像中，她像被再出賣一次，而在最好的想像中，是「大同小異」能夠不是真的——人們奔相走告之事，是誤傳或有其他解釋。——但是真相，莉娜覺得，是在這兩極之中。

無論妞妞知情不知情，兩種狀況都很悲哀。莉娜寢食難安的是，要是妞妞是「隱隱感覺到了什麼」，那恐怕會比「清楚發現」，帶來更不可捉摸、不可降伏的焦慮。但事情總是太快發生。莉娜才知道、才被此事在心上刮上一道，妞妞就走了。沒有人知道，她生前受過的苦，都包括什麼。

7

我住在一個島上，擔心在一個瞌睡時間裡，島上就有，不該是一個瞌睡時間裡發生的天大變動——這是我們國民共有的清醒不寧症。

熟悉的建築物緩緩地出現，像一塊完全不在預期內的大塊蛋糕。太大了。莉娜輕輕搗住胸口。

這樣說起來，她並沒有逃亡的可能，沒有葬身在神祕中的解脫，也沒有什麼異世界的宇宙使者會劫持她或接她離開，離開這塊土地，這個國家，這些人與這些歷史的錯綜複雜——每次離開都使她自動更加進入。她終究要更清晰、更明白地活下去——這多麼難，又多麼容易。

莉娜拉著行李箱向前走。

跟著她走進機場大廳之前的背影，我們看到她站著停了一下。她突然地彎下了腰，彷彿要倒下，卻又沒倒。像是她再也站不住了，在痛苦地深深乾嘔，在拚命地吐氣吸氣換氣，在做奇怪的伸展操。像是在確認她腳下的土地沒有不見，也像是試著彎彎腰後，好把背脊挺得更直——來感覺她的身體很真實。所有的可能，都有可能。

確實，沒有人知道她為什麼停下來。

然後，她就一步一步，走進國際機場的大廳裡面了。

——原載二〇二二年四月《印刻文學生活誌》第二二四期

張亦絢，台北木柵人。巴黎第三大學電影暨視聽研究所碩士。著有長篇小說《愛的不久時：南特／巴黎回憶錄》、《永別書：在我不在的時代》（以上國際書展大獎入圍），短篇小說集《性意思史》（二〇一九 OpenBook 年度好書）；推理評論《晚間娛樂》等。專欄「我討厭過的大人們」獲金鼎獎最佳專欄寫作。二〇一九年台北藝術大學駐校作家。《ＦＡ電影欣賞》專欄「想不到的台灣電影」作者。《永別書：在我不在的時代》經選為二〇〇〇後台灣最具代表性的小說之一，獲頒「二十一世紀上升星座」榮譽。

作孽的人生——阮慶岳

我爸來台灣時是帶著裹小腳的婆一起的，我常常想像那樣的場景，就是婆如何搖搖晃晃、一小步一小步地走上登船的細階梯，父親雙手提著所有的家當行李，一邊護衛著不讓擁擠的人潮碰撞到搖搖欲墜的婆，兩人像一對避難同行的殘缺母子，一路顛簸地到抵這個陌生的島嶼。

婆不識字又只會說福州話，加上裹著小腳行動不便，這幾乎讓後來落居在南部小鎮的她，有如被什麼真空氣球隔絕開來，成為一個讓眾人幾乎視而不見的絕對異物。然而，婆卻對這樣的生活完全滿意，她日日起床必先行禮如儀地梳洗自己，尤其會認真對著木窗檯上的小圓鏡子，有條不紊地反覆梳著頭髮，包括最後會滿意地敷上茉莉花香的髮油，再在後面紮出一個髮髻，全程緩慢也優雅，完全無視站立一旁、以著驚奇神情瞪視整個過程的我。

婆的一切舉止言行，都如此緩慢幽長，我此後餘生沒有再見到過任何人，能和婆一樣安靜優雅地長時間一人靜坐著，不管只是對鏡梳妝，或者就是什麼也不做地望著窗外景色，彷彿她是岩壁上一尊時光外的石佛，無喜無憂地看著江水滔滔流逝去。

是的，對幼年的我而言，婆所有緩慢的生活動作，都宛如一個神祕的宗教與儀式，暗示著一個我永不可知也不可解的宇宙。婆像一個來自異星球的人，她可以端坐在榻榻米床鋪上，或是獨坐在有午後陽光灑入到直長條玻璃窗邊的木凳上，幾個小時一語不發。這已經和裹小腳行動不便無關，我完全相信她的一世，從來就是這樣活過來的，就是優雅地、文氣地，不動聲色地一人在角落端坐著，像是一株盆栽裡的無名植物，或是什麼園林裡的一座太湖山石，那樣全然不打擾任何人，也無聲地一邊吐納一邊存活著。

我很小就知道婆的名字叫葛寶英，那是我從戶口名簿上看到的，但沒有人用這個名字喚叫過她，大家都用福州話發音叫她婆，聽起來比較像是國語發音的伯，只是我們尾音會拉得很長很高，就是：伯——伯——。至於婆在平日喚叫我時，則會把我名字裡用作排行的慶，發成嘆氣般輕聲無存的空泛語音，然後把名字最後的那個岳，用顯得誇大引人的腔調，拉成長聲也高亢的「幽」，彷彿在喚叫隱身森林的小鹿，還是召喚著什麼不可見的生靈似的。

婆一直很客氣地稱呼我的母親趙小姐，這是爸媽婚前還在談戀愛來往時，婆對母親的禮貌稱呼法，但是即使婚後成了婆媳關係，婆還是一直這樣稱呼著我母親。婆和我母親一直以著這樣略略有禮隔閡的態度共同生活，婆需要生活的什麼大小事物，都是直接私下告訴我父親，讓父親負責去為她張羅與添補，母親並不太去理會參與或插手。婆需要的東西其實很少，她的一切物品都摺疊整齊，放在一個厚重的牛皮行李箱子裡，那應該就是離開福州那日帶來的那同一只箱子，存放的容量大小也完全沒有改變，彷彿婆這麼多年的生活，從來並沒有需要去增加什麼，也沒有特別少去了什麼。

婆唯獨愛吃甜食，尤其是黏牙的花生酥糖，因此她的牙齒一直稀落疏少，父親蓄意減少甜食零嘴的供應，想斷了婆這唯一的不好習性。婆便決定要自己上街去買，她會喚叫也一樣安靜不語的我隨行。婆準備好後就一手扶著牆壁，另一手搭著我的肩膀，兩人一階一階走下去宿舍的大樓梯，然後走出去大門，拐到大街騎樓下的整排商家。婆只能用應該無人能懂得的福州話溝通，卻依舊順利買回她要的所有零食，再自己偷偷地塞在她牛皮箱角落的衣服底下，彷彿什麼事情都不曾發生過似的，婆通常會犒賞我一些零食或小錢，讓我和她一起守住這個雙人間的祕密。

婆對於她的六個孫子女，也保持著親切的友善距離，並不會主動去接管與幫忙，唯有在母親因事動怒或孩子夜裡哭鬧不能眠時，她才會插手把孩子抱去她獨眠的榻榻米床上，像避風港般護衛那個哭泣不停的孩子。婆用來哄小孩的招數並不多，她先是會用福州話反覆唱一首我們都倒背如流的兒歌，那是僅有幾句唱詞的兒歌，是在說著一個三歲才剛學語的孩子，竟然不必經由他父母的教授，就自然地唱起了一首兒歌，基本上是用來讚歎小孩的靈巧聰明。

另外，我們總會要求婆講故事來伴我們入睡，雖然我們都知道她其實會說的那個故事，就只是福州話版本的虎姑婆。但還是次次堅持要讓她再講一次，並且每每一邊聽著、一邊害怕地央求她不要再講下去，同時深深地躲入她瘦小的胸懷裡去，尋求婆肢體的庇佑保護。

我幼年小鎮的母語環境，除了在學校和少數的正式場合的國語外，基本上幾乎是被閩南語籠罩，偶爾會聽到客家話穿插。因此，我其實就是在與鄰居及玩伴對談的閩南語，家人間日常的國語，和旁聽著父母與婆三人彼此溝通時的福州話，這樣三種截然不同語調的環境裡長大，當時一點不覺得奇怪與突兀，彷彿這個世界本來就應當是如此交織而成的。

而且，我現在回想起來，雖然婆對我們的關愛與互動，看起來完全比不上我父母的濃烈程度，甚至比起別人的祖母也顯得淡薄許多，但是她卻讓我覺得非常強大的安心，就是不管我究竟發生了什麼事情，我知道婆都一定會用同樣對我的愛，不評斷任何事理地撫慰與包容我。所以，也不會像是我有時對父母還是有怨懟的情緒，心懷委屈地質疑著父母布施愛心的不公允，甚至落淚想著自己是不是他們真正的親生子那樣，我對婆所施加給我的愛，完全沒有任何的懷疑。

婆的愛一直持恆不變，雖然微弱卻永不熄滅，永遠等待接納著我的歸返。而且，婆不僅不會輕易動怒，她也不會去審判任何人的對錯，如果我覺得生氣或心情受傷，婆就只是會把我抱入懷裡，輕輕哼唱著她那首僅有的兒歌，讓我感覺到撫慰與寬容的環圍，以及她必是那盞永不熄滅的燈火，一定永遠明亮與溫暖地等候著我的叩門返家。

婆絕口不談自己的身家來歷，譬如與她自己的丈夫、也就是我們從沒見過的祖父的關係，或是她的娘家背景與來歷為何，彷彿她的生命一切，都像是被時間突兀地擦拭掉，因而成為一切無存的一張空白紙張。婆像是一個只是存活在當下此刻的人，她從不敘述任何己身的記憶與故事，就怡然安靜地活在屋室可以走動的範圍內，完全沒有什麼對過往的怨尤不滿，也似乎不需要得到什麼未來的生命承諾。

譬如，婆沒有任何的宗教信仰，她從來不燒香也不念佛，似乎也沒有任何親近的家人或朋友可以聯繫，就是只有她和我父親兩人相互為伴，他們好像是兩個來自某個孤獨的太空梭，忽然就現身在這個世界的人。因此，也和這整個現實世界裡一切的人，完全都沒有任何的牽連與瓜葛，他們的生命去從因由，完全無從探索也無得理解。

婆也會被我們有時的頑皮打鬧，弄得怒氣起來，但她追逐走動實在太慢，完全無法制約我們的行為。這時她就會張口說著她僅有固定那句罵人話，那是一句四字算是難懂的福州話，意思是說「鬼都嫌棄」，更準確翻譯的話，就是說你是一個連鬼都不想要抓的討厭傢伙。這就是婆生氣時最極限的表達，她就用本來並不太宏亮的嗓音，對我們喊著說：「連鬼都嫌棄的啊，你這個鬼都嫌棄的小孩啊！」

父親有著愛交朋友的熱情個性，很快在小鎮就結交各樣的朋友，並且迅速鍛鍊起來令人詫異的閩南語能力。我記得曾在鎮公所的大禮堂，看著他在台上生動地用閩南語作即席演講，那樣顯得絕對自信自在的神態，還深刻地留存在此刻我的腦海裡。然後，他一回到家裡，就只用福州話和婆及母親說話，以及用學校要求的國語，和我們六個小孩作溝通。

父親用一種低調的方式，表達他對自己母親的愛，兩人也極少對話交談，但是旁人都感覺得到其間濃厚的情感連結，這也很符合父親的感情表達方式，他本質上還是一個有些含蓄收斂的人。但是，他也會忽然就決定要大作情感的聲張，就是他內隱的害羞本性，常會被他忽然爆發般的熱情所覆蓋。譬如父親在收入與聲望都正達到高點的那時，他決定要隆重地幫婆辦理八十歲的壽宴，他請來外地知名外燴師傅掌廚，並且包下來小鎮最有歷史傳統國小的大禮堂，鋪陳出數十張紅色的宴客桌面，五湖四海地廣邀各方人士參與，並堅持不收取任何人的禮金，豪情與霸氣的孝心明顯表露。

那夜，我們全都換上好看的衣裝，心情興奮但也忐忑不安，婆還是一貫地靜默沉著，穿著她向來習慣的深色連身褂袍子，彷彿要去參加的是別人的什麼喜宴。母親顯得開心也富泰白皙，穿上特地備置的黑色錦緞旗袍，一長串淡紫濃紫手工刺繡的花朵，從胸前洋洋灑灑地流綴下來，頸上套了一圈珍珠項鍊，自在穿梭來往地迎迓賓客，扮演著稱職也自信的女主人角色。

父親自然是當夜最開心的人，他揮灑這樣還是超乎他公務員身分的金錢，就是想對他的母親表達出某種衷心的感謝。父親四處巡梭寒暄，一整張臉因為喝了整夜的酒，完全就漲得赤赤紅。喜宴終於散去的時候，父親讓我們一家的大小，排列在禮堂的大講台上合照，背景是掛滿了各方致意的紅色喜帳牆面，以及長條檯子上寫著各種祝福話語的大小獎牌賀儀，地上還有開場時四散紛飛的爆竹紙屑。

那無疑是我們一家最是豪華的巔峰時刻，父親似乎預知後來一家人生活的即將緊縮克難，決心窮一己之力為婆揮灑出來一個無人能夠忘懷的錦繡時刻。然而，婆對這一切孝心的展現，仍然一貫地沉靜與淡然，她就以謙遜羞怯近乎卑微的神色，應對走過來向她賀喜祝壽的各色人群，微笑地一直點著頭致謝，有如一個冷靜也心懷感激的局外人。

母親雖然也弄不清楚婆真正的背景家世，卻還是略略聽過我父親酒後偶爾提起父系這邊的事情，於是不免會添加一些她的想像揣測，對我們鋪陳出一個若有還無霧影朦朧的故事。就是婆其實出身艱苦，所以在她嫁到阮家時，不僅只能充當二房，還和夫婿差了幾十歲，而且阮家當時家業正要迅速沒落，等到祖父後來老邁逝世後，婆和幼年的爸就被正房逐出家門，兩人此後相依為生。幸好，父親從小隨祖父的私塾上課，國學基礎相對紮實，自行考上公費的簡易師範，並且隨後在閩西山區小學教書幾年後，經由徵詢被轉派台灣擔任公務員的職務，終於穩定了孤兒寡母的生活。

我的母親名叫趙玉彬，她自稱是宋太祖趙匡胤四弟趙廷美的後代，我幼年常常反覆聽她說起這件事，覺得恍恍惚惚的，好像母親常掛口的這個趙匡胤，就是她小時候親身來往熟悉的什麼親戚長輩似的。然後，母親自然會不斷提及她的父親，就是我的外祖父，如何在福州著名的三坊七巷的文儒坊，開設一家應當是小有規模的刺繡工廠，生意甚至遠及台灣及南洋，而且她宣稱她家對門就是林則徐那個知名家族的院落，她還和林則徐家族的某一個女孩，同為小學同學什麼的。

當然，我們都聽得出來，母親其實隱隱有和父親及婆一家作對比的意味，就是暗示說她自己如何出身大家，卻與來自於沒落的貧窮家庭，終於還是靠著努力向學終於成功翻身的父親，一起談戀愛並結成親眷，表示自己當初如何有眼光委身下嫁的勇氣。父親與婆對這些說法都不做任何回應，也看不出有什麼委屈或是不同意，就是全家都默默地聽母親談著她自己家族的榮光過往事蹟，偶爾她會提一下父親這邊如何蕭條不堪，用略略帶著優越感的語氣，作為每次唏噓感嘆的結語。

譬如，母親就敘述父親曾經告訴過她，婆當年突然被逐出家戶時，曾帶著年幼父親意圖回去投靠娘家，卻被娘家親人這樣冷言地直接回絕：「我們自己都只剩下這一條長板凳可以睡了，你們怎麼還會想到要回來，居然還要想跟我們擠個什麼板凳東西的啊？」我記得母親用福州話說著這些話，神色彷彿流露著對某種無家可歸者的悲涼同情。

但是，我其實很早就對母親這樣帶著神話傳奇說法的家族敘述，有著隱約與直覺的懷疑，因為她的說法其實各種矛盾與漏洞四處可見，就算幼年還全然無知的我，也是可以察覺感知到其中難吻合的離奇處。譬如外祖父並不識字，教養言行似乎直接粗暴，和父親家族這邊書香傳家的某種內蘊傲氣全然不同，而且外祖父的長年吃齋信佛習性，母親又似乎透露他其實可能自小寄身寺廟，自己後來投靠去當刺繡學徒，再自行創業成功的翻身歷程，其實根本並非什麼真正書香豪門的大戶出身。

還有，母親的身分證雖然寫著福州高女畢業，但她卻反覆述說外祖父在她小學畢業後，就不讓她繼續升學的悲憤。母親是家中長女，似乎最得脾氣暴躁外祖父的寵愛與信任，她最愛反覆說的事情，是外祖父承包了一個大官員家裡戲班的整套刺繡戲裝，卻發覺寫錯了的估價單，注定要大賠收場，外祖父畏懼官員的威勢，暗自落淚不敢去更正。母親年幼卻膽大氣盛，自告奮勇去往官員府上當面說明，不但順利修正了合約金額，還贏得官員對她的讚許獎賞。

這樣許多母親的少年英勇事蹟，譬如還包括她隻身去上海，代替她的父親去談生意收取帳款，有如什麼少女英雄可歌可泣的遠征記事，都再再對映出來婆與父親這一家族的黯淡與闇啞狀態。也就是說，婆與父親某種原因地迴避了自身記憶的沉默舉止，恰恰鼓舞了母親對自身的家族，顯得尤其是高張逼人的效忠與愛意，也讓母親天生就能遊走在想像與現實間的說故事能力，得到毫無阻礙的完整發揮。

我有時會想著，母親這樣宛若天成的說故事能力，究竟是怎樣得來的呢？我唯一可猜想的線索，是聽母親說外祖父平日最大的消遣嗜好，就是去到山澗古廟旁的溫泉館，開心泡澡洗浴後，躺在竹椅上喝茶嗑瓜子，一邊半閉眼聽人說書或唱戲曲，母親也會一旁作陪聆聽，因此對於各種的演義故事，都能朗朗上口如數家珍。

是的，母親說起自家的故事時，就不免讓我想到演義小說裡的流光閃爍，就是會有一種高亢的、飽滿的，近乎激情的情緒，隨著故事起伏四處地流竄。母親這樣的稟賦與能力，自然讓幼時的我驚訝又羨慕，就像是我同樣也記得我曾經望著母親一手執著鉛筆，輕鬆地在白色的枕頭套上，迅速就勾勒出來一個牧童牽著牛，黃昏時相偕返家的情景，然後她神奇地用各色彩線，穿梭出入地刺繡來去，迅速幻變出來一幅最美麗的景象。

相對來看，婆與父親的生命故事，就是一個無人可以打開的暗箱子，父親有時會在酒後稍稍提起，卻總是會感傷地流著淚，更是增添了這故事盒子不可輕啟的魔幻神祕力量。婆則是一貫永恆的淡然與無言，彷彿她的故事根本就不屬於現在這個時空，因此我們完全感受不出來任何的人體溫度，以及難以分辨是否婆對生命依舊有什麼怨懟或是期待，彷彿一切都是如此地理所當然，一切都是有如歷史課本一樣地本當如此運作。

父親在兩岸一開通可以探訪時，立刻迫不及待地返回福州，試圖尋訪已經失聯數十年的親人，但重點比較放在他父親這邊的跡痕脈絡，沒有特別花心思去追索婆娘家那邊的母系家族何在。然而，興致勃勃的一番探訪，什麼認得的父系家人終究都找不到，甚至自己還被拐騙去到一個遠山的荒墓上，說是他那長年失散長兄的遺墓，並且讓他認真花了許多錢去整修後，最後才發現根本是一場被設計的騙局。

母親相對就是果斷也勇敢許多，她更早在文革結束不久的八〇年代初頭，就決定隻身先去到香港，自己假冒港僑的身分返回福州，並且找回去她當年的家門，見到已然失智也落單一人的外祖母。然後，居然能神奇地把外祖母隨後接出來，兩人先一起去到抵香港，然後轉機回來台灣。我那時正在馬祖服役，在唯一返台一週的假期裡，我特地去到大舅位在霧峰的家，見到這位坐輪椅上我從來沒有見到過的外婆，她那時看起來精神氣色其實都還好，就是有些恍惚不能認人也不說話，在隔年我終於退伍返台前，她就已經迅速去世了。

母親對自己家世的榮光驕傲，其實也交織著對她父親從來霸道專制態度，其實並不能完全原諒的情緒。然而，她對自我家族的驕傲，阻止了她這樣帶著懊惱的回顧，有如父親或許因著自身某種過往的羞辱感受，而不願意真正揭開記憶的沉重盒子，他似乎害怕自己的陳舊傷痕，會因此不小心地覆蓋在自己及子女的身上。也許正因為這樣，母親許多時候作著記憶敘述的語氣裡，自然地流露對婆與父親不敢去面對記憶的鄙視，同時這也像是用來強調自身優越尊榮地位的必要手段，其中隱約流露的某種刻意與誇大，自然因此難以避免。

然而，婆與父親都絕對坦然地接受母親這樣的表演姿態，他們像是寵溺著一個任性的小孩那樣，安靜無聲地聽著母親的編織敘述。事實上，母親所以在文革剛才結束後，就能夠立即從香港前往福州探親，是因為母親早就經由一個在香港友人的轉手協助，長期與她不識字的父母與留在家鄉唯一的小弟通信，並定期寄送匯票去濟助他們的生活。父親對於母親娘家這樣的所有協助需索，一直完全無意見地支持，沒有任何區分彼此家族的自我意識，這部分是母親到晚年回顧時，還屢次含淚要特別深深感謝父親的地方。

她說：「你爸是一個完全沒有私心的真正好人，他幫助我娘家的這些事情，我是一生一世都不會忘記掉的。」

又說：「如果不是你爸願意這樣幫忙，我當年留在老家的爸媽和小弟，除了被鬥被抄家外，真的還不知道要受到多少苦頭呢！」

母親說著這些時，每回都不免要拭著淚的。

在我的父母與婆先後去世以後，我以為與他們兩邊所有相關的家族記憶，從此就不會再出現來我的生命中了。畢竟，本來他們就已經牽引得既是辛苦、斷斷續續也模糊難辨的這些事情，其實完全沒有任何明確的人事線索與意圖，可以交代給我們繼續承接。彷彿那就只是他們自身某種未竟的人生遺憾，甚至帶著一絲「我畢竟總是已經盡力了」的意味，讓我覺得一切所謂的家族記憶，應該可以就到此為止了吧。

忽然一日，我的大姐收到一封來自福州的手寫信函，是婆的娘家那邊家族的一位表叔，表示父親當年返回福州時，也曾經與婆的娘家有聯繫，並留下了聯絡的地址，所以他才得以寄出此信。然後，他接著用十分懇切誠摯的語氣，希望在台灣我們這幾個婆的後代子孫，可以一起回去福州一趟，與婆娘家葛姓的家人後代一起相聚交流，並在信末特別表示說，尤其他本人年歲已高，身體每況日下難以預料，希望我們能夠成全他這個兩岸家人相聚的最後願望。

我和兩個姐姐因此就飛抵陌生的福州，對於這個樣貌似乎與其他中國城市大同小異的繁華忙碌都市景象，我並沒有什麼特別的感覺。然而，隨後在比較不顯眼的城市大小角落裡，開始聽到似曾相識的福州話，以著我曾經日日聽到那種細瑣連綿的交錯語調，此起彼落地出現來，我才真正感覺到原來這就是婆與我父母當初所來自的地方，也忽然有了瞬間跨入什麼奇異記憶裡，某種開始被熟悉與陌生時空交夾穿插的惚恍感受。

我們在這位表叔的牽引下，見到許多婆家族裡的同輩親人，然後彼此用著陌生好奇的目光，觀看這樣似近實遠的對方舉止模樣，似乎也能感覺得他們的彼此間，同樣存有的互動生疏，顯示葛姓家族其實早也分枝散葉的事實。表叔最是積極地接待我們，也最急於把葛家曾經的榮光輝煌，想要再次能夠如何地宣示提振起來。

我印象最深刻的是表叔帶我們去到葛家當年所有的明代式樣舊宅，也就是在福州著名景點三坊七巷裡的黃巷葛家大院舊宅，那是一個五開間雕花木門的堂皇門面宅第。他說早年葛家大院正門上方懸掛了「中憲第」，甚至二門也掛有匾額「會魁」，顯示葛姓家室的一度興隆脈絡。然而，表叔說這座已經被定位為歷史文物的大院，現在正要準備進行維護整修，產權已經正式歸於政府，然而在搬遷過程中賠償安置的對象，卻全是在文革時分據房室的許多不相干他者，反而當年被逐出去大院的原本葛氏一家老少親人，絲毫沒有得到任何的正視與補償，甚至現在連想要入院參觀都不被允許。

我對這一切都全然一無所知，站在宏偉陳舊的大門外，看著年邁的表叔和探出半個頭的年輕守衛爭辯，甚至轉身指著我們姐弟三人，反覆強調：「他們是葛家後代的台灣同胞，特地老遠跑回來看看自己的老家的。」但是，警衛顯然對此無動於衷，就是轉頭擺一擺手，把木門重新關閉起來。

我其實有些驚訝與震撼地發覺婆的娘家，居然是有著這樣宏大門面的大戶人家，然而婆為何卻又會嫁入一個即將衰敗家族的二房，並在祖父一去世後，立即被大房逐離開家門，又似乎得不到娘家的接納與協助，只能帶著當時年僅十一歲的父親，設法在戰爭亂局中存活下去。現實裡的葛家親戚眾多，本來也分屬著龐雜不同的枝系，因此更早已彼此分岔不甚熟悉，對於婆的身世似乎也一無所知，尤其在文革當時啟動之後，因為擔心可能被清算鬥爭，不但先各自奔離躲避，也把家譜和土地契約一干文件，全部都燒盡完全不留痕跡，以免因地主身分而賈禍上身。

這也是此刻所以尷尬的狀態，就是家族後代雖知這即是葛家舊居，卻偏是既沒有此刻居住其中的真正事實，也提不出任何文件憑據的證明，只能睜著眼看著有五百年歷史的家族舊居，成為由政府擁有的公有財產。同時，這樣因為避禍而近乎懸缺空白的家族史，以及關於婆的一切身世與生命細節，竟然因此得不到一絲絲訊息的回答，就是完全無人可以說出來她究竟是誰，這樣子簡單也本當可以直接回答的任何說法。

婆好像根本是一個與葛家完全不相干的人，並沒有人否認她的存在事實，但是也沒有一個人可以站出來，大聲宣稱婆究竟歸屬在這個龐大家族的哪一個位置。婆彷彿是個從來就隱形的人，雖然有著真實的身軀，卻一直沒有名分地活著，就像是我從小看見到她存在的模樣。

表叔還帶我們去到附近的一個小學，指著圍牆的遠端說：「以前從這裡一直到那頭，都是我們葛家的祠堂，後來給政府徵去當小學，沒有人敢說一個不，就是在這樣的狀況下，整個葛家祠堂就不見了，葛家從此就不再有屬於自己的祠堂了。」

我隱約感覺到表叔的落寞哀傷，他似乎有些企盼因為我們身在外地的特殊身分，說不定因此可以讓這件事情，有某種突然轉機的可能。然而，這樣一切跳躍敘述的來往故事，以及眼前流轉匆促的具體事物，畢竟都是距離我們太過遙遠了，幾乎像是在聽看什麼煙花的施放過程，不僅眼花繚亂穿梭來去，甚至覺得真假虛實難以分辨。

然而，我因此就忽然想起來婆臨終前的一些事情來。

婆身材短小羸瘦，老年時甚至有些痀瘻駝背，加上總是靜默不語的個性，讓她顯得更是恍如不可被人視見地存活著。但是，令人奇異不解地，在我自小以來的記憶裡，婆似乎從來並不生病的，她從來不去醫院，也不喜歡看醫生，她甚至連讓中醫師來家裡幫她把脈看診，都顯露出排斥拒絕的態度。婆在平日頂多就是讓我父親去中藥行抓一些簡單的藥材回來，自己用小火爐燉煮飲用，就像是平日她慣常煮食乾燥小黃菊花泡茶喝，是拿來日常飲用調理身體那樣，婆似乎有著一套治理自己健康的方法。

是的，在我的印象裡，婆總是不會生病的。她也不做家事，只有母親忽然生病時，她才會和父親交錯合力地料理起我們的起居。從來就看得出來她其實對這一切的生疏，她並不知道如何當一個務實勤快的家庭主婦，她既是不會也不喜歡做這些家事，那似乎是本來就與她生命無關的東西。

婆最後幾年是在床榻上度過的，並不是她得了什麼病，而是她無法站立與走路了，因此只能躺臥在床上，讓別人料理她的飲食與排泄。不知為何，那時我就被安排與婆同住在家裡最後面的臥房，是不是因為我也自來有著和婆一樣沉靜不語的個性，以及我會默然順從地承擔起為婆及時遞送便盆與清洗便盆的工作責任，確實原因我其實到現在也不能全然明白。

那時我正在念高中，某個原因地，我忽然決心要開始認真讀書，有著務必要考上大學的覺醒與意識。我經常深夜裡會在一盞桌燈下專注研習，房裡只有癱躺床上不能眠的婆，以及日益顯得緊張焦躁的我。然而原本這樣兩人的平靜關係，卻在瀰漫不散去的尿屎味，以及婆因背股身軀感染到褥瘡，因而持續地發出呻吟般哀嘆的聲音裡，讓我感覺到不能忍受的厭惡與壓力。

婆會不斷低聲喚叫著我的名字，而我事實上卻什麼也不能替她做，因為她只是覺得難受與無奈，我終於只能裝作沒有聽見婆的呼叫，繼續專注在我即將面對來臨的大學聯考課業預備上。但是，我其實依舊可以清晰聽見婆反覆地用福州話一直說念著：「作孽啊，真是作孽啊！」

那宛如詛咒著自身生命的迴旋哀悼聲音，以及已然籠罩住整個房間的惡臭氣味，終於讓我堅定地告訴我的父母，說在剩不到一年的聯考日程裡，我無法每日再浪費任何時間在往返交通上，我唯有搬到學校附近去居住，才能有機會考得上大學。

母親答應了我認真求學的要求，我心裡完全知道我其實更是要逃離開婆的呻吟與惡臭。

那時我與一個同學合租了一間木地板的房間，夜裡讀完書躺平在木板上，這同學會主動敘述起幻想中他的愛情故事，尤其著重在他如何去摸索觸探那位想像的女子身軀的過程。我一邊索然地聽著他帶著少年情色肉欲想像的描述，一邊感覺到他同時揉搓著自己下體意圖化解什麼衝動的動作，心裡會同時不自覺地想到依舊獨自一人癱躺在房內的婆，她現在的呻吟與呼喚請求，會有任何人去回應與作答嗎？她還是會怨嘆地嘆著氣，並一邊喊著：「作孽啊，真是自作孽啊！」一邊自我述說著不如就早早死去、早早可以快活解脫，那樣哀嘆生命的喃喃話語嗎？

「然後，她就發出因為感覺到快活，因而忍耐不住呻吟般的聲音，就像是這樣：咦——啊——啊——。喂，那個你……，你還有在繼續聽著嗎？」我的同學忽然側著頭問我。

「有啊，當然有啊！」我立刻回答著。

「你覺得我說的這個情節好聽嗎？」

「當然好聽。」

「那你還想繼續聽下去嗎？」他又問著。

「當然，當然。」我答著。

他繼續望著暗室裡的天花板，一邊敘述他想像中的情色劇情，我意識到在薄薄的床單下，已經全然黑暗寂靜小室裡，他抽搐著下體的手，也逐漸加快地痙攣起來。然後，我就聽見他嘆息般深深呼出來的氣息，宛如告別此刻人間地幽長迴盪起來。

在越發逼近聯考的時刻，有一天在物理課的半途，那個擔任我們班級導師的男老師，忽然中途停止他正在黑板上的書寫動作，轉身要求我和他一起離開教室。他帶我去到外面的露天樓梯，他先奇怪地自己點起了一支菸，然後顯得很清淡平靜地告訴我，早上我的家人打電話來學校，要學校轉告說我的婆昨夜已經走了。

我木然地立著，完全不知道如何回應。也可以說，我完全沒有任何的情緒或感覺出現，好像在聽著一則與我全然不相干的事情。之後，男老師捻熄了他手中的菸，問我：「你們兩人有沒有很親呢？」我先是不知如何回答地停愣住，然後，就茫然地點著頭。他說：「那你就在這裡自己安靜一下，等到你覺得心情可以了，再回來上課吧！」

我後來還是回去繼續上課，覺得耳朵籠罩轟轟然的聲響，但是卻竟然感覺不到任何一絲的悲傷感覺，就只能絕望地趴伏在桌上。下課時男老師過來撫著我的肩膀，告訴我：「放輕鬆，你不如現在就請假回家去吧！……你等這些事情都結束了，再回來上課吧！」那時我才忽然有想要嚎啕大哭起來的衝動。

我後來果然順利考上了某私立大學的建築系，也立刻搬去到學校附近住宿就讀，覺得自己好像正式告別了什麼不想被牽扯的記憶，或是終於從什麼泥沼中脫身出來的感覺。

而那次重新回去到婆來處的福州，見到她從來出生長大的葛家大院，某個程度地震撼了我的所有記憶，讓我彷彿再次轉身見到婆的現身出現，用一個我從來不熟悉也不明白的身影走來。我覺得我一直無法真正地看清楚她的生命，婆讓我有一種奇怪的躊躇不安，她是像一道影子那樣隨行著我的某部分生命，是一個無法揮走的奇怪魂魄，讓我不覺懷抱著某種被長久銘刻的愧疚與欠缺，好像我生命的某一塊拼圖，在某個無聲的時刻裡，已經被她何時悄悄也無語地取走了。

因此，我知道我永遠不可能再回去到童年的某些時刻，也就是因為婆活著而得以存在的某一段童年，那樣有如私己記憶般無邪、卻似乎又能知曉一切的天真狀態，是永遠不會再出現回來了。

對了，在表叔後續又寄來敘述葛家大院來去脈絡的那封信結尾，他忽然就轉筆朝向了現在的我，他這樣寫著：「研究了數十年各種建築的姪子，作為一個資深的建築評論家，不知對這樣一個古老的建築的命運，能說些什麼話嗎？」他甚至在這封信的開頭，還另外加上一個奇怪的標題：「一座哭泣中的老宅」。然而，像這樣有些過於露骨的敘述方式，讓我有種被強加某種目的意圖的壓力與厭惡，彷彿所有曾經發生過的所謂家族榮光、衰敗與記憶，此刻不免都淪為一種現實的算計鬥爭，以及突然加到我身上的承傳責任，因此不覺腐化成一種既陰森也空洞的擾人重複回音。

並且，每每這樣去回想這些點滴往事，我就彷彿又會再次見到婆，以朝向空無的怨懟般聲音，低聲地呢喃著：「作孽啊，真是在自作孽啊！」這卻讓我也忽然想起來婆每日睡前洗腳的景象，她那被一層又一層捲繞住、扭曲也變形的蒼白腳掌，那樣顯露出奇怪與醜陋形貌的腳掌，竟然像是忽然開口來對我說明著，婆這樣不知因何與因誰而活著的一生，有如這樣一生變形也無從見過天日的腳掌，其實也是承載著一具絕對真實的靈魂與骨肉的啊！

——原載二〇二二年十二月《印刻文學誌》第二三二期

阮慶岳，小說家、建築師、評論家與策展人，為美國及台灣的執照建築師，元智大學藝術與設計系教授退休。著作有文學類《山徑躊躇》及建築類《弱建築》等三十餘本，曾策展二〇〇六年威尼斯建築雙年展台灣館，並獲台灣文學獎散文首獎及小說推薦獎、巫永福文學獎、台北文學獎、二〇〇九年亞洲曼氏文學獎入圍，二〇一二年第三屆中國建築傳媒獎建築評論獎，二〇一五年中華民國傑出建築師獎。

河流的永——周芬伶

對於藍琪來說，愛像一層大樓，她可以在各個不同樓層，愛上不同次元的人，雖然她是寫劇本的人，什麼樣的人她都能寫，進入他們的內心。那些非現實瘋狂的愛給予她想像力，而非書寫本身。先是愛，然後才有文字、情節、對話那些，然而她愛的人常不愛她，這是因為他們對愛的容受有限，想像有像，到底是誰先掀開那扇門？誰先點燃那把火？每當這時，樓牆崩毀，她在白紙勾勒出迷宮走失景象，不復認識自己。

開頭像是愛的先知，最後成為瘋狂的白痴，白痴不是花痴，怎麼說，大多數人會認為藍琪算是好看的女人，又有自己的事業，情感應該十分得意，只有她知道大樓常常在崩塌中，重建中，或根本無法重建。

大樓還存在難以察覺的縫隙，有時也會冒出不在這世間，更是異次元的人：

「你認識艾寒嗎？」自稱東江的人在她一則臉書美食照片下留言。

「算吧！許多年前。請轉私訊。」藍琪過了許久才回。

「他死了！」私訊上第一句就很驚悚。

「不才四十幾？」

「突然死的。」

藍琪回想艾寒的臉，帥氣的臉有著明顯的稜角，除此之外很模糊，畢竟是二十年前的往事，而且他已經死了，東江剛告訴她時她四十幾歲，現在都五十了，這幾年她周圍的人一個個死去，丈夫、父親、母親、好友，她所愛的人全都到地下，獨活的感覺很罪惡，現在又多一個。會不會是無聊人開的無聊玩笑，她臉書久久才更新一次，使用較多的是私訊，現在幾乎不接電話，很久開一次信箱，要找她最快的方法就是私訊。對方自稱艾寒的好朋友東江，五年來一直寄他的遺稿和手稿來，藍琪讀那些詩，說真的沒什麼感覺，跟自己沒關係吧！他們是同事過幾年，她不知道艾寒寫詩，那些詩有著六、七〇時代的氣息：

肯為我講一則故事嗎？
即使是簡短一個字的
但必須深深地蘊涵著感情，即使是扭曲的
我願將理智交由它去處理
去支配，直到瞑目，瞑目以後
不管情節如何，但必須蘊涵
最好是拿你當比喻

我是需要，你最明瞭，感情
哪怕那感情已變形

只要我在比喻裡是個小角色
只要我滿足，我是易於滿足的

肯為我講一則故事嗎？

「為什麼是我，為什麼把這些遺稿寄給我？」

「我看過你們在一起，在台北東區，你不記得嗎？你喊他艾大哥。」

「這麼肉麻，不可能是我，你看錯了。他很花的喔！應該結婚了，小孩也長大了……」

「胡說，他一點都不花，他沒交過女朋友，死的時候還是單身。」那陌生男子生氣的樣子，縱使是私訊，還是感受得到。

「他有一次提到你。那時你寫的連續劇正在熱播，我很迷那齣戲，有一天一起看時，他突然說：『你知道嘛，我跟她是同事，在B報工作時。』那時他的神情很落寞，我的直覺告訴我他寫詩的對象是你。」

「不可能，他說他是空少，常說在異國的夜晚，男女互調房間睡在一起的風流事。他不只是花，還滿色的吧？」

「他亂講的，他常如此，他根本沒當過空中少爺。」

「喔，那他從沒認真過，我們的確有許多次單獨相處，或者好幾個同事一起出去玩，都不是約會的形式，只是有幾次他會突然出現，在我排版的時候，說他剛好有事回報社，說些笑話逗我笑，我不是笨蛋，對方如果喜歡我，我不會沒有感覺，但一直講那些空少的風流事，我會當真嗎？」

「他很懷念報社那段時光，在去大陸發展前，把所有詩稿和在B報編過的大樣交給我，說是他最珍貴的東西，要我好好保存。」

「你們感情應該很好，也太好了。」

「是啊！好到我太太懷疑我們是……」

「不是嗎？」

「他喜歡找我聊天，也許我懂他的詩吧！他真的很討人喜歡，連我太太都喜歡他。只有一次，我還沒結婚，他來找我，我們躺在床上聊天，聊到睡著……」

「你找我，希望我為他做什麼？」

「我也不知道，就覺得有告訴你的必要。」

藍琪跟他斷斷續續聊了好幾年，什麼也沒行動，約了好幾次要見面談都約不成，那時藍琪還有一個小男人逸，小她十幾歲，兩個常一起在旅館趕劇本，有一次喝了酒就上床做愛，這件事是藍琪主動，逸不認帳，他有女朋友，正打算結婚。她被這單戀一把大火燒光心靈的樓層，樓層的主人走失了，被折磨得住進精神病院，丈夫永知道但沒點破，在她住院時，陪她住了幾天，不問也不說話，他了解她戀愛時有多瘋狂。當年是藍琪倒追他才有的婚姻，她幾乎是第一眼就被推進愛的大樓，裡面只有她自己，永在頂樓，她在地下室，相隔遙遠而沒有相同的語言，她知道自己將徹底毀壞，越是掙扎，越是粉碎。清秀纖細如女子的永，那永遠隔得遠遠的靦腆虛弱的笑容，她用盡一切方法接近他，越接近永，他越躲藏越冷漠，她知道自己快瘋了，跟死亡相比，她更怕發瘋，長期睡不著陷入恐慌，因為這害怕吃了很多亂七八糟的安眠藥，最後還是住進精神病院，如此反覆住院入院，永都躲著。第四次他終於來看她，她知道永來了，躺在床上故意閉眼，永坐到床邊的椅子，對著空氣喃喃自語：

「我不知道如何表達自己，一直是這樣，二十六歲了，也沒談過真正的戀愛，你的心意表達得太清楚了，對於我來說，跟勒索沒兩樣。我並不值得你這樣，但我也沒別的人，或選擇，如果你快點好起來，也許我們可以試試。」說完這些話輕步離開。

藍琪不敢睜開眼，怕這是一場夢，淚水跟點滴一樣不斷滴，她會好起來，當然會，而且很快。之後，他們見面，是藍琪先吻了他，並肯定那是他的初吻。兩人快速交往，快速結婚，新婚那晚，藍琪處在從未有的幸福高點，彷彿征服全天下，整個世界都是她的。兩人赤裸相對，她拚命親吻他各個敏感點，手往下探時，他不斷閃躲，結局是無法勃起，後來的後來，知道他有性冷感的問題，搞了一個月才成功進入，一碰就洩。

那也是藍琪的初次，因為沒比較，也只能概括承受，就算如此，也知道非正常狀況，暗示他去看醫生，去了也沒大用，藍琪覺得愛可以克服一切，愛大過性，只要能做夫妻就夠了。然而永越來越退縮，結婚沒幾年就停止性的探索。這個婚姻一直靠藍琪的意志在撐，能撐二十年，可見她愛的能量有多大。

永不愛她吧！她對他的感覺也難說，好像是內心的心像被開啟，然沒有性，只能是心靈的，心靈的也不是不可以，就是不像夫妻，像兄妹或室友。在愛情上她較像雄性動物，視覺性，發動快，一愛上就像發瘋，非要不可，一旦得到快速冷卻。然而長得好看的男人大多是草包，在性上需求不大，也不浪漫，在發現她的外遇後半年，在某個凌晨，永從他們住的那棟大樓樓頂跳下，當場斃命。

丈夫愛她嗎？為她的不忠自殺嗎？這個像謎一樣的男人，留下更大的謎。藍琪雖白痴，也沒自戀到認為這是一種愛，倒像是一種抗議與懲罰，或者撒嬌賭氣，這個沉默斯文的男人，或者她根本不了解他，他是一個需要常常感到被愛的男人吧，從小在眾人的注視與讚美中長大，當他感覺她已失去熱情，就進入慢性自殺的狀態，所謂的外遇只是爆發點。啊！她常想到徹夜未眠，丈夫似乎還停留在她的房間不走，他要用這種方式告訴她，不再被愛比死還痛苦。

然而她的勇於愛人，卻從未得到愛，這是她比丈夫更憤怒的地方，他因不再被愛而死，她卻一直得不到愛，如今卻有人告訴她，或許有人偷偷愛著她，愛的異樓層可怕，小縫隙更可怕。

「東江，我們碰個面吧！我想知道艾寒的事。」

「好啊，都約好幾年，也不知在幹嘛，拖這麼久。」

地下的世界

這地區以前有條小河，河邊停滿小舟，河道雖然不寬，可以接到大漢溪，往新莊海口流去。在更早以前是湖泊旁的山坡地，在更早以前可能是山，山之前便是海了，所謂海上有仙山，山與海無分，此謂蓬萊。

一場大地震讓台北盆地形成一座平原，平原中升起一座城市。永的先人曾在海上行船到此，當河還是河的時候，他們揚帆行舟，販鹽販米落泊時就當擺渡人，當永還小時，常幻想著自己是擺渡人，或者前世就是擺渡人，因為想得太沉，當他死後似乎還留在河岸邊，守著舟楫。

新莊平原本來是平埔族武勞灣社的居住地，清朝初期才有大量漢人進駐開墾，康熙三十三年（一六九四年），發生大地震，規模高達芮氏規模七．〇，那次地震讓台北盆地多處土地瞬間液化，地層陷落導致淡水河水淹入盆地之中，產生深達三至四公尺，面積超過三十平方公里以上的「台北大湖」。台北湖的中心大約是現在三重、蘆洲地區，淹沒時間長達一百多年。在郁永河《裨海紀遊》描繪此湖景色為：「由淡水港入，前望兩山夾峙處，曰：甘答門，水道甚隘，入門，水忽廣，漶為大湖，渺無涯矣。」這裡指的就是台北湖，「甘答門」即為今日關渡，也有人說湖比這更大，深約五公尺，面積約有一百五十平方公里，是個大型湖泊，湖上可以行船；由於板橋、三重的沖積面積不斷擴大，大湖才逐漸轉變為大河。之後這謎一樣的湖在地圖上消失，湖底成為最繁華的城市。

當湖還是湖的時候，傳說它是會移動的，是長了腳的湖，行船時會驟然失去方向，或者失蹤，因此說它是會吃人的湖。

是海市蜃樓般的城市，名為新莊的城市，因地利及潮流關係，一躍而成優良海港，自此為新莊帶來超過半世紀的繁榮，約在乾隆元年形成的新莊老街，逐漸取代八里坌街成為淡北首善之區，後來開闢的龜崙嶺新路吸引更多移民移居至此，蓋起廟興學堂，可說是水光瀲灩面湖的城市，慈佑宮的大門，正對著利濟街，利濟街的盡頭，就是大漢溪的河水，河岸邊就是二百多年前繁華的新莊港碼頭了。

大漢溪北岸形成了漢人聚落，許多大陸過來的移民從淡水上岸，先在這裡尋找機會。彼時水路四通八達，舟楫熙攘往來，萬商雲集，一時「千帆林立新莊港，市肆聚千家燈火」，可說是交通輻輳之地，其繁華勝景不輸鹿港，那時是「一府二鹿三新莊」的時代。雍正九年（一七三一年），新莊街的媽祖廟（慈佑宮）落成，廟前的河港碼頭，是新莊對外的門戶，新莊以淡水河的舟楫之利，迅速成為淡水河流域農產貨物的集散中心。

閩人較早來此，蓋了慈佑宮，粵人拜三山國王廟，他們心繫宋室，追奉古中原漢人之山神，自認為宋代子民，為最後一代漢人，他們相信南宋末年，宋帝躲避元兵追擊，一路逃難至廣東，當地巾山、明山、獨山的神靈化為神兵，擊退元兵，使宋帝倖免於難。因而獲得宋帝封為「三山國王」，從此受到當地粵籍百姓的敬奉。廟中的廟聯書寫著這段亦史亦仙的故事，中、左、右聯分別寫著：

「山嶽效精忠赤心為國，朝廷優寵錫丹詔封王。」

「恨不能如嶽降崧生同扶宋室，要何妨與天祥世傑共挫元兵。」

「可憐三百年來宋室將傾濟濟僅知死節，卻羨八千里外元兵直逼巍巍共樂效忠。」

最後一代的古老漢人，漂泊來到這蓬萊仙島先展開的卻是族群械鬥，閩人早到勢力更為強大，粵人只有遷至新竹一帶開墾，帶著他們藍布封面的族譜。

在三山國王廟附近是文昌祠，人們祭拜韓愈，潮州人視他為開化與文學之神，廟後設有義塾，許多學子聚集在此讀書受教，書聲朗朗；閩人相較下更為現實，他們祭拜海上媽祖與福德正神，愛做生意，人人腋下夾個算盤，隨時打得嗶嗶響。

廟街上有鹽館、土車間、細姨街、摸乳巷、戲館巷、挑水巷、米市巷、豬哥巷、鹹菜巷，廟街三五九巷的「戲館巷」，後來出了許多名人，李天祿的「亦宛然」及許天扶的「小西園」。另外位於二七八巷的「挑水巷」，在有自來水可用之前，當地人都會經過此到大漢溪去挑水來賣，因此得名。除此之外，三八七巷的「米市巷」是新莊的米糧中心。永的曾祖父在廟街開香鋪緊鄰三山國王廟，長期受香火感染，永的祖父無師自通會刻佛經，因此又開了木刻與匾額店，永的父親從小安靜得像啞巴，整天坐在永的祖父身旁看他刻佛經，上金粉，看時凝神聚氣，別人叫都不應，問只會搖頭點頭，十三歲當永的祖父的小幫手，人人都說他天生好手藝，刻出的字驚人漂亮，又是有佛緣的孩子。沒想十七歲永的祖父早死，守孝三年，二十歲結婚，這妻子是永的祖父早早選好的，隔年永出生，再一年，永的祖母過世，辦完喪事，永的父親突然失蹤，找了許多年才知道他在中部出家。

永的世界只有母親，一個在夜裡背對著他哭泣的被棄女人，而他是被棄的兒子，然一次又一次被母親的哭泣一再拋棄，為此他躲進自己的內心世界，那裡有一條閃著霞光的河流，安安靜靜地流著血水，也許他才是為它所生，河流的孩子。

清嘉慶中葉之後，大湖因潮汐影響、沉積物增多、降雨量減少和人為的拓墾等原因開始淤塞，形成沙洲及河道，康熙時台北湖才慢慢消失。彼時淡水河河道淤積，大河乾枯，小河消失，港口重要地位讓位艋舺，新莊開始走下坡。在日據時代還是莊郡，為有規模的商業大城與工業城，二戰時期台北市民「疏開」時皆往新莊躲避，那時還保有一定程度的規模，戰後被國民政府畫為鎮，因此漸漸沒落。

一個被泥沙吃掉的城市，飄走的湖，會吃人終於被吃的湖，永常聽長輩說「以前門前就是海岸哪！」，他想像得到，彷彿也看見了。

永吉咖啡屋

東江比想像中老，滿頭白髮，手上提著大包小包。藍琪比他想像中胖一點，艾寒喜歡纖瘦的女子，她不過五十歲的女人，有點肉不顯老也不顯憔悴，打扮時尚，牛仔褲搭復古繡花襯衫，外罩及踝風衣，手腕上十幾個手環，背個有流蘇的嬉皮大包，臉頰因長期熬夜，蒼白浮腫，兩眼大而清亮，有著漂亮眼角微翹的雙眼皮，俯視時很美，相信年輕時更美。

「艾寒是怎麼死的？」

「胰臟炎，因為誤診，得了敗血症，莫名其妙丟掉性命。」

「死時你在他身旁嗎？」

「我也是事後得知，如果幫得上忙也許不會那麼難過。」

「你希望我為他做什麼呢？」藍琪仔細地看他帶來的簡報，兩大疊業已發黃的小半張，以為裡面有自己編的版面，標題看來都很像，沒什麼特性，只有主編會在意這些；那還是鉛字排版的年代，有時排出一個好版面，編輯會留下大樣或剪報當自己作品做成剪貼簿，她沒這習慣，倒是看這些遺物時艾寒的臉與講過的話不斷浮現。

「有他的照片嗎？」

「只剩下這幾張了。」黑白照是兩個人服兵役時拍的，艾寒高而瘦，臉上的稜角更明顯，東江看來比實際年齡小，一臉調皮，可愛而瘦，跟現在的他無法相連，年輕時容易好看，無論誰的年輕照都會比年老時好看許多，現在這些只有徒增感傷。另一張是東江結婚時，艾寒當伴郎，樣子與時間大約是報社時期，看來帥氣成熟，是藍琪熟悉的樣子；再一張已是兩鬢霜白，滿臉滄桑，整個人脫形，臉的線條變圓稜角不見了。

「你年輕時也好看，一定許多女人喜歡。」藍琪說。

「我們都不會追女孩子，要不是老婆主動，我大概跟艾寒一樣單身到老。他寫那麼多情詩，裡面的思思是不是你呢？」

「不會吧！詩裡面的女孩，也可以是虛構的。」

「他不會虛構，詩讀來也不像虛構，想來想去只有你了，很想聽一聽你們認識的過程。」

「他是來兼差的，偶爾來報社，有時我在排版時他突然出現，陪我一邊排版，一邊說笑，他叫我『妞』，感覺有點輕佻。還算是帥氣的男人，很會穿衣服，白襯衫搭灰毛衣、牛仔褲。」說到這裡，艾寒身上好聞的味道飄了出來，原來嗅覺記憶更綿長。

「為什麼沒在一起呢？」

「如果他早點表白，也許會在一起，有一次報社上級來巡視，我們陪喝很多酒，我還跑去廁所吐，那晚他載我回去，中途說：『你這樣醉到我家睡吧。』我想起他那些空少的淫亂故事，堅持不要，也許他也醉了，一直說：『別想太多，許多女孩在我家睡過。』我一聽更不要，那之後，有幾天不講話，他一直沒有表白，過不久我就認識永，我的丈夫。有一次跟永一起吃晚餐，從餐廳出來碰上他，我過去跟他說話，他臉色有點僵，要我走別讓人等。之後，沒聯絡，也再沒看到他來報社，天哪！不會因為這樣，不會吧！」

「他從未交過女友，說許多女孩住過那些只是讓你放心，我們確實是有一個在當空少的同學，他把他的事當自己的事講。我結婚後，老婆有一次為他介紹女友，女方條件很好，他也依約前往，聊得聽說也不錯，但之後就沒動靜了，從此再不敢替他介紹，那女的到現在也沒結婚。」

「不結婚一直談戀愛多好，他在大陸搞不好左一個右一個，當大老闆不是嘛？」藍琪腦海浮現她寫過的台商淫亂派對劇情。

「買了大房子，一直邀我去玩，一直沒去，他好像很少去住，寧願住小房子。」

「如果因為他沒結婚而遺憾，那倒不必，結婚不幸福的更多，如果真放不下，就去祭他。你不要當偵探一直挖往事，這樣很苦。」

「是啊，我老婆說我最適合去調查局情報局做事，想太多一直是我的毛病。如能一起祭他，他在地下應該開心，他家我去過幾次，跟你一起去最好不過。」

海底世界

永讀大學二年級時，同寢的吉剛從南部以出流氓聞名專科降轉進來，他人長得短小精悍，皮膚黑實像深焙烘咖啡豆，又是滿頭鬈髮，手臂上全是刺青，還故意穿短袖或無袖到處嚇人，這樣的人讀中文系真是出格。有一次幾個兄弟湧進寢室開會，吵得其他寢室同學圍過來看，假日教官休假，一夥火眼金睛狂噴「幹×娘，看三小，欠砍啊？」圍觀的人都逃了，但見兄弟都拿出傢伙，吉也從棉被下抽出一把西瓜刀，接著齊呼「台乎死！台乎死！」然後衝出去砍殺。永好像沒聽見似地繼續刻印章，他那時迷上篆刻，等吉深夜歸來時，永已睡下，桌上擺著刻好的印章，吉想這個人不是傻子，就是神仙。

吉後來讀了永的詩，兩個人開始聊天，都是吉在講，不會寫但很會講，永靜靜地聽，看來這個混黑道的，不是李逵，是宋江。吉說：「從小在租書店跟書店看免費的，什麼都知道一點，就你們說的什麼新文藝我可受不了，都是娘娘腔，寫詩對我是特殊技能，什麼都難不倒我，只有這個。」

傍晚時吉對著淡水河吹小喇叭，他以前是樂隊，吹得有模有樣，看來真的是沒有他不會的。

永每到黃昏，身體會發熱，像感冒發燒，得躺個兩三個鐘頭，體溫退了才起床，這時通常過了晚餐時間，接著是胃痛到發抖，通常吉回來會幫他帶晚餐，或者用電湯匙煮泡麵加蛋。當永躺在床上聽吉吹喇叭，那聲音雄壯中帶著悲涼，好像前世或前前世，他也聽過這樣的樂音，從遙遠的水一方傳來，在陸地還是湖，山還是海的時候，聽著聽著眼淚噴湧時，吉拿著晚餐回來，看到永眼睛紅紅的，拉開嗓門說：

「起來，整天躺床上，像娘們，去游水。」

兩人到八里靠海處，吉脫衣脫褲，光溜溜往水裡跳，游了幾十公尺，往水中潛，人不見蹤影，這裡接近海口，很容易被暗潮沖走，他有點慌，脫了衣褲，便往水中跳，他能潛水，水岸長大的孩子，連狗爬式都能游個幾百公尺，他游的自由式，緩慢、優雅、持久，吉故意不出現，是怕他害羞吧！

他游進海的肌理，交織成海的波紋，海的組織也織進他的身體，化為纖維，吉的身體也在其中泳動，這種感覺好微妙，雖然彼此看不見彼此，每一次水波的晃蕩與激拍都在天地山海的共振中，讓他的身心粉碎。

上岸時，覺得山川天地都在旋轉，心靈也因此斷層走位，當他們像水鬼般滴著水返回人間，心神也在旋轉，海口風涼，星星多得要掉渣，兩人躺在夜晚重金屬黑的岸邊，連對方的臉都看不清，體溫退了，但他聞得到吉身上熱呼呼的乙醚味，他覺得心神馳蕩，不久吉又站到岸邊吹起小喇叭。

日復一日，能把河吹成海，海吹成沙漠，所謂以山為盟以海為誓是這樣吧！一種不必言說的芳香祕教，海與山相連，無時間性，無空間性的連結。

三百年前的淡水幾乎全泡在海底，他們居住的地上世界也是海底世界，這也是心靈世界的實相吧？每隔一段時間就來一次大地震，走山。塌陷。海嘯。淹水。然而水退去後，那明明是滿目瘡痍的卻被視為錦繡山水，那千瘡百孔的被視為閃亮記憶，什麼是真正的快樂。真正的悲傷。真正的愛。當地層一次次陷落，我們的心靈是怎樣百轉千迴地回神，或者永不回神。

在康熙大地震發生後幾年，郁永河沿著海岸邊走到八里，划著原住民的莽葛（就是艋舺獨木舟），渡「水廣五六里」（約二、三公里）的淡水河口，在淡水整頓數日後，於五月朔，「共乘海舶，由淡水港入，前望兩山夾峙處，曰甘答門（今關渡），水道甚隘。」淡水河口由大屯、觀音兩山夾峙著關渡。然而，接著他說：「行十許里，有茅廬凡二十間，皆依山面湖，在茂草中，張大為余築也。」而且「淺處猶有竹樹梢出水面，三社舊址可。滄桑之變，信有之乎？」

那時湖水廣大無涯，十里間渺無人煙，十里外才有人居住，人們緊挨著湖邊居住，只有水淺的地方才露出竹梢，以前的三社已經被淹到湖底。

吉與永印象中的淡水，是河與海無分的水鄉，那時郊外無人居住，因是整片的濕地，鎮上只有一條老街，紅毛館還不對外開放，吉與永常偷鑽進去，裡面其實什麼也沒有，坐在院子裡瞎聊，古厝的月亮也有古意，在梧桐樹的梢頭，像懸掛的白燈籠。

那年，永第一次自殺，休學回新莊老家。他每天給吉寫一封信，夾著一首小詩：

你不一定要回信，我知道你怕寫，只喜歡讀，就讓我寫給你吧！還記得我帶你去山洞看那艘沉船嗎？時經千年，它在水中依然燦爛無比，失落的王朝與歷史，太不可思議，原來我們都是一樣的，我們已然犯下大罪。

夜渡

如何渡過這一黑淼茫的不測，我想
我不會知道，雙手把持下的
伐槳知道嗎？
亂煙似的，夜的織絲以冰涼的神經末梢，不安地
搔在臉上，脖子上
兩岸的燈火與蟲唧早已掩草入睡了
其實我哪裡知道兩岸的方位
由槳的輕擊聲，由猜臆

我伸手探水，卻被它快速的纖維
凍得在指上生了一層
白霜也似的月光
月光，呵月光，讓我和小舟旋轉成
滿是纖毛的草履蟲罷
青的也好，淡紅的也好，只要能
慢慢控制自己划行的理智
等到最後一顆星也落下
落進黑的冰冷裡，燃起
一陣迎面而來的夜霧

吉不久交了女朋友，永的信自此中止，寫那麼多信，吉不明白永在想什麼，詩也看不懂，對他來說永是神奇的孩子，詩自然也是神奇的密碼，他對拆解密碼沒興趣，他回過一兩封信，都是勸他復學，一起去游水。

C棟九樓

自從永死後，藍琪便把永的房間鎖住，不想整理遺物，尤其是永的。艾寒對她來說意義不大，他已是個死人，永也是，但有些事沒解決還是堵在那裡，就像東江一定要找到她一樣，是他讓她得面對她不敢面對的事實。以前有幾個短短片刻，她不是沒想到那裡，但是她的磁場專門吸引這樣的人，不知自己到底出了什麼問題，她是愛的冒險家，在愛的大樓不同樓層穿梭，最能相知相惜的還是曖昧的雙，這意謂著她也是雙嗎？她不是沒喜歡過同性，但還不到戀愛的地步，或者她沒有真正的愛，只有想像與瘋狂是真的，然而真正的愛是什麼，正因為不知道才在那棟只有自己的大樓不斷找尋罷；而永所迷失的那愛的大樓，她從不了解，也不想理解，怪不得他不愛她，連死都這麼決絕。

永的房間還跟他生前一般整齊，只有灰塵令她咳嗆不止，開窗並打開空氣清淨機，呆坐許久，她打開衣櫃，衣服都燒光了，書櫃有幾本書，抽屜也收拾得乾乾淨淨，信件或日記與筆記都被他燒光了啊？一張紙也不剩，喜歡抽菸的他，連個打火機也不留。藍琪傷心流下眼淚，這跟毀屍滅跡有何不同？他什麼都不想留給她，只有存摺。

他去了哪裡，但願有人告訴她，在做最後搜索時，看見那支一直放在他床頭的小喇叭，為什麼這個沒丟，什麼都丟了，只剩下這個。

他常到頂樓吹喇叭，順便抽菸，這時不准她陪，他愛這支小喇叭，原來這才是他死的原因。是她欠他，而他什麼也不欠她，她得為他做些什麼。

有幾次她偷偷去看他在陽台做什麼？他拿著喇叭望著遠方發呆，那身影是她不認識的陌生人，他所遙望的世界是更大的大樓或者更異質的空間？她現在才知道她羨慕永的純粹，與更廣闊的心靈世界，愛含有慕的成分，慕卻不一定是愛。

永的喪禮，辦得倉促而簡單，他的母親還在，礙於白髮人不能送黑髮人，她想來藍琪不讓她來，在火葬場時，來了一個自稱是大學同學的鬈髮男人，帶著妻子、上香時露出手一截有刺青的手腕，沒有留下名片，依習俗也不能送，只相互鞠躬作禮。

她找了他的高中同學與大學同學，打聽到吉，約他在等待咖啡見面，她要試他，否則永死得太不值了，那男人剛坐下，藍琪把小喇叭放在桌上：

「東西是你的吧？」吉看著小喇叭的表情一點波瀾也沒。

「是我的，永休學時帶走的。」

「我的丈夫化成灰了，什麼都沒留下，只留下這個，物歸原主，你還有什麼，還給我。」

「大多都扔了，只剩下這幾封信。都給你。」

藍琪讀著信，那是她永遠都不會去，也不知道的世界，他常說那個會飄的湖，最後會吃掉的湖，還有他會寫詩，這些她統統不知道：

吉：

每天都到河邊發呆，坐幾個小時，常聽老人們說，家門口就是河，河接大湖，湖有腳會奔跑，飄浮不定，湖會吃人，你相信嗎？我是相信的，我被湖吃過無數回，好幾次被撈起救起，我恨那些救我的人，他們不知道水中的世界更迷人，那開啟我們意識層，展開的心靈世界比地層還要複雜，我願停留在那裡，而我知道我們在不同層。如果你在極盛帶，我就在間隔帶；如果你在系統帶，我就在複合帶。

很抱歉，帶走你的小喇叭，我想學你吹奏它，一直到你也能聽見。對我來說它代表我曾擁有的一切。無數次我夢見那個寢室，彷彿從未離開，太真實了，以致覺得魂魄還留在那裡，其他都是假的，連我的存在也是。無法存在的我只有給你寫信時，才感覺自己還活著。

人與人的理解是這麼困難，比較起來，再艱深的文字都能明白。永與吉，艾寒與東江，藍琪一切都明白了。

十字星

東江與藍琪一前一後往山上走，艾寒的骨灰放在竹林寺，這片竹林不輸溪頭，納骨塔在更遠的山上，走了上百級樓梯，找到艾寒的塔位，七年了，照片還很新，笑容也很新，連供的鮮花好像剛放的，想必家人常常來拜。兩人閉眼，雙手合十，四周十分安靜，靜得令人不安，東江突然大喊：

「跪下！」她沒動，東江用力推她，她只好跪下。

「念他寫的詩！」

「我……」

「他死得多孤單，你知道嗎？念！」東江生氣時十分可怕，她隨便翻開其中一頁小聲念。

遙遠的回憶，像默默地
閉上了眼睛
一朵不結子花翻唇像面臨一團夢境
一顆十字星冷冷地湧上來
湧上……淹沒我……
仰臥罷……
星子紛紛落進花蕾
無助地等待著
我是墳，閃爍的十字星

是我的墓碑

「這件事明明跟我無關，你為什麼要這樣？」
「我好痛苦，如果他跟你有結果，就不是這樣了！」
「為什麼不敢承認，你們愛得如此深，卻要拿一個女人來墊背？」
「你不懂，不懂！」
「這是搖擺的雙，你妒忌我，把我想成你，有什麼不懂？」
「閉嘴！繼續念！你欠他的。」
「是你欠他的。你瘋了！」

在喜悅與痛苦之間，如何你選擇？
該不是只承認種子
而不承認花朵罷，只承認
影而不承認光

譬如一個無所謂是誰的人走索
你是否為他祈禱，像我？

生與生之間隔就是一條不穩的，死亡之黑索
我問你：是否為他祈禱
如果他是我，我由一端
走向另一端的你，你是否
為我祈禱？你看見
你跪下，我在沒有觀眾的情況下
走索，你是我的平衡
請給我力量，向上向下向左向右
完全相等的力量
你看見，你走進
燭燄安靜的藍色裡，你——跪下

她也願意跪在永的骨灰前，卻是再沒有機會，永的塔位供在他父親出家的廟中，父親也過世了，無緣的父子死後以魂靈相伴，就讓她跪下拜永吧！她愛他，比生前更愛，在更了解他之後，他是如此溫柔，對待一個像她這樣粗暴的人。如果沒碰到永，她跟艾寒在一起，下場會好些嗎？艾寒更男性，更愛女性一些，然而他能像永一樣包容她嗎？永與艾寒是同一類人，他們像是靈魂的雙生火燄，分別在不同時刻出現，而她注定要愛上這樣的男人，他們都是搖擺的雙，愛上這些雙會孤寡一生，所以愛也有命數嗎？

「對不起，就像你說的，我們……，但我們都不敢……我們都是。」

「我知道，所以才陪你來。我想我丈夫應該也是，你們那個時代太壓抑了。」

下山時，一群黃蝴蝶滿山飛舞，像黃色的煙霧飄過翠綠的竹林，那是異世界的景象，能夠打通時空的蟲洞吧？東江的笑意藍琪感覺得到，她卻在心中無聲哭了。

——原載二〇二二年六月《印刻生活文學誌》第二二六期

周芬伶，屏東人，政治大學中文系畢業，東海大學中文所碩士，現任教於東海大學中文系。以散文集《花房之歌》獲中山文藝獎，《蘭花辭》獲首屆台灣文學獎散文金典獎，小說《花東婦好》獲二〇一八金鼎獎、台北國際書展大獎。作品有散文、小說、文論多種，近著《情典的生成》、《張愛玲課》、《雨客與花客》、《花東婦好》、《濕地》、《北印度書簡》、《紅咖哩黃咖哩》、《龍瑛宗傳》等。

蝴蝶所愛的少女——鍾文音

那時西藏的佛還很單純，教派尚未完成。

印度佛法和禪宗佛法都尚未到這裡論戰。那些有著印度怪名字的成就者還尚未來到她的世界。甚至她和唐高宗之後的整個佛世的出土文明都還沒有遭逢。

西元六百六十四年，四十歲的她在高原的冷風吹拂中，從路過的商旅口中聽聞雲遊僧玄奘大師圓寂時，思及這一生無法和大師見面，使得她傷心落淚。

她不斷嗟嘆，顛倒妄想。

三年後，祿東贊也離開了她，這於她是高原第一人的祿東贊在蝴蝶飛舞中指認了她，她身上的香氣吸引蝴蝶，知道她是蝴蝶所愛的少女。而這高原第一人也要辭別人世了，象徵她的高原紀元也自此將要翻頁。

她需要安心，託長安商人馬玄智帶來大師新譯的《心經》與《金剛經》。

《金剛經》與《心經》，從此成為她的床頭書，彷彿放著佛書，不讀也能夜夜安樂。她後來發現，她喜歡玄奘大師的《心經》版本，但仍喜歡鳩摩羅什尊者舊譯的《金剛經》版本。研讀兩個版本使她的高原生活在妄想中也彷佛有了充實。新舊之間，歲月流逝。如此，她就在譯經文本裡度過一生，彷彿讀經即見佛，見到雲遊僧。

在那個混血文化所開出的璀璨盛世裡，人往長安去，只有她離開長安。那些跟隨她來到異鄉的故鄉人呢？乳母侍女衛士工匠廚役精兵多已不在了，他們和當地人結婚的第二代已經長出高原的肺，她喘著氣聽著窗外有人騎馬而過。必須歷經高山巖石風吹雨打的淬鍊才能開展的鐵肺，但她的肺活量卻依然不活躍，彷彿每一口呼吸仍躲著長安少女那微小的夜夢。

近四十年。寂寂寥寥，年年歲歲，她還是沒有長出高原的肺，沒有開出高原的心。她常感到一口氣微微如絲線般地繫縛胸口。

缺氧的愛情，唯獨信仰不缺氧。

雲遊僧西行那年二十九歲，文成公主遠嫁吐蕃那年十六歲。

這個年紀，妳在做什麼？李雁兒在大昭寺導覽著，內心卻問向了自己。

十六歲，自己還在島嶼荒涼的平原，穿著白衣黑裙騎鐵馬飛馳過稻田綠浪。

二十幾歲時流浪在城市，宅在頂樓加蓋的違章愛情裡與擺盪在不知所向的人生中，嚮往不知名的遠方，渴望知識與愛情，時而不知夢醒何處，時而和情人分道揚鑣，時而返鄉和母親鬧脾氣。

在闃黑的千年古寺裡她聞著燃燈酥油的奶香，導覽著即使眼盲她也能辨識牆上佛像的故事。成佛者不離誓言願力，地藏菩薩對自己最狠，地獄不空誓不成佛，地獄只會愈來愈擁擠，她在母親的靈骨塔入口對著地藏菩薩說著，地藏菩薩難道不知眾生頑強剛烈，眾生超難搞超機車？地藏菩薩微笑對她眨眼，彷彿微笑拈花，她微笑頂禮，知道自己就是那個難搞的眾生。

臨去高原前，除了佛經，她要清空租來的屋子，掃掃塵心。

那時滿屋子的書籍，她想帶什麼書上路呢？小說最難選，也最容易放棄，熟透卻散發像老友知心相濡以沫般的氣味是《金剛經》、《藥師經》，她想一想又把《維摩詰經》和《楞嚴經》放進行李箱裡。接著又放了一本唐人傳奇與聊齋，她覺得高原鬼魅幻影多，萬一遇鬼，那不就是聊齋再世或是母親來看她的偽裝。這樣一想，她心跳突然加劇，彷彿要跳出胸口般的緊張，有如遠方有人亟待她趕緊上路。

她們都是雁兒，一個從平原起飛，一個降落高原。

在這瘋狂與庸俗所統領的喧囂煙硝世界，她行李箱裡的書單看起來竟如此溫暖而莊嚴，簡直古老得讓她想起千年前的唐朝少女，和她同名的唐朝公主李雁兒，被皇帝臨時賜名為文成公主的雁兒具備這個身分，才能匹配吐蕃贊普。

如此婚配，十分古典，更近乎搶婚，必須翻山越嶺才能抵達吐蕃的少女，臨行前被贈予一個夾帶著使命的新名新字，抵達一個新天新地。
長途跋涉，曠野荒山，顛沛流離。
一個連自己都不習慣的文成新名，往後的不習慣將更劇烈。
公主上了高原，再次有了新名「甲木薩」，漢地來的女神，度母再世，往後又被降格成羅剎，神格化與女巫化都在她的身上因歷史光環而變化。
甲木薩與羅剎，女神與女魔，如迎佛人與滅佛者。
公主一路跋涉上高原，跟隨的嫁妝絕無僅有，彷彿是帶著藏經閣上路。
佛經三百六十卷，佛經即鑽石，歷劫永流傳。

抵達高原的島嶼李雁兒，邊對著遊客解說歷史，邊心想這是何等奇特的嫁妝，文成公主那個年代被譯出的佛經幾乎以出自鳩摩羅什尊者為首，直到公主上了高原之後，雲遊僧西行多年返回長安，在奉詔譯下才有了更多的新譯本。

大昭寺裡有著泛黃的堆繡、唐卡與雕像林立，古老寺廟內黑黝昏濛，只能以燭光般的低彩度目視空間，酥油混合奇異的藏香，獨有的氣味瀰漫四周。寺內擠滿了各地來朝聖的旅客，還有想要為往生者祈福而來到大昭寺，為十二歲釋迦牟尼等身佛換上金裝的肅穆家屬們，使得狹小闇黑的走道上幾乎寸步難行，行經而過的菩薩雕像幾乎還來不及看清楚，就只能任憑後面的人推擠著身體往前移。

那是一座佛與人彷彿沒有界線的寺院，身體挨得很近很近，那些年社交距離這個詞還沒進入人的腦海。

被觀光隊伍推移一陣子之後，隊伍乍然停下，原來是釋迦牟尼等身佛像換上金裝的時刻到來，眾人停步等待聖靈降下時光，藉此觸摸佛的兩足尊，繞行佛像，沾點金粉。

她這個導覽員大聲說著，請大家趕緊抓時間摸佛的兩足尊喔。

請問豆油小姐啥米係兩足尊？

導遊發音成豆油的腔調，一聽口音就是來自她故里的大嬸，很親切，很讓她想念的島嶼。歐巴桑們殷切地等著她的回答。

兩足就是慈悲與智慧，通過她剛剛啖畢高原麻辣腥羶的羊肉氣味，她小小聲地說著，彷佛深怕沾汙了字詞似地心虛說著。

觀者在黑暗中聽到她那如貓的低沉嗓音發出迷濛無知的眼神，一會兒看著佛的兩足，又低頭望著自己的雙腳。那些從大陸偏僻村莊一路遙遠來到寺院的農婦農夫們頂著長年被太陽曬傷的眼眸與深邃如刀刻的臉望著她，燭光下的她像是也被觀望的佛像，一雙雙眼睛都是疑惑。

是疑惑啊，佛已然失去面目，佛變成酒吧變成衣飾，甚至變相的佛教徒不知教主故事，因為教徒自己爬上了那個位置，妄想久了就以為自己成佛，要人膜拜，要繁衍徒子徒孫。

佛遠在天邊，近在眼前的是擬仿的佛。就像喜馬拉雅山海拔八千公尺的永生花，永生綻放之花，人們嚮往之卻終其一生可能都難以見到。

於是看見佛像就已滿足。

為大昭寺等身佛換金裝的家屬似乎來了一個超級龐大的朝聖膜拜團，等候家屬完成儀式的時間頗久，有許多遊客已然不耐而逕行先行離寺。於是在難得的空檔，她這個導覽員在燭火搖曳中，她深情地望著佛，佛看過公主，公主看過佛，現在她的雙眼竟能親睹兩千五百年前在釋迦牟尼佛眼皮下所刻成的佛像，此佛像成了往後所有佛像的原生種子，從此佛像繁衍出種種對佛的想像，佛像化為藝術品，成了拍賣會上落槌的天價。

佛像無處不在，但佛卻愈來愈遠。

一時之間，突然長得神似文成公主的雕像晃到她的面前，公主眨眨眼，接著消失。是幻象嗎？她搖搖頭甩開幻象追迫。

走到寺院末端，三尊立像現於前，文成公主居中，左右兩邊的男子是影響公主一生的吐蕃大相祿東贊與贊普松贊干布。華麗的五彩塑像，揉合西域與唐三彩的風格，瞬間放光在窄暗的寺院。於公主有形的力量是這兩個重要的男子，無形的力量則是來自鳩摩羅什譯的經典與雲遊僧新譯經典。當然還有無數歷史不曾寫下的名字，他們是陪伴公主一路從長安跋涉到高原的婢女，搬運的力士，長安工匠藝師與占卜師，懂得桑蠶種植的農民，還有往返於長安與邏些（拉薩）的報信使者。

歷史的有名氏與無名氏，都是導覽員想要訴說的碎片，如此才能串起整座大昭寺的歷史風華與傳奇魅力。

李雁兒在大昭寺壁畫前，經常訴說給遊人聽的故事是關於吐蕃最美的傳奇片段，最聰明最懂善巧的大相祿東贊是如何在長安拔得頭籌，如何解答天可汗出的考題，如何通過六試婚使的故事，如何在公主群中指認誰是蝴蝶所愛的少女，身上有著香氣如蜜的少女。

她邊導覽著，邊遙想起千年前的少女公主如何抵達高原，又如何抵抗這漫長的寒域與孤寂。

唯佛一字，可解斯苦。她聽見虛空傳來了這句話。

拔苦，佛之初心。予樂，佛之初願。苦要連根拔起，樂要開枝散葉。

認識公主要先認識佛，因為高原的佛都是從她自長安帶來的十二歲等身佛的根柢所開出的枝枝葉葉。

高原壁畫超過十萬幅，很難辨識的諸神眾仙，彷彿複製佛的世界，「設我得佛，國中天人，形色不同有好醜者，不取正覺。」羅什尊者，美哉譯詞。

她念著《阿彌陀經》，並加以白話解釋。

她聽見故里大嬸又問豆油小姐，到阿彌抖粉的淨土我們都長得一樣，那怎麼分辨彼此。

她聽到抖粉的發音笑了，佛陀變抖粉。

眼前每一張臉都如此不同，據說在地球這億億萬萬人裡竟幾乎是沒有一張臉是一樣的。

她跟故里大嬸說這只是一種要眾生沒有分別心的表法，一種說法。

故里大嬸一愣一愣的，似懂非懂。

她微笑說大家看佛臉形色如此相似，但若注意佛像手中的法器和座下的神獸，那就各有千秋了，繁複的法器法座，如小芥子納大須彌，蘊藏千佛萬佛。

先學分別，再去分別。先有執著，再去執著。她吐出這種打高空的話語，連自己都心虛。

她喜歡觀察佛菩薩的座騎，雪獅雪豹大象駿馬飛鳥彩驢，天國神獸動物園都是人間沒見過的。神的世界一如獸的樂園。金剛亥母最酷，單腳踩豬或人，亥母不要可愛的神獸，亥就是豬，把豬一腳踩得死牢，說是對治貪。貪瞋痴各有對應動物，豬雞蛇，她感覺自己是雞頭豬腳蛇身，貪瞋痴頑強。

經歷過人生的淬鍊，過去她的信仰還沒堅定如鐵山時，意志會隨著際遇搖擺，這幾年的旅途闖蕩，來來去去的人如魚汛，她已習慣了別離。作為一個堅信者更容易說服自己去說佛的故事，靠自己去闖蕩江湖，先去歷練，也才知初心的原貌吧。當然實踐者可能癲狂也可能放蕩，可能堅信也可能脆弱，歷驗種種，無非煩惱與菩提。

她在入睡前寫下了這些導覽筆記。

接著她例行打開《藥師經》，日日玄奘大師的奉詔譯本映入眼簾，藥師佛十二大願，願願扣緊眾生的俗世與來世想望。想著想著，念著念著，大昭寺的八吉祥屋頂在窗前閃著熠熠流光。白天走路時，把佛放在肩上兩端齊行；頂禮時，把佛放在對面虛空。打坐時，把佛放在頭頂；入睡時，把佛放在心間。

怎麼放？她躺下來，腦海先浮上一尊觀世音菩薩，她只能想四隻手的，多眼多手的菩薩還觀想不起來。別人數綿羊，她數菩薩的手，如果能觀想清楚觀音菩薩千手千眼，大概她就是睡神鍾愛的女兒了。

日光之城此時轉成月光之城，高原的睡神如缺氧的稀薄空氣，緩慢進入腦波卻又快速麻痺睡眠者的神經，高原的入夜瀰漫著濃濃如死境的睡眠中，一碰枕頭就快速入睡者通常是高階旅人，或者頭痛欲裂無法成眠的初階旅者，又或者可以整日不眠的打坐者，又或者依然將兩隻手的響板敲在地上的禮拜者。動與不動，都在和神交談，只有剛到的觀光客必須走得像太空漫步，隨時和高原的氧氣打仗，拚命吃黑糖，打葡萄糖針或者如病人般地老抱著氧氣瓶。

當然如果遇見衰事苦情，也就當作是還前世債。

這種前世今生的念頭一旦植入，就猶如晶片，雖然得到些救贖，但卻也被輸入了怪異的程式，像是腦部暫時缺氧，變得笨笨的，失去動力與想像力，畏因畏果，容易變得像是大媽大嬸似的語言套組，比如這都是你欠他的，這都是業力使然。去脈絡化，之後的每個痛苦都可以被昇華似的。

修得死福。死福，高原上流傳的昇華故事，成了難以想像的神話。

修行瑜伽士一入定，彷彿全身和睡神共舞共振，進入深度睡眠卻又清醒萬分。睡眠如歷中陰，不醒人事，連夢都不復記，醒來又活過來，所以安寧的死亡如睡眠。她想母親離塵時如眠，這話倒很安慰她。

離開傷心雨夜的台北，從此她和甲木薩與雲遊僧度過日與夜，日是甲木薩的大昭寺，夜是雲遊僧的《藥師經》。

行過少女南方的炎熱盛夏，身體與靈魂轉為在高原的雪光下徘徊。

少女轉為老少女，失去世俗至愛深深盼望能獲得出世安慰。

願妳安詳。世上除了神的慈悲疆域，再無能收留病痛了。

她看著自己的手掌紋路，想要解讀其中的密碼或者謎團。

想著母親色身最後被丟進幡祭的熾烈火焰中，因愛而衍生的執著，因恐懼而培育的貪欲，因無知而養肥的執念，以顛倒意念行走的生命，注定難以參透時間的盡頭是什麼樣的紙牌。

離開地球的人渴望抵達阿彌陀佛的安樂國，在此方想著另一邊的世界。轉瞬即逝的意念，引磬一敲，出魂。這修行之路該如何寫下？被死神一棍擊中，秋天樹梢上的葉落聲如此雷鳴巨響。

白骷髏腰間繫的彩帶短裙和手上盛滿鮮血的嘎巴拉，骷髏頭串成金剛杵，三頭顱一顆流著血象徵現在，一顆血乾涸象徵過去，一顆什麼血也還沒流下象徵未來。現在銜接過去與未來，骷髏即美人，美人即骷髏。眼見不能為憑，很多事情不是表面看的，凡夫肉眼所見都是自以為是或者只為了藝術創作的想像力。密續空性與妙樂合一的修持，菩薩男相女相只是一種表法，表現的方法，合一並非是男女，其實那都是自己的白日與黑夜，晝夜相續。

輪迴的利刃，轉瞬千年，生命的經變圖。

慈悲與憤怒的佛菩薩，也是多面菩薩，有時呈慈悲尊，有時現忿怒相。長得更像是來自地獄的人，而那些阿羅漢狐仙蛇精卻都個個美豔，難怪世人看不明白。

她看見睡著行走的人，三隻眼睛，渾身發綠，全身藍色，翅翼上長滿眼睛，背後都是火，骷髏割下人頭製成的人頭花環和骷髏花環，串在腸子上的人頭和串在屍體頭髮上的骷髏，花蔓花環蛇形花環，人頭代表色空。

愛上一個人就像創造一種宗教，只是這種愛情宗教裡的教主是靠不住的。不若她愛上的佛有三十三天。涅槃的永恆史，每上一重天，越來越美麗的不可思議淨土，恆星都在四周旋轉，恆星之上有最高天，由光組成的永恆的天國。

黑暗中有點悟性的遊客聽了她的解說目光燃起火焰。

那些說捨就捨的故事。篇篇聽來都像鐵釘般地釘著她的心，怎麼能怎麼行怎麼如此了得，為何她的心不能不行不了得？

在缺氧的高原，血液緩慢地黏住最後的春日之光，老舊的旅館水聲滴答，忙碌的昆蟲交頭接耳著祕辛，她看見受苦的人，那些動不動就拉人去杖斃車裂砍頭去勢的冤仇該怎麼被消抹，甲木薩的長安，皇宮裡都是殺戮，輪迴之路，殺人如麻或穢亂宮廷的該去哪一層？在高位或擁有權力者隨口一句殺，瞬間戰火即起，人流離失所。地獄如何空盡？她聽見遊客中有人喃喃自語著。

子夜時分，遊客都已進入缺氧的眠眩中。隨著燈光熄滅，至高的布達拉宮與黢黑天幕融為一體，主幹道北京中路上車輛寥落。雖然開放時間已過，大昭寺門前依舊有著磕長頭的信眾，身影如潮浪，此起彼伏。公主栽植的唐柳下，千盞酥油燈恆是長明。大昭寺廣場上，十餘人席地而坐，不懼秋寒白露，各地來的禮佛團，唱經聲繞梁，彷彿聖樂合唱，集體進入催眠似的極樂之邦。

八廓街傳來微微地震般的響動，她不用傾聽就知道是因佛而未眠不眠的人，虔誠香客在繞寺繞塔，進行五體投地的大禮拜，展現大信大仰。黑暗中，她看不清朝聖者的臉，但卻見到眼睛個個如火炬，旋轉的銅銀經筒，在暗中如電光石火，也像大海中的漁火。

白日的拉薩是屬於觀光客的，只有午夜的拉薩，才回歸虔誠的信徒，這些願意把睡神讓給佛的大信者，連闔上眼睛都覺得奢侈。

大昭寺是巨大引力的磁場，吸引眾人渴仰的心從不消逝，對著公主從長安運來的十二歲等身佛不斷地膜拜再膜拜，以胸膛貼地，眼嘴沾染著塵埃。

佛的八歲十二歲二十五歲等身像，是佛入涅槃前請工匠雕刻的佛身金像，於今只餘十二歲等身像在世，八歲碎裂兩半，二十五歲飛灰湮滅。十二歲安居大昭寺，日夜膜拜人潮淚光閃閃。

公主讓遠從長安帶來的這尊佛像抵擋得過佛滅者的刀山劍樹。

民宿主人欽哲對雁兒說他最喜歡拉薩的冬天，一場大雪過後，陽光微微升起，他去大昭寺廣場曬太陽，太陽就是他的佛光，日子好過就是見佛。

佛在哪裡？無佛處莫停留，有佛處快疾走。

朝聖者轉山轉寺轉經轉道，欽哲是繞著四處拜佛的人走，別人是繞佛三匝，他是繞人三匝，有人潮就有生意，別人轉山，他轉錢，一手進一手出。錢是拿來交換物品的，不用它就只是數字。

說著說著，他們離開了大昭寺的高頂陽台，熟門熟路者才可以進入之地，可以俯瞰大昭寺下的流動人生與環視山巔翱翔的神鷹，把肉身空去的禿鷹在高原有了神性。

熱鬧喧嘩的文成公主大戲在冷秋十月結束，雪域即將轉成雪獄，冷驅走了遊人。沒有旅人，也就無須導覽員。李雁兒知道自己終究是一朵雲，導覽工作結束，她也將離開這座前世之城，為母親亡靈而抵達的送終之地。

離開這座高原前，她再次前往公主剛抵達高原的昌珠寺與其墓地弔唁，接著她將轉往西安，走一趟少女公主的長安舊景與朝聖雲遊僧的大雁塔與慈恩寺。

為此，離別前，她再次逛了幾次拉薩，駐足大昭寺，朝大昭寺古井許願。

聽說朝這古井許願，甲木薩會幫你實現願望。

她虔誠地許願，欽哲笑問她許什麼願啊？

她笑而不說，只說祕密，和公主相約的幾世流轉暗號。

離別時分，在自己坐過的座位上放上一條哈達，意味著人雖離去，但心還在。

幾日後，她告別民宿，收拾錄音筆述的導覽日記：藏經閣筆記，悄悄掩上門。屋外陽光燦爛，瞬間忽然雨雪霏霏，抬頭她見到一彎彩虹，跨過大昭寺四周旁的山頂，往河澗湖面散迤灑，雲蒸霧繚暈染著彩虹，如此祥靜，竟似暮鼓晨鐘。

她去大昭寺別離公主，沒有旅客的寺院只有各自在打坐的僧人，她熟門熟路地找了個墊子也闔眼靜坐，耳邊聆聽著如浪的誦經咒語，如搖籃曲的咒音汩汩而來。

她直待到夜深人靜，寺院外比之前更安靜，冬日寂寥，真正留下來的都是愛佛愛大昭寺愛公主的人。此時整座日光之城已進入夜晚極度缺氧的沉睡之中，明月高懸，銀河燦星，大昭寺彷彿是永無止息的拉薩心臟。八吉祥屋頂金燦，彷彿不曾遭過磨難，不曾歷經弒佛者的屠殺與汙辱，不曾經歷火災與自焚者的鳳凰之死。

大昭寺在靜謐的雪城之夜，傳來叩叩叩的磕長頭的膜拜者，懺罪者。她從靜坐蒲團裡起身時，悄悄走到甲木薩雕像，在公主的頸上獻上一條哈達。白色絲巾被燭火搖曳成一條光河，在她的心間汩汩脈動著。

撫摸著光滑如絲綢般的白色哈達巾，她想她這個女兒備了七年寶筏漫漫長夜終究是渡母親到彼岸，那麼誰來渡只剩下她一人的孤單女兒？她感覺自己是長年被釘成標本的活蝴蝶，她想這樣還能渡到彼岸嗎？她看著佛菩薩，喃喃自語著慈悲度母，度母慈悲。

緩緩地，平原女孩在高原獻上了哈達，人離去，心還在。佛在，佛總是在。

蝴蝶所愛的少女，長途跋涉來的佛，從此銘刻。

——原載二〇二二年五月九～十日《自由時報》副刊

鍾文音，專職寫作。

曾赴紐約習畫，一個人旅行多年，並參與國內外大學作家駐校計畫，授課小說與散文創作。

曾獲時報、林榮三、吳三連等重要文學獎，出版多部旅記、散文、短篇與長篇小說。最新散文集《捨不得不見妳》、短篇小說集《溝》、二〇二二出版長篇小說《命中注定誰是你》。二〇二一年以長篇小說《別送》摘得台灣文學金典獎年度大獎。

雙魚、赤那鼻、桃花、食戒——廖鴻基

雙魚

阿固家客廳的水族缸裡，養了一條紅色的魚。

這條魚色澤特別豔紅，身長超過一尺，外形類似鯛魚，但阿固指著缸裡這條魚介紹給阿料認識時，特別說：「只是長得像，但他並不是一般鯛科魚類。」

一邊介紹，他們兩人一邊走近缸邊，缸中這條體色如玫瑰豔紅的魚，緣著缸壁快速上下，甚至在缸面打出水花，看得出來，大概是想要索取食物，或者，是熱烈地想要阿固為他做什麼事吧。

「不是鯛魚，那是什麼魚呢？」

「雙魚。」阿固說明：「雙雙對對的『雙』。」

「明明只有單獨一條，為何取名『雙』？」

「他們習性是兩條一起，之前也都是兩條魚養在同一個缸子裡，但目前他在『情傷』狀況，還在療傷中，所以缸裡只剩下他孤獨一尾。」

「情傷？這麼說，是他的伴侶走了嗎？唉……」阿料嘆氣後頭低了一下像在默哀。「是走了，但不是你以為的『走了』，是背棄他、離開他的走了，或直接說，是跟其他魚跑了。」阿固手掌舉在唇邊特別壓低音量說：「他是被遺棄的一方。」

「愈聽愈迷糊欸，缸子裡不是只有他們兩條嗎？這情況下不可能有情敵、不可能有愛情競爭者，何況，總共就水族缸這樣的空間，即使他的伴侶不要他，又能跑哪裡去呢？」

「說來話長……」阿固停了兩秒鐘後繼續說：「唉，悲傷的事總是曲折離奇，難以說清楚，不是嗎？」

「就說說看嘛，這樣的環境下要讓雙魚變單魚，的確不容易說明白。」

「確實是這樣子的，那我就從頭講起。大約兩年多前的某一天晚上，我的一位漁夫朋友，送給我一條大約十公分長的粉紅色小魚，我就放這條魚在水族缸裡養，朋友也告訴我『雙魚』這名字。我問起魚名的緣由，他說……」

「對，跟我問你的問題一樣。」

「是，是這樣的，這魚所以稱『雙』，就是他會為你帶來另一條魚。」

「怎麼可能，難道已經在他肚子裡？」

「拜託，想太多了，又不是哺乳動物胎生，哈！哈！」阿固朗笑兩聲繼續說：「我跟你一樣好奇，於是就請教了送魚的朋友，如何『單魚變雙魚』。朋友教我，這條粉紅色小魚先養在缸子裡，餵他釋迦、西瓜或木瓜，養到他體長盈尺，體色變為豔紅，就是成熟了。」

「吃水果的魚，可從來沒聽過。」

「是這樣子的，我們一輩子中，沒聽說過的一定比聽說過的事占多數。確實是這樣子，漁夫朋友教我，這尾雙魚成熟後，就可以帶他去海邊，放他回海裡去。」

「放生？還回來嗎？」

「我在岸邊等了大約十五分鐘，這尾成熟的雙魚不僅游回岸邊，還叼著他的伴侶一起回來。他的另一半，體色跟體型跟他相當，竟然乖乖被他給叼回來。當然，這兩尾雙魚，我就一起帶回去缸子裡養著。」

「很恩愛嗎？」

「他們確實很恩愛，看了都讓人羨慕，缸子裡的這兩尾雙魚，他們最常呈現的樣態，就是彼此咬住對方的尾鰭，兩條魚盤成一面豔紅色的圓盤。」

「啊，多美的愛情，這不就合體而且圓滿成雙了嗎？」

「確實是，一切都怪我好奇和多事。看他們感情這麼好，我竟就起了這樣的念頭，想要來測試一下他們的愛情強度。因此，一起養而且恩愛了六個月後，我又帶他們回到海邊，想說，先放了舊有的那條雙魚，看他會不會像過去那樣，又去叼另一條回來。」

「結果呢？」

「結果他根本不願意游開，一直留在岸緣水邊，痴痴看著岸上攜帶式水族箱裡他的另一半。」

「足感心（tsiok kám-sim），那就別測試了吧！」

「不，當時我想，既然是測試，應該是雙向雙方都接受測試，他的伴侶也得試一下。我先收回不願須臾分離的原來這條，他們竟然在攜帶式水箱裡即刻又咬成圓滿的紅色圓盤，確實是人家說的，小別勝新婚。看他們恩愛如此，應該是沒問題的，他的另一半應該不需要再測試了，當下我腦子裡還閃過這樣的念頭。怪就怪我多事，還是動了好奇的詭念，想說，科學精神還是得測一下，實驗才算完整，而且就小放一下，又不會怎樣。」

「不會吧？」

「確實這樣，如何也想不到的事竟然就發生了，一放回水裡，他的愛侶竟然頭也不回，直接掉頭走掉，快速游開。」

「那怎麼辦，應該趕快放他下去追啊。」

「是啊，如你說的，我就是立刻這麼做了。」

「結果呢？」

「結果是，我在岸邊等了一個多鐘頭，他才回來。而且是獨自一尾回來。才一個鐘頭，也不曉得是經歷了怎樣的折騰，他的外貌明顯變得蒼老、變得憔悴，體色也從原來的豔紅轉為黯沉，像一朵枯萎的玫瑰。我知道，這情況下，若留他在水裡，死路一條。只好先帶他回來調養。也去請教了那位漁夫朋友，接下來該怎麼辦才好？

「『別緊張，』漁夫朋友勸我說：『繼續養他一、兩個月，當他恢復了豔紅體色，表示這場情傷已經療癒，再讓他回海裡去，他很快就會去叼另一條新的回來。』」

赤那鼻

「我跟你說，每次潛下赤那鼻下的岩礁海域，順著黑色礁塊潛游到九公尺深度時，在礁塊的轉角處，每次都能見到他。」喜歡潛水看魚的阿余，有次在餐廳巧遇阿料，即刻迎上來用急切的語調說起最近的潛水屢屢看見「他」的奇遇。

「別嚇人了，『他』是誰？」阿料問。

「別緊張，別緊張，不是要說什麼潛水意外，也不是要說水鬼的故事，我要說的『他』，是一條魚，活生生的一條魚，這條魚身長約三尺，一身紅衣，很漂亮的一條魚。」

「到底誰緊張啊。」阿料抬一下眉心念了一句，然後慢慢回應說：「相信你要講的不是鬼故事，但看你說話的樣子和口氣，真的很像是看到鬼。」

「真的不是，真的不是……」阿余兩個手掌急忙在胸前左右揮動說：「水下的他，不，水下的這條魚，只是讓我覺得是有點怪，但保證不是鬼故事。」

「好嘛，好嘛，那說來聽聽？」

「好幾次潛游，我刻意游到這條魚的面前，好幾次我們相距不到五十公分，十分肯定，這條魚不是幻影，也不是鬼魅，確實是一條真真實實的活魚。」

「所以他每次都在同一個地點出現？」

「去年開春以後，我就常在赤那鼻下潛水，至今少說二、三十趟以上，確實是這樣，這條魚每次都在那個礁塊轉角處出現。」

阿料曾經潛過那個潛點，也知道阿余講的那個「轉角處」，阿料記得，那個礁塊轉角處的海流很急，一條魚若要停在那個點上，必須有很好的體能來抵逆強勁的海流，確實很不容易。但阿余竟然說，這條魚每次都出現在這個位置。

「哪有可能？」阿料用懷疑的語氣問：「你每次都在同個時段下水嗎？」

「應該沒有，」阿余想了一下後，搖搖頭肯定回答說：「確定不是。」

「這也是我好奇的地方，別處不待，偏偏選在這海流強到不容易停住的地方出現，而且，如果你是不定時下去，意思是說，這條魚一直或是常在那裡『堵流（抵抗逆流）』。」阿料又問：「你確定是同一條魚？」

「十分確定，他左側胸部有塊傷疤，不難辨識。」

「海流湍急，水域寬廣，魚隻來來去去，同一隻魚，老是出現在同個點，很不合常理欸？」

「就是怪，所以才跟你說這件事呀。」

「除非……」

「除非什麼？」

「除非他在等你。」

「別嚇我了，赤那鼻下的魚如此繽紛多樣，這麼好的潛點，我還想繼續在那裡潛水呢。」

阿余吐了一下舌頭說。

「不是嚇你，想想看，我們生活的城市裡，人來人往，要在同一個地點不期而遇同一個人的機率有多少？何況大海！」

「無采（bô-tshái）我講了老半天，看起來你還是不相信。這樣好了，約個時間，我們一起下去。」阿余的口氣有點急切，聽起來像是在跟阿料說，「我們一起下去，我介紹你們認識」。

「好喔，好喔，讓我也來開開眼界。」

於是，就約了最近這個週末的中午，他們兩人一起去赤那鼻潛水看這條魚。

週末這天中午，陽光雖然躲在雲層中，但海況平穩，水質清澈，算是不錯的潛水時機。你們理了理裝備，很快就在鼻岬下海域下了水。

熟門熟路，順著右側黑色礁塊，阿余游在前領路，阿料跟隨在後。

果然是個好潛點，沿途魚群翩翩，都至少是巴掌大的魚，紛紛近身徘徊。讓阿料稍稍覺得異樣的是，今天遇著的魚，辦喜事一樣，大大小小，全都一身紅衣。

黑色礁塊背景下，密集的紅衣魚群隨著水流翩翩擺舞，你們兩人彷彿來到一處堂奧幽深，紅綵張結的水下廳堂。

阿料好幾次錯覺，這氛圍有點像是在寒冬裡張燈結綵，也幾分像是將在淒清的午夜裡辦喜事。

阿余一路吐著泡泡往前游進，似乎並未發覺，或說並不在意阿料觀察到的這些帶著淒美意境的幽密景象。

深度九公尺，你們很快潛行來到了黑色礁塊的轉角處。

忽然，一股冷冽水流迎面撲來，阿料豎起身子，停止前行。

海流果然強勁。

阿余也停了下來，回頭，指著前方轉角處要阿料看。

阿料順著阿余指的方位，往前看向轉角處。

阿料眼裡，前方只有黑色礁壁孤立如一堵寂寞的牆角，阿料左看右看，看不到任何一條魚停在那海流湍急的礁壁轉角處附近。

阿料向阿余搖了搖頭，兩手一攤，表示他什麼也沒看到。

蛙鏡裡，阿余露出詫異眼神，手臂舉起，再次轉身指著轉角處要阿料看。

阿料仍然什麼也沒看到。

然後，阿余回過身來，向阿料張開雙臂，比出只有阿余看得見的這一條紅衣大魚的長度……

桃花

那天，九噸半的三參號漁船在外海下完延繩釣餌鉤後，阿三船長讓船隻從外海開近岸緣。

「流不對，我們靠岸邊等待翻流（流向變化），順便釣釣淺礁魚，你去準備一下釣具。」掌舵的阿三船長回頭跟後甲板上的海腳阿料說。

阿料明白，翻流後，才是外海巡游魚類的索餌時間，阿三船長珍惜海上時間，不打算停在外海空等，索性利用這段時間將船隻開近鳳凰岬下的岩礁區垂釣。

下鉤不久，阿料發現，有隻個體不小的桃花章魚攀過來黏在三參號水線下的船舷邊。阿料心想，「應該是被船底下附生的褐藻、藤壺、介貝和蝦蟹所形成的小生態給吸引過來的吧。」隨後，出現在阿料心底的四個字是：「自投羅網。」

阿料隨手拿起擱在船邊的長桿撈網，打算伸下水裡去撈捕這隻章魚。

阿三船長不到三十歲，從小討海，雖年輕但漁撈經驗豐富。他看阿料舉出長桿撈網，準備將網杓子伸下水去打撈章魚時，急忙對阿料喊了一聲：「反過來！」

這一聲喊，阿料一時愣住，無從理解阿三船長喊說的，「反過來」，到底什麼意思。

阿三船長看阿料呆愣在船邊，他拋下手上的釣繩，走過來一把搶走阿料手上的長桿撈網，並且反過來拿，他將長桿尾（不是網杓子的那一頭）伸進船邊水裡。

桃花章魚先是嚇一跳，也像是害羞，一溜煙地躲進船肚子底下。

阿三船長保持桿尾不動，繼續伸在船邊水下等他。

直到這時，阿料還是完全看不懂，阿三船長到底在「變啥魍（pìnn-siánn-báng，搞什麼把戲）」？

阿料猜想，「會不會阿三船長打算用桿尾當武器，來敲襲這隻桃花章魚？」但他很快又轉了念頭，「這是不可能的事，魚族們水下動作迅捷俐落，何況水阻這麼大，絕無可能，水面下怎麼可能用這麼長一根棍子來敲魚？」

一下子後，躲入船底的桃花章魚探出頭來，看了凶器（桿尾）幾眼，不逃不要緊，竟然像是看出興趣來，他觸手先行，先是試探性地伸過來兩根觸手，悄悄碰了兩下桿尾。

阿三船長保持桿尾不動。

應該是喜歡吧，這隻桃花章魚隨後更多根觸手挪過來，攀住阿三船長伸在水面下等待的這根桿子。

最後，整隻桃花章魚離開船肚子，整隻漂移過來，手腳並用地抱緊處理。

阿三船長慢慢將桿尾抽離海面，然後，快動作將桿尾一横一甩，把仍然抱緊桿尾的這隻桃花章魚給甩上甲板。

上了甲板被捕獲後，這隻桃花章魚仍然依戀似地緊緊抱著桿尾不放。

從來不曾見過這樣的捕魚方法。

「怎麼會這樣子呢？」返回外海收拾延繩釣漁獲時，阿料想了又想，百思不得其解，指著還抱在桿子上的桃花章魚問阿三船長。

「你不知道桃花章魚喜歡抱抱嗎？」阿三船長用理所當然的語調說。

食戒

海洋公園的老闆是阿料的好朋友，知道阿料喜歡魚，休館期間，特別允許阿料潛入水族缸裡看魚。

好幾次潛水看魚後，阿料覺得，魚的適應力真的有夠強，水族缸裡的不少魚族已經接受他的潛入，對他幾乎沒有戒心。

最近這趟潛入，好幾隻大大小小不同種別的魚，戲耍似地尾隨或游繞在阿料身邊。阿料也發現，缸子裡不少一對一對親密游在一起的魚，他們緊貼著身體或頭碰著頭。「應該是伴侶。」這麼想著時，阿料才發現，這一對對雙方，體色有的天南地北，有的是種類明顯跨種跨屬，有的體型大小懸殊，可說是完全不登對的兩條魚，竟然在這缸子裡配對結成伴侶。阿料想，「很有可能是如此特殊人為環境下的特殊關係吧。」

阿料詢問館方工作人員：「你們知道這種特殊現象嗎？」

「人為環境嘛，我們這裡都嘛這樣。」年輕的館員覺得這些都是正常行為，不足為奇。

這個水族館聘用的工作人員都很年輕，大概特別挑選過，或是因為長時間跟魚相處，一個個都長得眉目清秀，體態勻稱，體型優美。

有一次阿料來，一直伴游在他身邊的一條不知名的大魚，似乎對阿料戴在無名指上的結婚戒指感到興趣，好幾次，這條魚偏過頭過來啄咬他戴戒指的指頭。

「或許是戒指在水中的折射光澤吸引他吧。」阿料立起身來，暫停游進，嘴裡咕噥出一串泡泡在心裡說：「好吧，既然這麼感興趣，就脫下來給你瞧瞧。」

這條魚竟然也跟著立起身來，停在阿料身邊，耐心等待他脫下婚戒。

脫下戒指後，阿料用拇指跟食指的指尖輕輕捏著婚戒靠近這條魚的眼前，為了讓他看個清楚吧，阿料在魚面前晃了兩下戒指。這時，阿料恍惚覺得，自己這樣的行為，有點幼稚，像是在對這條魚炫耀或表示什麼。

沒料到，這條魚忽然往前一衝，一口叼走阿料手上捏著的戒指。

「糟糕！」阿料一聲驚呼，一串急躁的氣泡從他咬著的呼吸器冒出。

阿料踢腳前撲，伸長右臂，想搶回戒指。

這條魚沒有離開，也沒有閃躲，嘴裡「呼嚕」吸水，迅速將這枚啣在唇邊的戒指吞下肚子。

阿料心頭一懍，「這可是結婚戒指，遺失的話，很難跟另一半解釋清楚。」阿料的意思是，若是跟妻子實說是被魚給吞下肚子裡去，恐怕會被認為是天下最荒誕離奇的理由。遺失婚戒這種事，後果難料，沒事就沒事，但也有可能惹出難以想像的一場家庭風暴。

阿料洩恨似地出掌朝那條吞了婚戒的魚猛推、猛抓了幾下，但水中的魚，哪裡是想碰就碰得著呢。這條魚仍然立在阿料面前，眼睛大大顆瞧著阿料看，滿臉水漬光澤，似笑非笑。事情已經發生，再怎麼懊惱也無濟於事。出水缸後，阿料趕緊找後場工作人員，說明情況，並試著詢問有沒有挽回的機會。

「沒問題，」一位年輕貌美的工作人員接待阿料，她沒有絲毫猶豫，直接回應阿料：「不是第一次發生這種事，沒問題，一陣子後，我們會設法把您的婚戒找回來。」

「從他的排遺嗎？」

「不，我們有更具體的方法。」

「更具體？」阿料抹了一下髮際的水滴，懷疑的語調說：「你說，不是第一次，你的意思是，他吞過很多戒指？」

「是的。」

「什麼魚啊，怎麼會有這麼奇怪的行為？」

「不奇怪呀，愛吞戒指，是這種魚的特性。」美女工作人員對阿料眨了一下右眼，悄悄補了一句：「還特別喜歡吞婚戒喔。」

「這究竟什麼魚啊？從來沒聽說過有這樣行為特色的魚。」

「我們這裡奇奇怪怪的魚很多，這種魚的名字就叫『食戒魚』，是我們老闆高價從大洋裡的一座孤島上的水族館買回來的。」

美女用對講機聯絡同事，說明阿料在魟子裡發生的事，以及他的需求，然後，轉頭以安慰的口吻跟阿料說：「沒問題，請您在這裡稍候一下，我的同事會立即處理。」

既然找得回來，阿料想，就在工作檯邊多等一下吧，一邊還有美女陪著聊天呢。魚成為橋梁，阿料口沫橫飛和美女聊得愉快。有點炫耀的心，阿料跟美女分享這些年來到處飛、四處潛，如何在世界許多著名潛點，見過如何繽紛多彩各種魚類的珍貴經歷。

「好羨慕啊，真嚮往如此豐富又浪漫的看魚旅程。」顯然，美女被阿料的話題吸引了：「但是，您到處潛，沒見這種過食戒魚嗎？」

「沒有欸，竟然是在你們水族館裡第一次見到。」

「『識魚不明』，難怪會發生這樣的事。」

「也是，但看人可從來沒失誤過。」阿料朗笑一聲自嘲，隨後，有些曖昧的表情看著美女說：「特別是美女。」

「別鬧了。」美女臉頰泛紅羞澀地別過頭去。

春暖花開一樣，阿料的心裡一陣暖流湧過，正打算把握機會更進一步時，不巧，美女的對講機提醒似地及時響起。話機裡幾句對話後，美女跟阿料說：「應該是找到了，請您到後台確認。」美女伸手指引你進後台的那一扇門。

「不急呀，找回來就好，其實沒那麼重要。」阿料還想多聊幾句。

「他們在等您確認。」美女催促阿料。

不得已進了後台，阿料看見工作檯上，側躺著這條食戒魚，他被手術剖肚，一旁小盆子裡擺著他黏嗤嗤血淋淋的胃內含物，其中果然有好幾枚戒指。阿料翻找了好一陣子，終於找到他的婚戒。

「他呢？」阿料指著工作檯上的這條魚，抬頭問為他手術的這位魚醫生。

「等他退了麻醉清醒一點，就會放回缸子裡去。」

——原載《魚夢魚：阿料的魚故事》（有鹿文化，二〇二二年六月）

廖鴻基，花蓮人，花蓮高中畢業。曾經討海、執行海上鯨豚調查、創辦台灣賞鯨活動、黑潮海洋文教基金會創會董事長、花蓮福爾摩沙協會理事長、海洋大學兼任副教授、執行多樣海洋計畫；將海上生活經驗寫成文章，出版《討海人》、《漂島》、《鯨生鯨世》、《後山鯨書》、《領土出航》、《海童》、《黑潮漂流》、《最後的海上獵人》、《魚夢魚》等二十餘部海洋文學作品，得了些文學獎肯定，文章廣泛收錄於各級教科書中，鋪展台灣社會向海橋梁。

十一公——許獻平

高課業完成「老祖」小祠田野調查後，花了幾天時間整理照片與資料，撰成一篇兩千餘字的採訪錄後，又馬不停蹄地繼續尋訪南瀛山區的有應公廟。

這天，他驅車經左鎮頂坑村往土牛崎途中，來到一片闢墾為旱田的山坡地，看見幾名工人正在田頭興建農舍。高課業泊車走過去想打聽附近有沒有小廟？待趨近一看，建築工人正在興建的不是農舍，而是一間有應公廟。高課業如獲至寶，掩不住內心的雀躍，開口問道：

「請問這間廟仔服侍啥物神明？」

「十一公。」頭戴斗笠、包花布頭巾，正在拌水泥砂的女工抬頭回答。

「十一公是啥物神明？伊是按怎成神的？伊的生日是佗一工？攏啥物人咧拜？」高課業一連聲問道。

「阮毋知呢！阮是山仔腳的人。」祠頂鋪設紅瓦的男工應聲。

「按呢著愛問啥物人？」高課業急切問道。

「廟仔是磚仔窯廠頭家娘請阮來起的，你可能愛去問伊才會知喔！」祠頂另一位男工答道：「磚仔窯廠佇坪仔頂，山路閣落去無偌遠，你就會看著啊。」

小廟正興建中無法入內，高課業站在祠埕，雙手合十拜禱道：

「十一公伯仔，我來調查祢的歷史，將祢的歷史記落來，予祢的香火萬代；祢著共我指引，去揣著知影祢過去的人，予我來訪問、做紀錄；嘛請祢愛保庇我，一切平安順利。」

謝過施工工人，高課業繼續驅車前進，在進入坪仔頂聚落前，就看到兩座高聳的煙囪，突突地冒著黑煙，映著蔚藍天空，活像兩條飛翔黑龍。

高課業來到磚窯廠，將車停在事務所前。事務所是棟兩層磚房，右邊有棵高大壯碩的芒果樹，左邊是八卦窯，後面為十三目仔窯。

走進事務所，一位中年婦人從辦公桌上抬起頭來，高課業忙開口問道：

「請問頭家娘敢有佇咧？」

「我就是，請問有啥物貴事？」老闆娘站起來招呼。

「我是文史工作者，拄才經過山坡地，看著廟仔咧重起，工人共我講是頭家娘發落的。」高課業邊遞名片，邊說明來意：「我想欲請教頭家娘，廟仔的歷史，閣有十一公是啥物人？廟仔為啥物欲重起？」

「文化局文史研究員高課業。」老闆娘邊看名片，邊請高課業在茶桌前落坐。老闆娘動作熟稔地泡壺茶，倒了一杯，送到高課業的面前，也給自己斟了一杯，才說道：

「廟仔的歷史我毋知，十一公是啥物人我嘛毋知。阮大官六十幾冬前來開設磚仔窯廠的時，就有彼間廟仔矣，阮大官捌重起過一改。我捌問伊，十一公是啥物人？伊講伊毋知，連地主伊嘛毋知。」老闆娘緩緩地說。

「按呢你為啥物欲重起廟仔？」高課業有些失望，但仍想知道老闆娘重建小廟的原因。

老闆娘怔怔地看著茶杯蒸騰的熱氣，半晌，才面有懼色地說道：

「講起來你一定毋信，但是這是我家己親身拄著的……」老闆娘停頓了一下，咬咬下唇，才接著說：

「七月半彼工，我擔菜飯去拜十一公，看著廟頂的紅瓦予風颱搧甲缺一角，廟仔內底規片挐氅氅，就感覺講十一公蹛佇破廟仔內底，實在可憐，應該愛翻修啊！但是看庄裡佮地主攏無表示意見，自按呢無囥佇咧心內，轉來煞袂記得。

「頂個月一工漚熱的下晡，我搬涼椅去事務所邊仔的樣仔樹跤歇涼，不知不覺就睏去矣。夢中感覺空氣冰冰涼涼，規身軀起畏寒，耳空邊聽著真吵的聲，我目睭褫開，看著一陣人，攏無頭，我驚甲對涼椅頂頭跋落來，跪佇塗跤那磕頭那拜託講：恁莫害我，拜託恁莫害我。我知影廟仔已經破糊糊，我會佮地主參詳重起廟仔。磚仔、厝瓦攏我來寄付。拜託恁莫害我……

「我一直磕頭、懇求，懇求、磕頭……。毋知過偌久，無聽著吵的聲矣，我才敢共頭擇起來，發現彼陣無頭鬼魂已經消失無去矣。但是我早就驚甲軟跤，坐佇咧塗跤……」老闆娘娓娓道來，臉上猶有餘悸。

「所以頭家娘就發起重起廟仔？」高課業接著道。

老闆娘喝了一口茶，緩了緩情緒，舒了一口氣，才點點頭道：

「我去佮地主高青樺參詳重建廟仔，我負責所有的磚瓦，請伊負責倩工人佮工資。」

「頭家娘，你真正毋知影廟仔的歷史？」高課業仍抱一絲希望。

「知影的序大攏已經去蘇州賣鴨蛋矣！現此時應該無人知影。」老闆娘邊說邊起身送客。

高課業向老闆娘道謝後，正要步出事務所，背後突然傳來老闆娘的聲音：

「啊！著！我聽講溪谷對面嘛有一間十一公祠。」

「啥？閣有一間十一公祠？」高課業聞言，倏然轉身，驚聲問道，把老闆娘嚇了一大跳，不停用手撫著胸膛道：

「喝遮大聲，你是欲共我驚死喔！」

「頭家娘，敢真正閣有一間十一公祠？為啥物會有兩間廟仔攏叫十一公祠？另外一間佇佗位？你敢知影伊的歷史？」高課業又是一連聲地問道。

老闆娘看著高課業那急切的模樣，很想發笑，但又看他那麼真摯的神情，便忍住笑，和氣地說道：

「我嘛是聽阮大官講的，我無去拜過。阮大官講彼間十一公祠嘛是起真久啊，但是嘛攏無人知影伊的歷史。為啥物隔一个溪谷，會有兩間十一公的廟仔，可能干焦十一公家己知影。你若欲去看覓，就直直駛，過紅毛塗橋倒越落崎就看會著啊。」

高課業謝過老闆娘，開車前行不到兩百公尺，便見一座水泥橋。高課業將車左轉，開上產業道路，右邊為旱田，左邊是溪谷；緩坡下行不久，左側路旁有塊寫著「十一公祠」的歪斜木牌指向溪谷小徑。高課業將車停在田頭，背起背包，走下溪谷小徑，小徑盡頭就是「十一公祠」。

十一公祠是座磚牆紅瓦小廟，坐落在溪谷旁台地，遙對對岸高地的另一間十一公祠。走進祠門，只見正牆嵌「十一公」神位碑，案桌上供著香爐，案桌前有一木造供桌，此外，別無其他設備。

高課業從背包取出三塊牛軋糖和一小疊銀楮放在供桌上，點燃三炷香，擎香禱拜道：

「十一公，我想欲來調查祢的歷史，將祢的歷史記落來，予祢的香火萬代；祢著指引我去揣著知影祢過去的人；祢嘛著愛保庇我平安順利。」

高課業將香插落香爐後，便從背包取出相機、皮尺、筆記簿等工具，開始拍照、丈量、登錄，最後將銀楮拿到祠外空地燃燒；離開時，雙手合十禮拜，轉身沿溪谷小徑回到產業道路來。就在此時，他看到田裡有一位耕種的農人，便越過田壟，向農夫走過去。

「阿伯，無閒喔！」高課業向正在鋤草的農夫打招呼。

農夫停止手中的鋤頭，抬起頭來，斗笠下黝黑的臉龐，綻出憨厚笑容，點點頭回答；但卻又露出：在這荒山野外，怎會有都會區的少年家跑到這裡來的疑惑表情。

「阿伯，溪谷邊那間十一公祠，汝有去拜無？」

「有啊！一年三節會擔牲醴、菜飯去拜。佇附近做穡的人，攏嘛會去拜。」

「阿伯，你知影那間十一公祠起偌久呀？」

「對阮老爸少年時陣來磚仔窯廠食頭路就有彼間小廟仔；阮老爸假使猶閣佇咧……」農夫伸出兩隻手掌，邊比著粗糙的手指，邊道：「阮老爸假使猶閣佇咧，已經有八十六歲啦；所以，十一公祠應該有一百冬以上的歷史囉。」

「不過，小廟仔看起來不是很舊。」高課業提出心中疑問。

「二十外冬前，一个風颱天，小廟仔予風吹倒，附近耕作的人集資重起的。」

「汝敢知影十一公的歷史沿革？」這是高課業念茲在茲的。

「我毋知影，我老爸也毋知影。我徛的庄頭，就是閣過去的坪仔頂，攏是來磚仔窯廠食頭路才結庄的，庄仔內嘛無人知影十一公的歷史。」

「汝敢知影磚仔窯廠彼爿嘛有一間十一公祠？」高課業再提問道。

「阮攏嘛知影，也攏真奇怪，為啥物愛起兩間十一公祠？」農人露出一臉不解的神情。

高課業謝過農人，回到產業道路上，調轉車頭，驅車駛進頂坑村。

頂坑聚落有四十多戶人家，散居在一片小丘陵上；聚落中心地帶有座公厝，廟簷橫書「廣安宮」三個斗大紅字，主祀廣澤尊王，副祀土地公與註生娘娘，那是頂坑庄民的信仰中心。

高課業將車停在廟埕，進入廟內，點燃三炷香，跪在拜石上，拜禱道：

「廣澤尊王在上，弟子高課業來調查有應公廟的歷史，因已經無人知影十一公祠的歷史沿革，祈求廣澤尊王指點門路。」

高課業將香分別插在廣澤尊王、土地公和註生娘娘座前香爐，然後從背包內取出麵包及礦泉水，這是他田野調查的簡便午餐。餐後，高課業坐在拜殿的長條椅上，背靠著牆壁小憩，不知不覺就沉入夢鄉……

夢中是清晨時分，高課業站在溪谷十一公祠廟埕，突然有一道光芒從背後射進十一公祠的神位碑，高課業不覺轉頭查看光源，發現是晨曦照在山壁上一塊光滑岩石反射所致。

高課業回頭，發現光芒籠罩的神位碑，隱約出現一團白霧，趨前查看，發現白霧隱蔽著一條深邃的甬道；正當高課業查看時，有一位白鬍子老翁，拄著拐杖從祠外走進來，嚇得高課業倒退兩、三步，全身起雞皮疙瘩。白鬍子老翁笑呵呵地對高課業說道：

「少年的免驚。」

高課業聞到一股淡淡的、好聞的檀香味，從白鬍子老翁身上散發出來。

高課業驚魂甫定，禮貌打招呼後，問道：

「老阿伯，神位碑頂面哪會有一空？」

「這是時空門，進入魂靈界的門戶。只有日頭拄出來的時照佇山壁，折射到神位碑，才拍會開時空門。」白鬍子老翁說道。

「進入時空門，會到佗一个時空？敢會當去到十一公在生的年代？」高課業提問。

「時空門內的時空是無限的曠闊，只要佇進入時空門進前，冥想想欲去的時空，就會當進入彼个時空。」白鬍子老翁邊回答，邊往時空門走進去。高課業想跟隨後面進去，卻發現時空門就在他面前關閉，而折射的陽光，也已偏離神位碑。

就在此時，高課業也從睡夢中醒了過來，揉揉惺忪睡眼，看見神龕上的土地公神像，與睡夢中的白鬍子老翁神似，內心才豁然明白土地公在指引他，趕緊合十虔謝。

第二天清晨，天才濛濛亮，高課業就來到溪谷十一公祠，盤腿坐在祠內地板上，閉目冥想，等待晨曦折射，照映神位碑，打開時空門。

豈知才閉目冥想，便覺一陣陣暈眩，五臟六腑在翻攪，突然一陣噁心，嘔吐得一塌糊塗，連膽汁都吐了出來。

高課業心知有異，立即放棄打坐與冥想，顛顛躓躓地回到產業道路，開車回到廣安宮，歪歪斜斜地走進廟內，虛弱地坐在長條椅上，背靠著牆壁休息。不久，意識逐漸抽離……，然後，就昏昏沉沉地睡著了……

昏睡中，他看到自己癱在長條椅上。一位白鬍子老翁走到他前面，高課業知道祂是土地公，想欠身打招呼，卻動彈不得，連開口講話都困難。

土地公神色嚴肅地訓誡道：

「人有三魂七魄。三魂為元靈、生魂佮覺魂；生魂佮覺魂，是肉體生出的靈，是器官的形體；魄，是器官的作用。人死，魄散；生魂附枯骨，覺魂附神主；元靈不滅，接受審判，六道輪迴。活跳跳的人，元靈出竅，人就無思考判斷力，會變甲痴呆侗戇，容易被外魔邪怪入侵霸占。你清清彩彩佇魂靈聚集的陰廟就欲元靈出竅，敢毋驚你元靈轉來的時，會揣無歸位的肉體？到彼時你就干焦會當學李鐵拐，揣一个拄死、魂魄未散的屍體來還魂囉。」

土地公祂老人家，也許覺得一個文史工作者從事田野調查，尤其田調對象是祭厲的有應公廟，應該要知道田調的忌諱，才嘮嘮叨叨上起課來。

高課業聽罷，不覺嚇出一身冷汗，也才明瞭土地公善意地把他從險境帶離，避免一場大災難。但高課業仍念念不忘十一公小祠的歷史沿革，不進時空門，如何探知十一公的前世今生？

像回答高課業的疑問似地，土地公繼續說道：

「欲知十一公祠的歷史沿革，當然非進時空門不可，但是元靈出竅的地點，毋是佇十一公祠的結界，應該是佇有神力保護的廟境。佇廣安宮，就算我神力不敵外魔邪怪，尚有廣澤尊王坐鎮，可保你肉體萬無一失。」

土地公說畢，拄著拐杖，鐸鐸鐸地走回神龕，隱入神像不見了。

高課業又躺了片刻，才悠悠地醒了過來，發現頭不暈腦不脹，體力也恢復了。他心懷感激及敬畏，合十向土地公道謝時，隱約瞥見土地公呵呵地笑開眉眼。

第三天一大早，高課業來到廣安宮，燒香點火後，就在拜殿的拜石上盤腿打坐，將時空設定在十一公的創建年代，然後專心冥想祠境，等待時空門打開的時刻來到。不知過了多久，只覺雙腳微微發麻，神智也開始恍惚起來⋯⋯

恍惚間，他看到自己走進溪谷十一公祠，正合十禮拜的剎那間，一道光束從背後射過來，照射在十一公神位碑上，神位碑立即出現一團白光，白光刺目耀眼，高課業不覺閉上眼睛，就在此一瞬間，高課業感到暈眩，全身騰空，被一陣旋風捲進白光中。等昏眩過後，睜開眼睛，發現自己處於太平洋戰爭的時空。

太平洋戰爭期間，物資匱乏，民不聊生，頂坑庄民紛紛入山闢墾荒林，種植雜糧以維生。段石頭夫婦沿著山徑推進，來到一片草萊林野搭寮闢墾。就在闢墾林野時，段石頭夫婦陸續挖出十具無頭枯骨和一個嬰兒屍骨，驚懼萬分的段石頭夫婦克服內心的恐懼，虔敬地以萬人堆方式合葬在田頭，每天晨昏燒香禱拜，祈求平安。

林野闢成旱田後，段石頭夫婦歷經三年勤奮耕作，生活逐漸穩定，但卻開始發生一件怪事。白天的粗重勞力，讓段石頭夫婦晚上睡得很沉，但每天清晨起來，發現兩人都躺在地板上。段石頭心知有異，於是回到庄廟請示王爺，廣澤尊王諭示道：

「十一公討欲起廟。」

「三頓攏無通食啊，哪有能力起廟？」段石頭愁眉苦臉說。

「搭草寮仔服侍就可以。」廣澤尊王再諭示。

於是在廣澤尊王踏祠地、定祠向，段石頭夫婦砍桂竹、割茅草，於萬人堆前搭建一間草祠，祠成，廣澤尊王取神名曰「十一公」。十一公祠內，木桌上供著一個香爐，這是小祠內僅有的設施。段石頭夫婦早晚點香，年節則備辦供品祭拜。所謂供品，也只是一些家常菜飯和半瓶米酒而已。

如此相安無事一段時日後，段石頭夫婦經常在半夜被陣陣吵雜聲吵醒，而在炎熱的夏夜，卻感覺陰森冰冷，全身起雞皮疙瘩。段石頭知道事有蹊蹺，再次請教王爺，廣澤尊王再次諭示：

「十一公討欲起廟。」

「毋是已經起草祠服侍矣，哪會閣欲起廟？」段石頭嘟囔著。

「是另外一批十一公。」

「啥物！閣有一批十一公？」段石頭不覺驚嚷起來。

「然也！」廣澤尊王給予肯定的答案。

段石頭不得已，於是又在廣澤尊王主持下，於墾地對面溪谷邊台地，挖出十顆頭顱，仍以萬人堆方式合葬，再搭建一間草祠奉祀之。草祠內，同樣，僅木桌上供一個香爐。同樣晨昏點香，年節祭拜。

幾年後，段石頭將田地賣給庄人楊裕後，便搬到新化定居，楊裕接手後因耕作不順遂，不久又轉手他人，一直到戰爭結束時，這塊土地轉賣了好幾手，最後接手的是現今田主高青樺的祖父高瑞祥。

終戰之後，百廢待興，磚窯廠在坪仔頂興建後，老闆感應到十一公的靈聖，於是獨資重建兩處的十一公祠。二十多戶來磚窯廠工作的家戶，聚居坪仔頂成為聚落，並承接了溪谷十一公祠的祭拜工作。

至此，高課業已明暸十一公祠創建經過，就在高課業轉念要回到現世時，便是一陣的昏眩，全身被一陣強烈的旋風捲起來，意識也跟著模糊起來……，等到旋風緩和下來時，睜開眼睛，發現自己仍盤坐在廣安宮拜殿的拜石上。

牆上的時鐘指著七點半，高課業發現自己才離開一刻多鐘，但是，高課業卻感覺離開很久，身體也覺得非常疲累。他繼續盤腿調息了一個小時，才驅車回家。

高課業回到海頭的家，全身虛脫，休養了三天才恢復體力。

高課業休養期間，腦海中盤旋不去的，就是十一公到底是誰？生前到底遭遇什麼事件？既然現世已沒有人知道，他只好再次進入時空門去探看究竟了。

所以，身體才恢復元氣，高課業便迫不及待地驅車往山區跑，他來到廣安宮，持香稟告廣澤尊王和土地公後，便盤腿打坐，等待時空門的開啟。

正當高課業意識進入恍惚狀態時，他看到白鬍子土地公一臉愁容地步下神桌，來到高課業面前，憂心忡忡地說：

「少年的，進入時空門會減損你的元氣，你拄恢復元氣就閣欲入去，恐驚對你的身體造成傷害。」

「整個田調工課，就賭十一公的遭遇這塊空白，豈有半途而廢的道理。我入去探知了後就會隨轉來，感謝土地公伯仔的提醒佮關懷。」高課業欠身感謝土地公的同時，一道強光射出，高課業感覺全身旋轉，在一陣搖晃暈眩後，高課業睜開眼睛，發現自己置身在日本接收台灣的府城台南。當時府城的社會氛圍動盪不安，謠言滿天飛。

高課業讀過這段歷史：

清日甲午戰爭，清廷戰敗，簽訂馬關條約，把台灣、澎湖割讓給日本。隔年，日本兵分三路接收台灣，受到台灣各地義軍抵抗，但在武器懸殊等因素下，義軍節節敗退。日軍對強力抵抗的城鄉，在接收後採取清鄉戰略，以收殺雞儆猴之效。但各地義軍仍前仆後繼抵抗，以阻止日軍進軍府城。

日軍勢如破竹一路南下，在嘉義縣城再次遭遇頑強抵抗。日軍攻入嘉義縣城後，殺人如麻，放火燒城，哀鴻遍野。早有情報傳入府城，唐景崧、劉永福相繼逃離台灣，府城人心惶惶，開始準備「走番仔反」。

當林崑岡戰死學甲竹篙山的消息傳入府城，府城人便展開了大逃難。高課業目前所處的時空，便是府城殷商廣義號張家逃離府城的第三天，也正是日軍蕭壠一日戰血洗蕭壠後，準備渡過曾文溪直取府城的前一天。

高課業看到逃難人群在山區野林裡蠕動，而張家老爺、老媽，帶領一對兒女、一對孫子以及媳婦、管家、女傭和挑著家當的男僕，一家大小十口，頭戴斗笠、身穿布衣的庶民打扮，跟隨逃難人潮往山區林野逃奔。但平日嬌生慣養，加上婦道人家纏足，因此遠遠地落在蠕動人群後面。

張家老小拖著疲憊身軀翻山越嶺，早累得渾身發軟，噓噓地喘個不停；衣裳被枯枝刮裂了，額頭被樹幹撞出腫包，腳下的鞋子都是汙泥。儘管張老爹一再鼓舞打氣，但一家老小著實累到一步都走不下去了。

眼看太陽西斜，山徑漸漸暗下來，張老爹慌張地尋覓晚上歇腳處，不意瞥見遠處溪谷升起一縷炊煙，大喜過望，心忖山區農家應該可以借宿，一家老小不必餐風宿露，於是急催家人趕向溪谷。

走了約一刻鐘，看見小徑側邊，一塊墾地旁，矗立著兩三間簡陋茅屋，炊煙正從側間突出的煙囪裊裊升起。

張家大小跌跌撞撞地來到埕尾，張老爹便迫不及待地出聲喊道：

「敢有人佇咧？」

沒有回應。張老爹放大聲量再喊道：

「敢有人佇咧？」

「啥人？」一個低沉的聲音從廚房裡傳出，然後走出一位皮膚黝黑、粗眉大眼的精壯山夫。

「阮對平地走番仔反欲去嚨吧哖揣親情，天色已經暗，想欲借蹛一暝。」張老爹懇求道。

「走番仔反……」山夫穆勇嘴裡嘟囔著，他不知道「走番仔反」是什麼意思，眉頭皺了一下，舉著疑惑的牛眼像法官審視罪犯般看著這群不速之客，個個髮亂如麻，疲憊落魄像難民。嘴角往下一撇，正想拒絕時，只見張老爹低聲吩咐管家阿福，阿福從隨身包袱中取出一串光緒通寶，撥了五枚遞給穆勇道：

「這是歇暏費用。」阿福再撥出三枚道：「麻煩準備暗頓。」

穆勇握著光緒通寶，隨即點頭答應道：

「有一間畚間，若無棄嫌，摒掃一下就會當歇暏。」

「有一片會當閘風閘雨的壁阬就心滿意足囉！」張老爹說道。

穆勇引領張老爹來到畚間，打開柴門，裡面放些鋤頭、畚箕、柴刀、鋸子、斧頭等農具，說道：

「會當共農具搬去埕裡，歇暏一下，我去煮暗頓。」說完，回到廚房煮晚餐。

男僕將鋤頭等農具搬到屋簷下，打掃整理乾淨後，穆勇已煮好一大鍋甘藷籤，讓客人充飢。

「深山林內無啥物好招待！」穆勇道。

「按呢就足豐沛囉。勞力，真勞力！」張老爹感謝道。

從中午以乾糧果腹到現在，一家人真的又飢又渴，加上平日大魚大肉，何嘗吃過清水煮甘藷籤的鄉野吃食？簡直視為人間珍饈，不到一刻鐘便把一大鍋甘藷籤吃個精光。

張老爹再次向山夫道謝後，一家人擠在畚間歇息。由於連日奔走趕路，各個疲憊不堪，儘管畚間空間不足，必須弓身躺下，或靠著牆壁，但都立刻沉入夢鄉，一夜無語。

隔日清晨，一家人還在酣睡，女傭阿菊早早就起來，蹲在廚房後邊的小溪旁，仔細在清洗黏附在纏足鞋跟上的泥漿。

穆勇從野林裡採擷了一些野菜，回來準備熬粥給客人吃，看到阿菊在清洗纏腳布鞋跟，笑著說道：

「姑娘，你毋免遮爾辛苦洗鞋踏仔，山裡柴頭上濟，等一下我剉一欉林菝仔樹，共你削幾塊仔黏起去，林菝仔樹的柴上蓋有啊。」

阿菊聞言，抬頭斜睨山夫，神祕地輕聲道：

「你看予詳細，阮的鞋踏仔毋是柴頭做的。」

穆勇聞言止步，將視線投向女傭手中的纏足鞋，這才發現纏足鞋跟閃著銀光，腦中不覺「啪」地一聲醒悟了過來。原來昨晚來借宿的，是個富裕人家。由於穿著打扮像逃難平民，昨天天色昏暗，一時沒看出挑家當的，是男僕；而蹲在溪邊，頂著一雙天足清洗鞋跟的這位姑娘，是個女傭。

原來這是個有男僕、女傭，家財萬貫的富裕人家。穆勇腦中不覺千迴百轉起來……

自幼父母雙亡，受盡同伴的欺凌，依靠叔叔吃飯，做牛做馬幫忙家務、農務；但是，每天餐桌上，嬸嬸那銳利眼神，讓雙手端著的碗筷，如千斤般沉重。好不容易熬到十六、七歲，帶著一副鋤頭、畚箕，離開叔叔的家，來到這荒山林內墾荒闢地；十多年來，闢成了這幾分旱地，搭建兩三間茅屋棲身。每天勞累得像一頭土牛，但農作也僅能餬口；沒有半點積蓄，無人敢嫁，至今猶是孤家寡人。這世界真是不公平，有人，一出生，就在富裕人家，錦衣玉食，飯來開口，茶來伸手；有人，像自己，小時，看人臉色吃飯；長大，辛勤工作，僅能餬口。不公平，這個世界真的很不公平……

穆勇從小所受霸凌、歧視和不公平待遇，憤怒情緒翻江倒海地在胸臆中翻滾著……。對了，看那男僕挑著的家當，沉重得扁擔都壓彎了，該不會是金銀財寶吧？如果我擁有了那批金銀財寶，這輩子就不愁吃不愁穿，還可以討一房媳婦，傳宗接代。這是我的機會，上蒼賜予我的機會啊！

穆勇走到灶腳，將野菜擱在灶台，轉身又匆匆走進野林，挖了三棵姑婆芋，採了一大把曼陀羅花，回到廚房，洗洗切切，炒炒煮煮，端出了一大鍋姑婆芋粥，和兩大盤曼陀羅花炒野菜，招呼剛起床盥洗過的張姓一家人吃早餐。

高課業眼看張老爹帶領一家人端碗開始舀粥，急切地出聲阻止道：

「袂當食，飯菜有毒，袂當食！」

但高課業發現，他從喉嚨喊出的聲音，像光線被黑洞吸走般，無聲無息。只有乾著急地看這段歷史一段一段地演繹下去，就像坐在戲院觀看電影播映，緊張地看著劇情一步步地發展下去；自己的先知先覺卻無能為力，也無法改變任何事實。

張姓一家人，除媳婦因懷孕沒胃口，在房舍旁樹蔭下，閒閒地看著母雞帶小雞在草叢中覓食，沒有吃早餐之外，其餘的人，一碗接一碗，吃個不亦樂乎！

就在張家一家人享用早餐時，穆勇潛入柴間，打開兩個木箱，馬上訝得嘴巴合不上來。絲綢衣裳及華麗嬰兒服下面，一錠錠的金銀、元寶和一串串的珍珠瑪瑙，映著天光，反射出一道道璀璨光澤，灼燒著穆勇的雙眼，燒出一片通紅。

吃過野味早餐後，張姓一家人開始出現腹疼、頭暈、嘔吐，意識開始模糊，在還沒明白狀況之前，便一個個昏倒在地。

穆勇看到張家人，一個一個口吐白沫，倒臥在地，呆立猶疑了半晌後，便從屋簷下取來柴刀。

高課業看到穆勇取來柴刀，整顆心臟像擂鼓般撞擊著胸腔，他知道穆勇的意圖，額頭冒汗，手心汗濕；他緊張地大聲制止道：

「袂使！袂使！你袂使刣人！你按呢是謀財害命，會受法律的制裁。」

但他聽不到自己的制止聲，眼睜睜地看著穆勇左手抓起張老爹的髮辮，右手橫掄柴刀，咬緊牙根，往脖子猛力地畫了一個圓弧，鮮血像泉水噴出，撒了山夫一身；山夫放下張老爹，張老爹一聲沒哼地癱在血泊中，圓睜的雙眼，狠狠地凝固在淌血的地面。山夫再抓起張老媽、張小弟……，掄刀，在脖子上畫圓弧……

高課業如五雷轟頂般震撼，心如刀割、針刺，雙手摀臉，痛聲號哭。自小心軟的他，連螞蟻都不忍捏死，母親殺雞時，也都躲得遠遠的，不忍看那血腥的畫面，更何況是殘殺活生生的人……

這時，正逗著小雞玩耍的張家媳婦，聽到房舍內發出慌亂及重物倒地聲，趕緊邁著步伐要進房查看，高課業一驚，絕望地高聲喊道：「緊走！毋通入去！緊走啊！」

張家媳婦穿著三寸金蓮的小腳邁不開步伐，只見她急切地一小步一小步踉進房舍，當她看到地面血流成河，地上一堆人躺在血泊中，而嫣紅鮮血噴滿一身，像個血人的山夫，正一刀割斷阿菊的咽喉，鮮血如岩漿噴灑而出，尖叫一聲，驚嚇得雙腳一軟，癱在地上，連要逃走的氣力都沒有。

穆勇以為解決了全部人員，沒想到還有漏網之魚，不覺一驚，跨越過血泊中的屍體，便要過來解決掉這個目擊者。

張家媳婦驚惶萬分，跪在地上，磕頭如搗蒜地哭嚎乞求道：

「你……你毋通刣我，我……做你的家後，做你查某嫺攏會用得，求你……求你毋通刣我，予我……共腹肚內的囡仔生落來，替張家留一條血脈，我……我求你，毋通刣我……」

穆勇抓著張家媳婦的髮髻，盯著她妍麗的臉龐，汪汪大眼睛流淌著淚水，一副楚楚可憐的模樣，內心一陣心動，收為妻妾的念頭曾一度湧現，握柴刀的手猶豫著。

「袂使得，萬一代誌煏空……」心中響起另一個聲音的同時，穆勇銀牙一咬，把心一橫，掄刀一抹，鮮血汩汩自張家媳婦粉頸流淌而出，流到地上，匯進一大灘開始變黑的血池裡。

高課業慘叫一聲，差點昏厥過去，他淌著淚水，心痛如絞地癱在地上。

沒有殺過人的穆勇，卻一口氣殺了這樣多人，心情的緊張繃到極點。看著狼藉的屍體和逐漸變黑的血跡，全身顫抖不已。他將房門帶上，拖著一身疲倦與驚惶，坐在屋簷下，顫抖的手擦了好幾下，才點燃啣在嘴上的紙菸。穆勇猛力抽著菸，來平息內心的激盪，並思考著如何來處理這批屍體？

在這深山林內，他並不擔心被撞見。自己一人來此闢墾林地，迄今也沒遇見過有人闖進來，除了昨天這個迷失在山林的一家人。

一輪明月從東山升起，噴染在身上的血跡已變成黑褐色，像個山怪妖魅。穆勇情緒漸漸平復，思緒也漸漸清明起來。

這一家人冤魂不散，怨靈必定會來找他報仇。如何讓怨靈無法來報仇，或找不到要報仇的對象，民間信仰中有不少傳說與方法。

他聽說過將屍體放在陶缸，再覆上陶蓋，怨靈便被限制在陶缸內，無法去申冤報仇；他也聽說過將屍體全身穿上紅衣裹上紅布，怨靈也無法離開軀體去中冤。陶缸與紅布，猶如封印結界，可以羈住怨靈，可是，一旦陶蓋被掀開，紅布被撕裂，怨靈立刻可以去向東嶽大帝申冤；如獲報仇黑令旗，更可作祟到對方死亡為止。

穆勇覺得這些方法都不可行，無法一勞永逸，於是絞盡腦汁思考妥當辦法。

經過一夜思索，穆勇想到屍首分離的辦法。

他認為：一旦屍首分離，頭顱雖知道冤情，卻無腳可以走；而身軀雖有腳可以走，卻不知發生什麼事。如此一來，冤靈便不會找上他。

計議已定，穆勇從屋簷下取來砍木頭的斧頭，將已僵硬的屍體，從頸部，一個一個砍下腦袋來。他先將屍體拖到闢墾的田地裡掩埋，再將頭顱裝進陶缸搬運到溪谷，挖坑掩埋。

穆勇處理好屍首後，略事休息，再將張家的家當搬上獨輪木車，在暮色迷離中離開山屋，走出山野，去享受他的富貴榮華……

高課業沒想到十一公歷史沿革是如此悲慘、恐怖，既痛心祂們的悲慘遭遇，也痛恨自己的無能為力，更為殺人越貨的歹徒就此享受人間的富貴榮華而痛心疾首……。就在此時，高課業發現自己元神大減，體力耗損嚴重，趕緊動念離開。

高課業感覺一陣的昏眩，全身被一陣強烈的旋風旋捲起來，意識也跟著模糊起來……，等到旋風緩和下來時，睜開眼睛，發現自己倒臥在廣安宮拜殿的拜石上。早上的陽光斜射進拜殿，把拜殿映照得晶亮光潔；高課業抬眼望向牆壁上的時鐘，驚覺自己才出竅一個小時，但卻覺得無比疲憊，也無比虛弱。他站立不起來，一直癱躺在拜石上，直到太陽當空，才能動彈。

回到海邊的家後，高課業便臥病在床，渾渾噩噩，茶飯不思，惡夢連連。殘暴、血腥、恐怖的畫面，像跑馬燈般輪番播放；耳畔聽到的，是兩座十一公祠魂靈的彼此尋覓與呼喚，鬼哭神號，如魔音穿腦。「失禮！失禮！」高課業則為無法阻止殘殺，心懷愧疚，淚如決堤。

高爸爸、高媽媽整天守在高課業身旁，看著他淚流滿面，夢囈連連，咸認為中邪；高爸爸到庄廟唐安宮請示騰風元帥，元帥爺諭示道：

「無大礙，只是驚惶過度，元靈損蕩。加歇睏幾工仔，就會當恢復元氣。」

高課業整整在床上躺了兩個多禮拜，才逐漸恢復元氣。血腥畫面雖已淡遠，但兩座十一公魂靈的彼此尋覓與呼喚，卻像碑記般雋刻在心頭；而無助的愧疚，已內化成對十一公的悲憫與不忍。悲憫祂們慘絕人寰的遭遇，不忍祂們死後百餘年，屍首猶分離兩地。整理、記錄十一公小祠的歷史沿革，讓十一公的香火萬代；促進兩座十一公小祠的合併，讓屍首分離百餘年的十一公魂靈，不再承受彼此尋覓、呼喚的痛苦。這是作為一個文史工作者，責無旁貸的使命。

高課業在體力與精神恢復到可以開車的狀態時，便迫不及待地驅車往山區前進。當朝陽躍出山頭，高課業已來到磚窯廠，看見老闆娘在事務所門前張望，高課業剛下車，老闆娘便急切切地說道：

「你來得拄仔好，我拄咧等你。昨暝我夢見十一公仔，來感謝我共個重起小廟仔，閣拜託我愛閣共個鬥跤手一下。我問講是欲鬥相共啥？個講：明仔載彼个做文史工作的少年仔，會來揣你，你聽伊的話去做就著矣。我猶想欲閣問清楚，就予雞啼的聲叫醒矣。到底發生了啥物代誌呢？」

高課業感悟十一公的靈聖，心懷虔敬，便將十一公的前世今生娓娓道說了一遍，聽得老闆娘眼眶含淚，悲憤不已。於是老闆娘便依高課業的建議，在庄廟「廣安宮」主祀廣澤尊王主持下，拆除溪谷十一公祠，將頭顱與山坡的十一公軀體合祀於新建十一公祠案桌下，並舉行盛大的入火安座大典，頂坑、坪仔頂聚落的信眾，備辦豐盛祭品祭拜、大演梨園外，當晚各家戶還辦桌宴客。

高課業接受磚窯廠老闆娘的邀請，享用辦桌宴後驅車回到家已是三更時分，便和衣躺下。高課業為能讓百年來彼此呼喚追尋的十一公魂魄屍首合體而興奮不已，但也為山夫謀財害命，卻享人間繁華富貴而義憤填膺，久久無法入眠，輾轉反側，不知過了多久，就在睡眼矇矓之際，恍惚看到十一公站在他的床榻前，齊齊對他深深一鞠躬，高課業正不知所措，只聽到張老爹開口說道：

「少年仔，多謝！」又像是回應高課業心中的憤恨不平，張老爹繼續說出高課業離開時空門後發生的事：

原來穆勇推著獨輪木車準備離開山野，到台南府城享受榮華富貴，豈知才出山徑，四野槍聲大作，穆勇不知道發生了什麼事，以為土匪入庄燒殺掠奪，趕緊調轉獨輪車拚命往山屋跑，在煙霧朦朧的夜色之中，穆勇突然看到十具無頭的屍體橫在路頭，驚懼之中大叫一聲，引來日本兵的注意，一顆子彈貫穿他的胸膛。穆勇一個踉蹌，一陣眼黑暈眩，連人帶車翻落山谷，金銀珠寶、錦繡綢緞散落一地。穆勇被柴車壓在地上，兩眼凝視著掩埋陶缸的土堆，嘴角血液汩汩而出，在慢慢的呼吸聲中完全沒了氣息。

張老爹說完，十一公又齊齊向高課業深深地一鞠躬後，在一道白光中消失了蹤影。

高課業聽得分明，內心一陣唏噓，卻也覺得寬慰，當耳畔傳來公雞啼叫聲時，他眼皮逐漸沉重，翻了個身，便沉沉地睡著了。

——原載二〇二二年七月《鹽分地帶文學》第九十九期

許献平，鹽分地帶七股區後港人，中山大學中文所碩士，現任《台南文獻》編輯委員、鹽鄉文史工作室負責人。曾任國小、高中教師、台南縣文獻委員、鹽分地帶文藝營總幹事、《七股鄉志編撰計畫》主持人等，曾獲「南瀛文學獎」小說新人獎、文建會「地方文獻出版品評鑑獎」政府出版品特別獎、行政院研考會「國家出版獎」等。著有《黑珍珠》、《幸運的羽毛》、《鹽田曬玉細說從頭》、《有求必應——台灣有應公的鄉野傳奇》、《南瀛厲祠誌一——七》等多部。

山風——桂春・米雅

1

慕雅蓋盯著自己的影子，朝會時豔陽高照，慕雅蓋總覺得自己的影子正在蒸發，同時間，訓導主任正慷慨激昂地在升旗台上演講，內容跟上週的相同，除了無趣的內容，加上刻板的教條式演說，實在不知道訓導主任可以說上什麼振奮人心的事情，慕雅蓋沒有指望訓導主任會有什麼精采演出，想起上週六晚上，訓導主任在村子的一家小吃店，和隔壁的阿姨喝了幾杯，那時候說的話比現在有趣多了。

慕雅蓋用肩膀推了推和她並肩排隊的淑玲，她是幾個月前才轉來的新同學，皮膚白皙得就像個病人，但可憐淑玲真的是個藥罐子，慕雅蓋常常看著她一雙像麻雀般脆弱的小腿，深怕一不小心，淑玲走著走著腿就斷了。

「可以了，現在正是！……」

話才說一半，淑玲已經倒在慕雅蓋的影子上，慕雅蓋沒想太多，踢了一下前排的布妮，幾位同學轉頭，用鄙視的眼神斜眼看著倒地的淑玲，當布妮迅速地扶起臉朝下的淑玲時，剛剛鄙視的同學瞬間驚恐和尖叫，淑玲除了流鼻血，口中還吐出鮮血，從嘴角順著頸部流到胸口，染上了白襯衫。

棕色樹枝滿滿地撐著天空，冬天接近山腳下的幾棵樹都是長這樣的，直到春天來臨，群鳥爭相築巢，整座山就喧譁得厲害了，倘若有時間聆聽塵泥的騷動，活著的或死去的，牠們翻攪或捲動，狐狸輕盈地踩過地面，在風的助長下，獼猴會將森林翻了過來，但淑玲無法像山腳下的那些樹再一次地萌生枝葉，從夏天那個朝會後，淑玲從此在學校消失，隔了幾個月後，慕雅蓋和布妮趁著假日特地前往探視淑玲，看見的卻是堆滿罐頭塔的大門，幾位道姑正排列著誦經，慕雅蓋彷彿看見朝會那天，和同學排列的畫面，淑玲的遺照雪白，同時間，布妮和慕雅蓋看見了遺照折射著刺眼的光。

前兩年的夏末，那是淑玲病倒之後的暑假，慕雅蓋和Vuvu搭乘客運搖搖晃晃地在Djumulj（賓茂）下車，迎接他們的，是一位身材瘦小的老人，上半身和下半身的比例各半，皮膚是陽光過度曝曬的焦糖色，眉毛像似榕樹的鬚根，腰間佩戴著一把雕刻精美的佩刀，整個人看起來就像一株矮小的千年木，他的手掌像一把梳子滑過慕雅蓋的頭頂。

「慕雅蓋，妳來幫忙啊。」

慕雅蓋點點頭繼續跟著走。

Djumulj的街道很冷清，幾乎沒看見人影，應該都下田去了，屋簷下有隻慵懶的貓，門是敞開的，只把圍牆外簡單的鐵欄杆拉上，代表這戶人家已經外出，慕雅蓋腦子裡還是淑玲白皙的面容，擔心淑玲是否可以順利熬過這次的病痛，前方遊蕩的狗，輕率地吼了兩聲又趴回地面睡著，慕雅蓋隱約地感覺有人在偷看，張望四處卻沒看見人影。

沿著村落走到盡頭，空氣散發著淡淡的檳榔花香氣，老人家領路來到一處矮矮的鐵皮屋，屋頂是漆上柏油的純黑色，廣場入口種著一棵砍下半截的雀榕，慕雅蓋不明白這棵雀榕為何緣故被鋸斷？路上跟著回來的狗，找到牠熟悉的位置，悠哉地躺在門旁，門牆外，掛著幾把工作用的鐮刀，還有兩雙雨鞋一長一短，部落的人習慣把鞋子倒掛在牆上，以防有蟲子藏進鞋子睡覺，這戶人家也不例外。

老人家打開屋子，屋內的擺設非常簡陋，就是一張桌子和零散的椅子，日曆停留在上個月的日子，上面潦草地記錄著孩子回來的時間，老人沒有招呼Vuvu坐下歇腳，繼續地往屋內走去，他拉開簡陋的布簾，在布簾後方還有一道鐵門，老人家拉開生鏽的鐵鉤子，鏽灰和粉塵一下子散開來，他揮一揮空氣裡的粉塵，用盡全身的力氣推門，試了幾次後，鐵門一動也不動，應該是太久沒開這扇門了，慕雅蓋看著門縫下都已長出茂密的草根。

三人一起清理了雜草後，好不容易拉開大門，但眼前又是一棵好大的雀榕，這棵雀榕比房子高多了，延伸好長一片土地，慕雅蓋抬頭往上看，樹葉茂密地遮蓋了天空，只能稀疏地看見閃閃的透光。

Vuvu回頭向慕雅蓋示意要一把小米梗，她點燃小米梗後開始念誦著禱詞，慕雅蓋站在旁邊隨時聽候Vuvu指令，儀式的流程需要花一點時間，老人家專注地聽著禱詞，慕雅蓋發現這次Vuvu的禱詞和以往不同，依照指示，慕雅蓋將杜虹葉沿著石階擺上，Vuvu拿著一顆樹子，在瓢壺上旋轉請示，而老人家只是靜靜地等候，他好沉默。

雀榕另一邊，是整排石板堆砌的牆，延伸至樹林的另一端，老人家沿著牆前進，砌牆上，石堆長滿著雜草，偶爾還有蝸牛或是四腳蛇竄出，走了好長一段距離，過了石牆彎處，地面鋪蓋著大板岩的廣場，中間立著一塊大板岩，上面刻著百步蛇圖騰，還有人形紋，往東方望去，可以看見海洋，慕雅蓋望著安靜的長輩，他瘦小的身軀和石柱的影子一起拉得好長。

「進來吧。」

老人家用力向左推開家屋一片大石門，彎著腰進入了家屋。

進入家屋除了必須彎著腰，老人家已先等在屋內，他用手指著落腳的地點，假如落腳位置錯誤，直接往中間踩下，必定會踩空、栽跟斗。

慕雅蓋抬頭看著好大的石板家屋，石板家屋內的高度，比在外面看起來高很多，有四分之一是在地下，轉進左側大廳，立著一個頂上天花板的祖靈柱，祖靈柱看起來年代久遠，導致顏色深沉，沿著家屋內的石板牆，一面面精美的雕刻排列在屋簷上，人像的頭部大多是百步蛇的造型，另一面牆開著一扇窗，從家屋大廳望去，那裡還有一個廳房，屋簷下掛著獸骨，底下的應該是一個爐灶。

屋內排列著好些個陶壺，卻沒有一個是完整的，大多有缺角，慕雅蓋回頭看著老人家，他走了過來，順手將脖子上一條麻繩編織的陶片鍊子拿下來……

「慕雅蓋，妳看。」

「這是陶壺上的缺角？」

慕雅蓋睜大著眼睛，看著老人家將陶片吻合地放在陶壺的缺口上。

「這是家族的陶壺，女孩子結婚會帶一片出去，讓夫家可以延綿子嗣帶來財富，男人征戰也會帶，那是祖靈的祝福，當男人被獵首，這個陶片會告訴族人你是誰。」

老人家又在其他陶壺內倒出了一些陶片，他看著慕雅蓋，像要說上一千年的故事。

「我的sevalitan（祖先）都在這裡，他們都睡在這裡。」

慕雅蓋胸口感覺一股壓迫感，呼吸有些困難，看著家屋內的陶壺，陶壺上的神靈發著光，慕雅蓋看見了菱形的神之眼，山風在笑，還有浪濤聲……

2

慕雅蓋和Vuvu走了一個上午，卻還在半途中，往返部落的山徑多處坍方，下幾天的雨，舊步道就被沖刷得失去原貌，慕雅蓋看著Vuvu熟練地高繞走過崩塌的路線，自己的腳卻有些不聽使喚，好像這些坍方對Vuvu來說是很自然的事。

行走在稜線的斜坡途中，Vuvu突然對著慕雅蓋用力揮手比畫，慕雅蓋沒有多加思考，用最快的速度彎著腰，連走帶爬地往Vuvu比畫的大樹方向移動，隨後，幾顆碎石從上方彈跳式地和慕雅蓋擦身而過，嘩啦嘩啦的聲響，幾片碎板岩迅速滑動，連帶著大量土石轟隆地快速滾落河谷，聲響驚動了林中的鳥群四處飛散，很快地又全然地安靜下來，最後一小顆碎石，從慕雅蓋眼前拋物線似地彈落山谷，呆滯了數秒後，慕雅蓋終於鬆了一口氣，和Vuvu對望給彼此一個平安的微笑。

走過驚險的崩塌路線，慕雅蓋和Vuvu下切進入河岸，她們必須走河床，才有辦法找到水晶石的山溝，那條山溝周圍的樹林茂密，鳥類和其他動物幾乎不在那裡休息，以至於茂密的樹林異常地詭異。

慕雅蓋想起有一年隨著父親到山裡查看陷阱，走了好幾天，經過了水晶山溝，父親一再叮嚀：

「不要去撿那些發亮的石頭，一旦拿了那些漂亮的石頭，這座山就會搖動，山搖動了，我們就永遠回不了家。」

慕雅蓋以前也曾聽過，有些外地人進入水晶山溝，搬了一些漂亮的石頭，卻沒有一個活著下山，全是被搬運下來的，說實話那些漂亮透明的石頭非常誘人，透明中還有一半黃色或黑色，甚至有淡淡的綠藍，慕雅蓋當然也想過，是否可以拿走一小塊，小小的也行，但意外的傳言實在太多，而且族人也非常相信這裡是神靈的地界，既然是神靈的東西，那麼就不是可以隨意帶走的，很多時候，周邊的族人經過這裡時，總是謙恭敬畏，當然那種想拿的欲望，依然會蠢蠢欲動。

慕雅蓋感覺背簍裡的東西有點重，肩膀陣陣地發燙，手臂也腫脹，實在痛得難受，小心翼翼地將背簍左右甩動了幾下，讓自己的肩膀不至於被太過壓迫，時間應該已經過了下午三點，看著太陽斜在樹梢上，雖然這裡是太陽下山的路徑，但冬天過了午後，天空全是銀灰色了，慕雅蓋累得想躺下，卸下大背簍，放在一顆大岩石上喘氣。

Vuvu終於發現慕雅蓋的疲憊，吩咐慕雅蓋在接近山邊的地方搭棚子，慕雅蓋開心地搜尋合適的地點，將帆布拉出一個三角遮雨棚，心想，終於可以躺下休息了。走了一整天，慕雅蓋餓得發昏，真想把帶來的Chinavu（祈納福）一口氣全吃完，但Vuvu卻沒有閒下來，她在周邊做了簡單的儀式，唱著連串的禱詞，慕雅蓋從背簍裡拿出淑玲的遺物，聽著Vuvu的禱詞跟著哼著。

我舉起雙手，畫出一道長橋
長風吹過山巒，遠遠地為你唱童謠

石牆上有淡淡的山花香氣
大地之神啊，我在此與您相聚
請把月亮掛上
隨著綿綿的脈息躺在您懷裡
我將是毫無警戒的貓　和
山風一同唱歌　獻給您

Vuvu指著山腰下，從目前的位置望去，幾位山青（早期巡山員的稱呼）帶領著一群人，正朝著相同路徑走來，依照他們的腳程，Vuvu估計他們再半個小時會到達這裡，此處沒有住戶，更沒有農田，Vuvu很難解釋為何會出現在這種深山林內，尤其是一老一少的女人。

慕雅蓋也不明白這群人來到這裡到底為了什麼？能讓她想到的，大概是水晶山溝裡面的寶石，Vuvu望著四周，匆忙地領著慕雅蓋再一次下切到河岸，就在此時，森林中突然傳出震耳的槍聲！碰！

槍聲拉出了長長的回音，天空立即布滿了飛鳥，Vuvu拉著慕雅蓋躲在一棵大樹旁蹲下身子，怕槍聲震動引發斜坡的碎石滑動。

「Vuvu，他們為什麼可以開槍？」

「應該是盜獵吧，不管他們，我們不能被發現。」

Vuvu和慕雅蓋逆著水流溯溪前進，Vuvu怕那群人帶著狗，溯溪是最好隱藏氣味的方式，到目前為止不知道那群人的意圖，不過會帶著槍上山就很危險，河對岸約數公尺處，有一座大岩壁，繞過岩壁後方，兩人吃力地爬上去，找一個較隱蔽的地方躲藏，等著山青那群人離開後再繼續前進。

Vuvu和慕雅蓋走到這裡，已經耗費三天的時間，Vuvu的猜測果然沒錯，對岸有幾隻狗狂吠，慕雅蓋從石縫看著一群人穿梭在樹林間前進，槍聲又再一次地響起，森林裡的動物發出驚恐的叫聲，一隻大山羊從斜坡逃竄衝下河床，後面緊跟著一位穿迷彩裝的人緊追在後，感覺不像是部落裡的族人，慕雅蓋緊張地為山羊祈禱，希望牠能逃過獵殺。

狗不斷地狂吠，山羊在河床上跳了幾下，消失在茂密的蘆葦叢裡，慕雅蓋終於鬆了一口氣，那個迷彩裝男人眼看追失了獵物，罵了幾句髒話後不死心地四處張望，沒跟上的人正陸續往河床下切，這群人來到河床後，開始架起了木架子，從遠處看，可以看見狗興奮地追著手上拿著獵物的人。

「Vuvu，他們要做什麼？」

慕雅蓋靠近Vuvu的耳朵小聲地問著。

「他們闖禍了，就算是打獵也不能虐殺生靈。」

「虐殺？」

慕雅蓋透過石縫，看著那群人將一隻驚恐、急於掙脫的動物，架在三腳柱上綁住四肢，看起來像是猴子又像是山羊，距離太遠有點看不清楚，當他們將動物架好，竟拿起槍枝對著動物當槍靶子，子彈一發發地打向被架高的動物，幾隻狗也跟著興奮地彈跳著，想咬下那隻可憐的動物，畫面實在令人作嘔，但對那群人來說那是個有趣的遊戲。

Vuvu的臉厭惡地看著，隨手摘下身旁的一片樹葉，又從背袋裡拿出一個單孔的竹管，Vuvu開始有節奏地吹竹管，樹葉來回地在竹管前晃動，竹管發出尖利刺耳的聲音，河岸的寬度，大約不到二百公尺的距離，這種刺耳的聲調，很難不讓人聽見，慕雅蓋從石縫看著對岸一群人開始騷動，狗叫聲變成拉長音的狼嚎呻吟，氣氛變得有點詭譎。

Vuvu並沒有停止吹奏竹管的意思，一陣山風颳起了亂流，河谷發出轟轟的回音，對岸的樹梢，枝幹被一一地折彎，慕雅蓋睜大著眼睛，看見樹梢有大黑點迅速地在樹林中跳躍式移動，尖利的叫聲吱吱喳喳像大軍壓境，蓋過Vuvu的竹笛聲，此時的山谷，尖聲驚叫正在迴盪，黑點像天上掉下的石頭落在人群身上，對岸一陣大亂！

「aicu a pagidigidi（是猴子們）。」

是猴群！Vuvu故意驚動了猴群，場面非常震撼，猴群亂竄攻擊，狗叫聲和人的慘叫聲四起，處在一陣兵荒馬亂失控的狀態。

碰！有人開槍。

3

「慕雅蓋，起來了，妳睡很久了。」

石板冰冰涼涼的，慕雅蓋睡得好舒服，走出家屋時，海面已是黃昏的墨綠色，慕雅蓋不知不覺竟睡了一個下午，在睡夢中她聽見Vuvu和老人家聊天的聲音，叩叩咯咯的雜音，還看見一位老婆婆走進屋，她的披肩有彩虹的顏色，一位男性長者掛著佩刀，佩刀尾端掛著絲線，柔軟得像一頭長髮，另一個長者，有一件獸皮做的衣裳，最後三個長得跟老人家很像，家屋裡面好多人進進出出，慕雅蓋想著大家都是長輩，應該插不上什麼話，索性就躺著聽就是了。

「下午Sevalitan他們要妳幫忙喔。」

「Sevalitan？那是什麼？要幫忙什麼？」

「Sevalitan是我的Vuvu們啊。」

老人家拿了五個用黑布包好的東西，一個一個放進背簍裡面，每塊黑布都繡著不同的花紋，慕雅蓋低頭仔細地看，內心一震，回頭看著Vuvu！

「ui lepec（是的，是喪巾布）。」

老人家將家屋裡面的陶壺，全用喪巾布包裹好，哽咽地和Vuvu交代許多事情，慕雅蓋看著傷心也跟著啜泣，不知為什麼，內心就是糾結在一塊，黃昏的家屋前，氣氛異常地哀傷。

回程的巴士上，Vuvu說起老人家的孩子們，都讀了很高的學位，執意要將賓茂的古屋賣掉，但老人家堅持等他離世之後，他們才能動那塊土地，父子間因為土地而產生了隔閡，老人的家族算是有位階的族人，而今，他的孩子因為受到文明洗禮及宗教的影響，不願意再接受口傳故事的約束，痛心之餘，只好請Vuvu幫忙，將先人傳承的文物，請回舊部落處理。

這不是一件容易的事情，要攜帶的這些文物還真不少，想著要背這些東西走上幾天，慕雅蓋開始有些猶豫。

「妳下午不是看見那麼多Vuvu了嗎？祂們會保祐妳喔，哈哈哈。」

Vuvu笑得很開心，慕雅蓋倒是感覺自己被消遣了。

4

水晶山溝終於到了，走了四天，慕雅蓋終於看見了那條璀璨的山溝，順著山溝往上爬，可以聽見水晶底下水流動的聲音，Vuvu開玩笑地說，那是水晶在小便，兩人大笑的回音響徹了山谷。

舊部落在水晶山溝的上方，再步行約一個小時的距離，這些璀璨的水晶石，成了部落最美的天然屏障，很少人知道再往前走還會有部落，慕雅蓋有個錯覺，她感覺陶壺在騷動？每多走一步，內心就莫名一股的哀傷。

慕雅蓋又拿起了淑玲的遺物，這一趟帶著淑玲來到舊部落的原因，是淑玲生前的一個願望，她原本就體弱，剛轉學到慕雅蓋的學校時，她實在太嬌小虛弱，就算是走路都讓人擔心她會斷氣，但每當說起部落，淑玲就能提起精神，她總希望可以泡在河流中，或是在森林裡奔跑，最重要的是，淑玲的母親原本就是山地人（一九九四年之前對原住民的稱呼），直到淑玲身體狀況不佳，父母才決定回東部，希望東部的環境可以改善淑玲的身體狀況。

慕雅蓋和布妮去探望淑玲那天，正巧遇上淑玲出殯的日子，淑玲的母親拿了女兒特意留下的物品，希望慕雅蓋如果進入森林可以一併帶著上山，那麼女兒一定可以很開心。

慕雅蓋看著淑玲的遺物，想起朝會那天她倒在自己影子上的樣子，生命怎麼會那般脆弱？自己都還來不及真正認識淑玲，她就已經離開人世。想著前幾日那些人，他們對待動物的樣子，上天怎麼還是讓他們平安地下山呢？慕雅蓋心裡有些不痛快，那些人匆忙地離開後，Vuvu帶著她走回河岸，將那隻被高掛慘死的動物安葬，Vuvu花了一點時間念祈禱文，慕雅蓋卻想詛咒那群人。

好不容易才走到了目的地，舊部落一大半被雜草掩埋，Vuvu仔細地察看著四方，很快地就看見位置，石板依舊屹立不搖地在廣場中央，上面的雕刻幾乎已看不清楚，蔓澤蘭攀上石板，就像戴上了美麗的花冠。

Vuvu到了舊部落後一刻也沒歇息，她有念不完的禱文，吩咐慕雅蓋拿著鋸子，在周邊多拉一點大木頭回來，還交代要將木頭堆成一座尖塔狀，依照Vuvu形容的樣子，慕雅蓋堆疊出一座三面樣的火塔，再把老人家交代的所有物品一一攤在地面上，裡面有一件珍貴的彩虹眼睛（金龜子殼）繡上的披肩，三把帶著紅髮的古銅製佩刀，一封看不懂的書信，五個用喪巾布包裹的陶壺，還有一些零散骨頭！慕雅蓋不想知道那是什麼骨頭，所以沒問。

「Vuvu……淑玲的可以一起嗎？」

Vuvu接過淑玲的遺物，再一次口中念念有詞。

「等到月亮走到天空中間，就一起燒吧。」

慕雅蓋最後一次看見那位老人家，是在今年夏天，學校教務處廣播著慕雅蓋的名字，Vuvu打電話到學校，自稱是慕雅蓋的祖母，說因祖父病危需要馬上回家，接完電話，慕雅蓋直接趕往醫院。Vuvu看慕雅蓋趕來，急忙嚷著要她趕快上二樓，慕雅蓋衝上二樓病房時，看見幾位穿著筆挺，臉孔昭示著族群類別的男子們，慕雅蓋下意識告訴自己，就是這間房了，慌忙地找到了老人家的床位，床邊已經有教會人士，努力地要說服老人家「信主得永生」。

慕雅蓋用力地擠進老人家床頭的位置，雖然知道這非常沒禮貌，而老人家也緩慢地睜開眼睛，看著他如此衰弱，慕雅蓋忍不住掉下眼淚，前兩年夏末，他雖然沉默，但身體硬朗，此刻的老人家，卻像一條離開水域無力呼吸的魚，慕雅蓋將耳朵貼近老人家的臉時，他無力地說……

「semaumaq（回家）。」

老人家嚥下最後一口氣後，有人用力推開慕雅蓋，醫生趕來，做了最後的時間宣判，老人家的家人也開始嚎啕大哭。

慕雅蓋走下樓時，Vuvu坐在醫院大門的台階上，陽光正直直照射著Vuvu的背，Vuvu被光包圍成了透明的光影，匆匆下班的護士從Vuvu身邊快速走過，好像階梯上根本沒有人！醫院櫥窗上，擺放著一個個大玻璃罐，玻璃罐內，裝著一隻手臂，另一罐是一隻腳，還有幾個裝著大小不一的嬰兒，他們都在漂浮，陽光折射在玻璃罐上，嬰兒雙眼緊閉的臉，顯得更是慘白透明。

5

火焰劈劈啪啪響，慕雅蓋看著淑玲的遺物被火焰吞噬，老人家的文物，也在大火中慢慢地燒成灰燼，陶壺在烈火中猛然爆開，幸好沒有彈出火堆，月亮在頭頂上方發出暈光，一把烈火正燒盡一個家族的榮光和歷史，煙幕竄上了雲間，燒盡了眼前的事物，燒盡前人的心血，卻燒不盡烙印在慕雅蓋腦海的文化故事。

慕雅蓋回望來時路，想起蒼白的淑玲，想著開槍人，猴群是否受傷了？月光投射著雲海，老人家用剩餘的力氣，將陶片塞在自己手中，他說過，陶片會告訴族人你是誰，那麼眼前燒成灰燼的文化，又該由誰傳達祂們的曾經存在？慕雅蓋緊握陶片時，刺傷的手掌傷痕還在，火光緩慢地熄滅，那日在台階上透明的Vuvu，那些玻璃罐中漂浮的嬰兒……

「Vuvu，猴子是怎麼回事？」

「我跟pagidigidi（猴子）說，牠們的孩子被抓走了。」

「原來如此。」

慕雅蓋看著燒盡的文物，試著在灰土裡，翻找一些殘餘的陶片，Vuvu正循著傾斜的矮牆繞行，留下幾個深深的腳印，清晨透出了一點光，起風了，夾帶著一場大雨，沖刷了整夜的灰燼，灰泥是長長的黑蛇，緩緩地穿越水晶石底部，祂正在吟唱，引入長河流向漫漫天際……和山風，唱起一首回家的歌。

——本文獲二〇二二年台灣原住民族文學獎．小說組第一名

桂春．米雅。

學經歷：大學（企業管理學系畢業），曾在長照機構服務約二十年有餘。

現職：自由業。

二〇一八年出版米雅的散文與詩《種一朵雲》（獲原住民文化事業基金會出版補助）。

二〇二〇年出版繪本《樹上的魚（Lokot鳥巢蕨）》中文版／英文版／斯洛伐克語版（由行政院農業委員會林務局出版）。

二〇二三年將出版長篇小說《邊界 那麼寬》（獲國藝會創作補助及原住民族文化事業基金會創作及出版補助）。

得獎歷程：

二〇一八年台灣文學獎——小說——入選

二〇一九年後山文學獎——短篇文類——佳作

二〇二一年山海文學獎——散文——第三名

二〇二一年山海文學獎——小說——第二名

二〇二二年山海文學獎——小說——首獎

二〇二二年山海文學獎——散文——首獎

二〇二二年屏東Vusam文學獎——新詩——佳作

豬味——林楷倫

他還醒著，兩三點了。

「香水呢？那罐呢？」

「幹嘛不噴自己那罐啦。」摸黑拿給他。我只有在十一、十二點時能聞到他說的味道。睡著了什麼都聞不到，不是嗎？我這樣想，也這樣跟他說。

關上了門，沒多久，從門隙洩漏我日常的香味，只不過特別地濃，太香了反而醒了。

他說要換氣密窗，我們換了。他說我們要在十二點前睡，在家對面的屠宰場放屎水、血水前睡，他跟我也都準時入睡，只是他總是醒來。

衣服不在陽台曬，掛在客廳。門窗緊閉，熱時開冷氣，冷時開冷氣，不在家時依舊開著冷氣。怎樣也得空氣交流啊，他說。

每天都是冷氣，交流什麼。

我當然知道晚上十一點後不能開窗，但忍一下就習慣，不是嗎？我明天上班不用噴香水了，開門，他睡在沙發，睡在我的味道裡。打鼾聲音很大，隔著氣密窗，外邊應該聽不到吧，只是我隱約聽到豬的嘶吼。

那些叫聲、那些味道，都讓他想吐。那是豬味，血味，他開始不吃豬，後來不吃肉了。我開始買罐頭，鯖魚罐頭、鮪魚罐頭、秋刀魚罐頭。偷買個排骨飯，他會說家裡有個豬味，噴起香水。

「就說別買這裡。」他說。他那時說這裡要拆，忍耐一下。

「我怎麼知道你會怕豬味？」我回，其實忍耐的是我。

我跟他不會外出散步，就算沒有味道。離家兩百公尺外的全聯，我總獨自行走，塑膠袋的提環掛在手上，十幾個罐頭將提環拉伸變成細細的繩，綑在手上止住了血，紅了、痛了、麻了。要跟他抱怨，他會說不會買兩個塑膠袋一手一個嗎？我獨自行走，走在屠宰場外牆的轉角，晚上六點，準時灑起明星花露水的天殺的六點，他快到家的六點。

他在家，我按了門鈴。

早知別按門鈴，放下塑膠袋，從背包拿鑰匙就好。

「六點去全聯？」他隔著鐵網門說。快開門，我回。從電梯、樓梯、公寓的門飄入了濃濃的明星花露水，那一刻我聞到了。眼前是轉角的水霧，迷濛的。

香過頭了，中間滲了豬味。他還是不開門。

也沒關鐵網門。

去拿了洗衣籃，放在門後。

進來，袋子先放外面。

手指著洗衣籃，叫我脫光。

戴著日常的口罩，那口罩布滿了我的香水，他聞到的是我嗎？我想問。

脫光之後，平常習慣的冷氣溫度，好冷。

「去。」浴室的水聲。去洗澡。他說。丟了把牙刷給我，不是要我刷牙，而是刷身體各種的縫。進浴室之後，他將鐵網門關上。洗好，依舊赤裸的我，他噴上了一層香水。

「可以去拿了。」給了副手套與菜籃，我開了門，拿起全聯的塑膠袋，隔著手套也能感到變成細絲的提環勒人的手，血流，是令人窒息的。還來不及說痛，提環斷開，十幾個罐頭掉落，凹陷、破裂，湯汁是什麼味道，他還聞得到嗎？在廚房的他，說快把門關上。他燙晚餐的青菜，他只吃青菜與白飯，而我正擦著地上的茄汁，從家裡擦到門外。

還有味道嗎？我問。

在家，他不脫口罩，寧願勒著耳朵。他怕口水沾染口罩，話說得少。我問的問題，他點頭搖頭、指向某處，或是發出嘖、滋等聲響。

討厭某些事物，可以像是保存期限一到，瞬間腐壞的食物嗎？況且沒有這種食物，冰箱裡過期一天的牛奶，我本來要倒掉，他拿下口罩大口大口地喝。他總以為什麼恨啊、愛啊都是積累，所以不相信一見鍾情，我問過他何時喜歡上我，「現在喜歡就好啊，誰知道何時。」他說。連告白都沒告白，第一次親吻後找地方做愛，我只記得這些，何時第一次擁抱擁抱前有沒有牽手，沒有紀錄。

他討厭氣味，那些氣味是新鮮的豬血與豬糞（這都市的各種偶蹄類牲畜必須到這宰殺），沒有過期，血凝結後變成血塊，他最常喝的大腸豬血湯，應該不喝了。

我跟他過期幾天，也像是交往一般，誰知道啊。

安裝氣密窗，隔絕了外面的空氣與噪音。買了很多台空氣清淨機，只能按強力運作，他不嫌吵，睡得安穩。他說那是白噪音，對我來說只是噪音。空氣清淨機過濾的空氣，有個如他鼻息的味道。

抽進去的，過了層層細網，攔住，又過了層層細網，排出。

他安穩躺著，像是外面的空氣與他無關。我想著什麼物品像是空氣清淨機，濾水器、石油製程，都是這樣過濾呀。

人際關係也是。

愛也是。他沒聞到豬味之前，沒整日都戴著口罩之前，我們兩個最喜歡講一個物體的形成與類似機轉的物體有哪些。我們最後總會說到愛情或是色情，現在也沒什麼好說的。

洗衣服必須白天沒有殺豬時洗，帶到樓下投幣式烘乾機烘乾，不能日曬，碰到往我家吹來的風就得重洗。這都變成我的工作，我當然知道他在這家庭肩負的經濟壓力比較重，我問他那他做什麼？他說他做得太多了。

忍耐、忍受，其實他不想回家。

「我到家前，空氣清淨機強力運轉一個小時，門窗務必鎖緊。你在家不要吃肉，我在外面吃飽了。」他的訊息每天複製貼上。

卻要我在他回來前一個小時，都得在家。

空氣清淨機不再關上，時時強力運轉，窗戶不再打開，都變成牆壁。如此，我就能安心出門，戴上口罩是防疫，是懶得化妝。幾次我晚他一些到家。

「人呢？」他說。

「外面。」我回。

「有味道，我出去了。」

我回家後，他回來（他出去一定要開車，如果沾染屠宰場的空氣，他恨不得跳入酒精泳池），他嫌我晚上八點還走過屠宰場的轉角。家門外的鞋櫃中，我放了一罐他最愛的香水，壓了幾下。

「你進來之前，知道這裡是香的嗎？」我進門後他說。

我身上的味道是香還是血腥，我沒有問。

他又出門。不說什麼，我也知道他要我清洗自己。

開了窗，我不覺得有什麼味道。將衣服脫下，我聞不到附著了什麼香什麼臭。腋下的汗、口水、腳趾間，他都嗅聞且舔過不只如此。風扇運轉的聲音蓋不過對面的豬叫，嘶吼地聽起來也像笑聲。電擊的一瞬間會叫，往脖子插入一刀放血，沒有聲音，豬的嘴型隨時都像是笑。幼年的我看過直接屠宰，一錘下去，暈，下刀，水桶接著豬血，肌肉鬆弛糞水流出。死的瞬間總是安靜，啼叫來自被宰殺的預感。

窗戶關上，開啟香氛水氧，過甜的柑橘味。

「家裡很香了，我也洗好了。」我傳。他已讀不回。

不回的還有家。

我沒有洗，水氧機的霧噴著，試著變成他的味道。

一晚過去，上班下班，五點到家又開啟水霧。

何時回來？我問。禮拜一沒殺豬。他回。

搬家？

「現在賣要繳很高的稅。瘋了嗎？」他回。

他禮拜一沒有回來。住哪？沒有豬味的地方。

我幻想一間沒有風扇運轉的房間，裸身的他微凸的肚，陽具癱軟，偶爾拿起精油聞著。開啟窗戶，車經過的廢氣早就習慣，那不會難耐。我不管他身旁有誰，關我屁事。他說過這是我們的家，他不回，家也沒用。

罐頭吃完，我又買，又提了一袋，提帶勒緊手指，手指紅了又白，淺淺的紫。

家的一切如他所要，變得完美，無法如初，像個密室。空氣不斷循環，我以為這樣會慢慢窒息，卻不可能。纏滿髮絲的排水孔，浴室的抽氣機，混著其他家的味道而來，我趴在地上看著排水孔裡頭的髒汙附著，垢是泥狀，手指挖起有點味道，我不知道臭要如何精密形容，舔下是苦的，如同他性器的臭。

何時回來？

他說等等。

塑膠袋勒住手掌的痠悶，向上蔓延至頸脖，我以為是無氧的窒息。我敲擊窗戶，玻璃變成蛛網狀的碎裂，但怎樣都不破裂，連剝下都難。靠在玻璃旁，吸聞一絲絲外頭的空氣，什麼也沒。

豬味。他在鐵網門外就說。

歡迎回來。

膠合玻璃破不了，沒繼續用破，是我懶惰。他生氣了，我脫下我的衣服，幾天沒洗也不見汙垢，手指耙著皮膚，黑灰白的癬是橡皮擦的屑，髒才看得出乾淨呀。臭才聞得出香呀。

牙刷刷著自己各種的縫。

敲破了窗戶，進入了微小的洞，氣味聲響。

他知道嗎？血、糞都是過濾而來，一個過濾之後攜帶養分（過濾出的成為尿），一個累積渣滓成臭土。愛也是

讓我大口呼吸，成為他的鼻息。

他會擁抱？或是咆哮、冷眼？怯弱時，會逃跑吧。

我不斷清潔自己，皺褶拉開是磚紅。

「要幫你洗嗎？」我問。沒有說話。

「會很乾淨喔。」我問，直到我的手指又再度勒紫，仍然沒有聲音。

原來這就是他的味道，豬味一來就聞不到了。透明膠帶黏起一切破掉的，窗啊什麼的，就還像個家。

沒有味道。

——原載二〇二二年六月《聯合文學雜誌》第四五二期

賴小路／攝

林楷倫，一九八六年生，台中霧峰人。想像朋友寫作會的真實魚販。研究所肄業。曾獲得二〇二〇、二〇二一、二〇二二年的林榮三文學獎短篇小說組、時報文學獎等。二〇二二年出版《偽魚販指南》，二〇二三年出版《雪卡毒》。看完Z鋼彈後，思考如果能成為New Type，想感受的東西是什麼呢？人生愛片李力持×周星馳的《喜劇之王》。

川上的舞孃——吳佳駿

「道路變得如藤葛一般彎折，天城山山頂才剛進入視線所及，底下的杉木密林已在雨的踩踏下被白色覆蓋，發出激烈的聲音從山腳追趕著我。」

在半山腰的涼亭，若菱從身後的黑色包包抽出了一個牛皮紙袋，裡面裝著散列的筆記。有些年代久遠，紙張破損或是字跡淡到幾乎無法辨識，也有些只是打印出來的稿件，簡單的圈圈或三角形記號在上面。但不管是哪張，都可以很輕易地辨認出那是佳蓉的筆跡。把它們一張張拿起來，近午的溫度搧動著風，讓邊緣在木漏的光影裡輕輕地顫動。

「搬家時整理出來她放在我這邊的東西，想說你會有興趣。」若菱說：「裡頭有些案子連我都不知道她有接。」

「嗯，這幾張我都不知道是她弄的。」眼神大致掃過一遍後，我把它們輕輕放在石椅上用水瓶壓著。

「真是個神祕的人。」

「從日期看，那件事之後她真的都沒有接案子了耶，難道我們這行真的有所謂的封殺嗎？」

「怎麼可能。」若菱從其中拿了幾張起來，讓陽光穿透紙面：「我覺得她只是，覺得自己不需要翻譯了吧。」

1

我常覺得，翻譯就像渡一條長長的河川，一趟只能自己完成的旅程。我們的工作，是告訴那些生活在出海口的人，關於我們出發的上游，另一個語言的世界長得怎樣。但他們永遠無法真的聽懂，看不懂原文的人們對外文的想像總是填空題，彷彿河流的源頭就只是另一處類似自己居住的沙灘而已。

雖然沒和她們提過我這想法，但以佳蓉的個性，就明顯不會受到這件事影響。對她來說，把東西正確地翻譯出來是唯一要努力的事情。重要的是「正確」，就算對於正確這個字大家也會有不同的定義，但「正確」就對了，文字會告知你什麼時候正確了。至於讀者有沒有辦法理解她的譯文，從來不是她考慮的範圍。

而若菱，她是完全相反的類型。

大一上學期，因為座號前後而一組的三人，在報告前完全沒交流。那是我們系上必修的日本經典小說翻譯課，三人抽到了川端康成，而若菱和期中加入的外系學長起了爭執，在報告前三天說她不要這學分也罷，她不幹了。為此，我和佳蓉拚死趕了通宵，總算填補了她的部分上台報告。剛入學的兩人臉皮都薄，只是不斷反省自己是不是有哪裡做錯，惹了別人生氣，不敢把情緒往剛認識的同學身上丟。

「不是啊，那些去日本交換一年回來就以為自己日語多屌，結果翻出來東西錯誤百出。」若菱問我：「你接受得了？」

我搖搖頭。她說的沒錯，雖然我才看到剛出來期末考的成績，正在崩潰懷疑自己是不是其實根本不會日文中，但翻譯這種東西麻煩的就是，好的翻譯需要經驗和努力，然後不會有人看出來。

「問他為什麼這樣翻，結果只會說我覺得。好笑耶，只要覺得就能活下來的生物。」若菱說：「啊我們剛剛考試的東西都塑膠耶，只有他們的程式語言是專業，正常人類的語言就聽懂就好不用那麼計較。啊就會聽不懂啊，那些死處男到底憑什麼用他們錯誤的認知汙染大眾？」

牆壁是白色的，椅子是紫色的塑膠椅。

「作為一個未來的翻譯，本系大刀期末考唯一的八十分以上的同學，妳覺得這種事是ＯＫ的？」從腰部旋轉上半身，整個人面向一直默默在旁的佳蓉質問。

「我不懂妳過不去的點。」佳蓉聳聳肩。

「我覺得比起妳不斷強調有所謂正確的翻譯，」若菱像是律師般質疑著佳蓉：「有些翻譯就是錯誤的這件事比較需要認真吧？」

「不會啊。」佳蓉說：「在意這個幹嘛。」

「那讀者萬一沒有從妳的譯文讀出作者要表達的意思，都不會覺得可惜嗎？」

「妳是指說，我翻錯嗎？」

「沒有，是妳翻對了，但讀者卻因為被餵了太多爛翻譯，之類的，反過來糾正妳應該用錯的翻法，到最後沒有辦法讀懂作者的意思。」

「那我沒辦法啊。」

「這樣讀者很可憐吧，需要翻譯就代表他們不懂原文了，妳覺得翻譯給他們意思就好語氣錯了動作順序錯了都無所謂？」

「其實，也沒人在意吧。」

室內的風輕輕曳起陰暗角落的黃金葛。

佳蓉的頭髮有股秋明菊的香氣。

「就像妳說的，翻譯只要存在就是代表讀者不懂原文嘛。」佳蓉挺出胸部，正眼看著若菱：「本來就不懂日文的人不會因為翻譯就懂日文。所以大家覺得『正確』的翻譯，只是大家想像想看的一種中文，跟有沒有傳達作者的意思沒關係啊。」

吸氣慢慢大過空調的聲音。

「不然你覺得呢？」佳蓉用眼神示意我幫忙。

「不用回答。」在我反應過來前，若菱就出聲了：「男人對這種問題根本不會有什麼建設性的意見，他們只想躲避任何問題。」

看到我好像還想辯解，她轉頭瞪著我說：「你現在是不是只想叫我們不要吵架？」

的確，我閉上嘴巴。

2

「你看！」若菱手上拿著一張傳單，上頭一個誇張的歌舞伎演員正擺著架子，身後有著浮世繪那道巨浪。整張傳單的最上面，傳統藝能發表會，七個大字彼此歪斜地靠著。

涼亭的石椅很涼。

「幹，她居然連這個東西都還留著。」

「好懷念喔。」若菱輕輕地把傳單前後轉了一遍，指著下半部一個缺角：「這邊應該有一個武士跟櫻花樹是我畫的，她一定是討厭我把它故意撕掉。」

「想太多。」我忍不住白了她一眼：「妳最近還有在追嗎？歌舞伎？我記得妳以前喜歡。」

「早沒了，有夠忙的。而且韓國的小哥哥啊，呵呵，那個才是真的嫩。」

「妳的呵呵好噁心。」

「呵呵。」若菱右手舉起假裝在嘴角擦了擦口水。

「妳為什麼會愛歌舞伎啊以前？我們去九州時還死命在行程中插了一個看歌舞伎的行程。」

「歌舞伎喔。」頭緩緩偏向左肩：「它有錢？比較，正面？我不會講啦！」

「無法理解。」

「我記得你喜歡的是能劇吧？」

「喔，對啊。」

「為什麼？」

「因為……能有面具吧，感覺就像給了該怎麼面對世界的正確表情範本。這樣對我來說可能比較輕鬆。」

「內心戲一堆。」若菱輕輕笑了一下：「佳蓉喜歡的是狂言呢，不知道為什麼。我們三個剛好一人一個。」

＊

「它比較輕鬆吧，相比其他。而且裡頭的人各種意志不堅定，我覺得我在這樣的世界能有空間活下去。」

轉角紅磚又出野茉莉的貓爪瘻，走過時小腿突然癢起來。佳蓉趴在吧台，試著用嘴巴吹起快被汗水黏在額頭的瀏海。

大一學期末定例的傳統藝能發表會，我和佳蓉一組抽到了狂言裡的《川上》。而我問她為什麼那麼興奮時，她說因為是狂言的劇目。盲眼老男人聽聞川上地區的地藏靈驗，於是前往祭拜，希望可以讓自己雙眼恢復光明。地藏讓男人視力恢復，並命他和自己妻子分開。這對早已各種摩擦的兩人理當不是難事，但等真正回到家，看到一臉怨恨的老婦時，男人又猶豫了。

「因為這樣喜歡狂言？」

「要在世界的舞台生存是很艱難的呢！」

佳蓉抽起這一齣目時，老師露出了慌張的表情，貌似忘了把這張籤先剔除掉。但佳蓉卻是興奮不已。

「我最近有點忙耶，可能沒辦法另外約時間，不然打工時你來店裡練習，反正也沒什麼客人。我請你喝飲料。」

發表會基本徒存形式，頂多是個大家同樂不用認真的活動。去年有個學姐的中文系男朋友來看，內容太過陌生，他睡到從位子上滑下去。

但佳蓉就是滿懷幹勁。

「何のもっともとぬかしをる事があるものか。そちは妾を去らうと思ふか。」

天花板的吊扇無精打采轉著，佳蓉左手放在胸口，右手四十度伸在半空中，小指微微顫抖，維持手拈蓮花的形狀。

「怎樣怎樣，你覺得行嗎？」雙眼恢復神色，興奮地把上半身向前壓滿我的視角。

「我不知道啦。我怎麼可能找出妳的問題啊？」

「那跟和泉流的老師比呢？」她指的是○六年公演的版本，這幾個月我被她逼著看了可能有一百次。

她嘟起嘴唇。

「那當然輸慘了。」

「不是啊廢話，我們又不是日本人。」

「不能這樣，語言是公平的。」

我很無奈地吸了一口她請的飲料，今天是珍珠奶茶。

狂言有幾個重點，其中和肢體表演相關的「型」，所有人都知道自己不可能在短短幾個月內練成人間國寶，因此默契的標準是不要表演得跟小學話劇一樣就好。但另一方面和音調、韻律相關的「語」，對我們這些正在學習日文的外國人來說，就是唯一在發表會上真正必須下足工夫的部分。

「是說妳對發表會那麼認真幹嘛？」我問：「真不知道來看的人都是在期待什麼。」

「唉呀，不用管台下啦。」她從吧台下拿出椰果，加到我喝了一半的飲料裡：「你就想，全世界只有我們那麼幸運，明明爛成這樣還可以上台。在日本，很多狂言師練了一輩子都沒機會演《川上》耶。」

梔子花的淡雅和下午陽光，斜斜灑在我和佳蓉中間。

「也不是所有人都想演啦。」我說，又吸了一口，忍不住咳嗽起來。

「甜齁，我昨天不小心泡在蜂蜜裡了，幫我湮滅證據。」

「太甜了。」

和佳蓉開始交往那個夏天，我們整日關在房裡打ＰＳ４。

房間裡可以踩的地方不多，人中之龍遊戲片、衣物脫下亂扔、上次旅行帶回來沒吃完的福砂屋……腿比較長的我得用小跳躍才能在雜物之間移動。

她躺在床上，聲音從層層棉被裡傳來。

「若菱問晚上要不要一起吃飯，等她下班。」

「可以啊。」我專注在螢幕沒有轉頭：「不過不是前幾天才吃過？」

「對，四天前。」

「有點頻繁。」

「剛剛在公司不爽吧。」

「蛤？」

「有事情不順她心，馬上LINE我。接下來幾個小時不斷在心裡模擬怎麼把公司的智障在晚餐時講成殺人犯給我們聽。」

窗台上站著三盆櫻草，最近偶爾會跟窗簾纏在一起。佳蓉買回來隔天就忘了，變成我在澆花。

「上禮拜跟上上禮拜你都沒專心在聽她說話吧。」

「我有。」我按了暫停，在血條見底前喝了一瓶補藥：「她就一樣很多不滿，讓人搞不懂為啥要跑去實習，明明是開給商學院的課。唉，反正人總是需要一些空間來說這些話嘛。」

佳蓉笑了一下。

「你好怕她。」

「我？」

「每次提到她名字，你就會停止思考，直接做選擇跟結論。」翻了個身，手肘的重量壓在床板上變成聲音傳過來：「但，她好像也只對你特別兇。」

螢幕裡，真島把醫生拉到旁邊，正說著耍帥的台詞：男子漢一旦握起拳頭，就必須有所交代。

「我只是覺得，她那種態度好自信，也沒看過她出錯。所以，跟她認真也只是白費力氣，所有善意都會變成偏見。反正她也不會因為我說了什麼而改變。」

「渴望自己所有意見都會讓別人改變，這個想法本身任誰都會討厭吧。」

「對不起。」

「幹嘛道歉？而且，她不是沒出過錯，只是沒習慣說出來而已。」沒注意到何時離開床，佳蓉把頭躺上我的大腿看著遊戲畫面：「這邊快完結了？」

「對啊。」

牧村把花束放在地上，音樂從土壤底下傳出來。

「那女的到現在才知道真島為她做了這麼多嗎？」她問。

「對啊。」

「那幹嘛不在一起？都經歷那麼多了。」

「就，知道兩人是不同世界的人了吧。自己是黑道，對於好不容易脫離腥風血雨的牧村來說，這個身分只會讓她再次陷入各種是非之中，所以決定從旁默默守護吧。」

佳蓉若有所思，但眼睛很快瞇了起來。

「怎麼？」

「如果是若菱一定會說，男人自己搞了黑道出來，弄得天下大亂最後也把自己搞死之類的。」

螢幕裡，牧村挖出了被包好的手錶，發現是自己的。

「那怎麼辦，我好喜歡這種劇情。」

「我也喜歡啊。真島真男人。」她說：「而且，我覺得黑道存在的原因是人類，不是單單男生或女生就會有的。」

「真的嗎？」

「是喔，本來就是這樣。」
「我腿有點麻，可以移動一下嗎？」
「喔，好。」
她等我把腿伸直後，坐到我面前背靠著我胸膛。
「倒是我有疑問。以這個男主角的能力，在一開始他就知道不會和女主有好結果了吧。」她停頓了一下：「男生都是知道這種事還要愛嗎？」
「我覺得，他只是就真的愛上了吧。」
「為什麼？本能？」
「之類的吧，不想要以後再來後悔。」
「所以，你也想這樣做嗎？」
「嗯。」
「看來你也是真男人。」佳蓉從我腿上離開：「感覺我一輩子都不會懂男生。」
我突然疑惑：「照妳這樣說，如果有真男人的話，那真女人是什麼？」
「真女人？」她愣住了幾秒才說：「應該不用吧，女人就是女人，不會有真的假的的問題。」
手機跳出通知，佳蓉她趴回床上點開。
「若菱說晚上要順便確定冬天去九州的行程。」

「好喔。」我把遊戲退出：「剩泛舟還沒訂？」

「應該是。」

「妳真的不一起嗎？機會難得耶。」

「太激烈了那個，如果可以，我比較想搭著小船慢慢看沿岸風景就好。」

3

「人中之龍？」我從牛皮紙袋的底部拿出一整疊遊戲的對話腳本：「這個是她翻的？」涼亭的石桌也是涼的。

「佳蓉沒跟你說？她那時很積極去搶這個案子耶。」

「我完全不知道。」一張張翻過台詞本，真島、桐生，那些在遊戲中再熟悉不過的角色在紙上碰撞，畫掉圈起各種顏色的筆跡顯示這是經過反覆確認的文件。

「她跟我說，玩遊戲的人是少數可能感覺到我們對於每個字一點點不同在那邊計較的人。而且，她還跟我炫耀，說她翻這個遊戲時完全沒有依照她那無聊的『正確的翻譯』理論去翻。」

「真的假的？好難想像。」

＊

佳蓉畢業以後，好長一段時間我不知道她在幹嘛。也不是跑出去玩，若菱說她就正常按三餐配宵夜外出，其他時間只是聽到音樂聲從她房內傳出。

「她冷氣都開蠻冷的，經過時連外面地板都有風漏出來。」

我問她是初音嗎？若菱說不是那系列，是真人的。她說：「佳蓉會聽一小段，然後暫停，一會兒又重聽一次。」

我傳訊問佳蓉，是不是身體不舒服生病了？她未讀一個禮拜後，說沒事。

我大約知道，她正在一邊聽一邊翻著歌詞。過去在校時，不找原文歌詞，看到文字會先朗讀出來，她習慣在任何文本花上別人兩三倍的時間。她相信文字不能代表全部，唯有聲音才是真實。

有著這樣想法的她在學校最後一年，是系上同學公認日文最好的學生。

但在翻譯上，教授們對她的評價卻很極端。中文母語教授喜歡她青澀卻十分新奇的切入點，幾乎完成了一種語言之間新的互文可能。在她的翻譯裡，完全感覺到她記得原文作者也是個人而去慎重處理的嚴謹。其中一位台灣教授說。

但日文母語教授大多無法接受她在兩個語言間選擇的平衡，那不是在翻譯日文，系上最老資歷的日本教授說。

那是用中文在表現日文。

不管是哪個，對我來說都顯得非常地遙遠。我們是不同的人，我也沒辦法懂她。每當看到我和她翻譯的不同，總會讓我懷疑，我，是不是根本不是翻譯的料。

包括我們分手，她和若菱在一起，對我來說也像她的翻譯一般，是我感覺這輩子用經驗無法到達的地方。

「她前陣子把那輛機車給賣了。」

「賣了？妳說藍色那台？」

「對啊。」

「為什麼？」

「就生活所需吧。」若菱的語氣有點輕浮：「一個外系學弟買的。你也知道弟弟們根本對她各種乖巧。」

如果我沒猜錯，那台機車是交往一週年時我送給她的。若菱那麼自然在我面前說出來，就代表不知道這件事。

「欸你認識吧？我們上次去熊本，不是在球磨川遇到一群同校？佳蓉那次不是不敢泛舟嗎？先去終點等時，他們裡面有個弟弟也不敢下水就一起過去了。」

「誰？」

「就我們去八千代座那天下午啊，那時我們一直跟她說峽谷多漂亮，然後她都回我不懂啦。」

「怎麼好像有這回事又不太有印象。」

「唉，她不想懂啦。她對球磨川而言，就是個一輩子只在那條河下游某港口喝過一杯咖啡的人。」

畢業後的我並沒有直接進入職場，而是繼續讀了學校的研究所。

開學時，因為佳蓉不在學校，所有人似乎都因此鬆了一口氣。

她的厲害太過優秀，但好似沒人打算為這種厲害負責。這樣的人不在身邊，大家才找回做自己的勇氣，慢慢忘記她未知又理所當然的眼神。

「而且學姐說話時，真的不太管她用的知識或資料正不正確。她在意的是，現場沒有人有能力反駁她。」

我聽到這個說法後，為這群人幫自己的懦弱與懶惰無中生有的辯護方式感到憤怒。

在課表上，我特意排滿以前總是稱讚她的教授。

當然，我並不奢望在課堂上聽到教授誇獎一個已經不在校園的人，但我非常認真地觀察他們對待學生的態度。不論最後發現，佳蓉是特別的還是佳蓉是不特別的，我想我都能從中原諒那些被我認定無知的人吧。

佳蓉的個性的確容易吸引到初次見面的人，但也很快，對話最後總是由她收尾讓有些人感冒。圍在身邊的人一代換過一代，在愈換愈年輕的同時，代代也都有幾人留下。清一色男性，或許跟她性格無關，這些人一開始都是被她外表給吸引，最後也是因為這個理由而留下。這些留下的人或多或少都對她人生可以有些幫忙，送餐的有車的會拍照的，每個人用途明確，就像一盒精美的工具箱。

我自覺我並不是那堆工具的其中之一，因為說到底，她在我身上找不到什麼可以利用的點。我後來漸漸讓自己相信，這個正是從前我們交往的原因。

若菱的工作倒是一直很穩定。作為老同學，她也很義氣地在我研究生沒有經濟來源時不斷發各式翻譯給我。

「我要找自己安心的人。」她說：「行銷部那個弟弟考過N2就一直煩我說他自己當地陪就好，那種程度訂單飛走的速度可能比新幹線還快。」

「我翻又不是保證一定能簽到約。」我說：「妳自己上比較保險啦真的。」

若菱用你瘋了嗎的表情看著我。

「我絕對不要跟那個國家的老男人有任何瓜葛。」

也聽她說過，公司一直希望把她榮升到東京的本社。附簽證、附四谷2LDK住宿、附每年六次東京台北來回機票。

「如果是你絕對會去吧，條件那麼爽再怎麼慘也可以騙個北海道來的年輕妹子結婚，以後換她發給你簽證。」

話雖然不好聽，但我也沒辦法反駁。甚至，她精準地講中我心裡最私密的想像之一，其中包含讓我討厭自己的一些心態。

「可憐的日本女生對台灣來的溫柔男孩子不會有抵抗力的啦。」若菱說：「我如果到了那裡，可能也會變一個女生吧。」

「不過如果妳不打算接受上面對妳的安排，也不能一直耗在這間公司啊。」

「我知道。」

「我是覺得很可惜啦，大學時妳花了這麼多心力，現在好像可以收穫時，雖然不一定全如人意，但就這樣放著我會不知道妳一直以來在努力什麼。」

「原來你是努力一定會有回報派啊？」她衝著我笑了一下：「我可能只是，不想要自己的努力都是用來往上爬的而已吧。」

若菱搖搖頭，示意我不用再說話。

牆是白色的。

「我本來想買下她那台機車的。」

「蛤？為什麼？」

「啊，好累喔。」在山道的出口，若菱兩隻手舉向天空伸了個大懶腰：「最後沒能爬到山頂。」

「沒辦法嘛，再不下山天就會黑了。而且某人平時沒在運動突然要爬山，剛剛不知道休息了幾百遍。」

公車亭在一間大廟前面，幾個阿嬤雙手背在腰後信步下山，走過偌大的停車場到邊緣的樹蔭下躲太陽。花圃的圍籬是黑色的，上面有些鐵鏽。一個穿著反光背心，像是警衛一樣的人在產業道路的連接口雙手前後甩動，腰間掛了個老式收音機播放著聲音時大時小的那卡西。

「哪有？十一遍而已。」

「那不是重點。」

「欸你晚餐要吃什麼？」

「不知道。」

「要我請客嗎？」

「哇，今天天要下紅雨喔？」

「天啊有夠老的梗。好啦讓你不用付錢，不過要幫我一件事。」

我點點頭：「我們若菱大小姐的問題當然沒問題，只是付錢的就是老大。」

「一言為定。」她伸出小指和我打勾勾，然後小聲地咕噥：「反正應該不是我付錢。」

「什麼意思？」

4

約莫只是幾個秋天前的事情。

點開產經新聞，聲明在iPad展開。不長，全文六百多字，下面有作家M氏接受媒體採訪的片段，白髮蓬鬆之下面孔熟悉。

若菱拔下了耳機。

「你的想法？我要真的。」

「我不知道。」我說。

若菱嘆氣。

「男人這時候只會說不知道。」

LINE新聞標題是這樣：丟臉丟到國外《川上》原作M氏輕斥台灣翻譯謬論

「我感覺沒那麼嚴重。」

「對啊。他親打錯字了。」

牆是白色。藤編的椅子是茶色。

「但，這整件事都很怪。」

「妳說台灣出版社態度？」

「也有。但作者跳出來批評翻譯，又看不懂中文，真知道自己在講什麼？」

我從若菱手中接過iPad：「我不解的是，大家沒看過日文原著，吧？新聞一出來卻能直接咬定是翻譯的錯。」

「得了吧，要不要賭，根本沒人看過書，中文日文都一樣。」若菱說：「有問題的不是小說，更不是佳蓉的翻譯。」

螢幕上記者舉手發問，M氏一臉憤怒，一邊拍桌子一邊回答著問題。

「好諷刺。」若菱看著我，見我沒反應，自己繼續說下去：「居然剛好書名叫《川上》。」

「喔，最近幾年大家蠻喜歡用傳統藝能的元素的確。」

「我不是在說這個。」

「我知道。」

指尖輕點著桌面。

M氏在日本已經出版十八本小說，台灣二十多年前買下他處女作後，因為同時期幾位日本作家明顯更賣，出版社便也有一本沒一本地出，行銷上也並未在他身上下過多的資源。只是，M氏去年甫獲大獎後，隔一片海洋的台灣些微地掀起討論。

「M氏在台灣發行的第一本書就是佳蓉翻的，中間沒換過人吧？」

「沒，十一本都她。」

「整個生涯都被否定了呢，真可憐。」若菱雙手使勁地往頭上延伸。

「……我們確認台灣翻譯者在這次中文版裡包括章節調動等等的事實。此舉和作者原作所要闡述之理念與情節有所出入，基本已達到偽造文書疑慮，對此我方感到非常非常非常的遺憾。」

居酒屋椅子是仿屋台式的木條長凳。

「不過我蠻慶幸，他自己出來開記者會。」若菱手中舉著烤串，露出小惡魔般笑容：「這樣我就不用判斷這樣做可不可以了。」

「妳有看書嗎？」

「有啊，一出事就去找來看。有夠強的，根本寫得比原著還好了。」

「這才是真的翻譯可以做的事啊，用盡所有方式全力傳達出作品。」

「你啊，」若菱咬著雞肉，每次開闔臉頰就像氣球一般吹氣放氣：「就是一直覺得現在翻譯很爛，然後好的翻譯可以改變現狀。」

「不行嗎？」

「沒差，這大概是在研究所才有的餘裕吧，出社會後就是錢錢的遊戲囉，誰管你什麼正確的翻譯。」她把竹籤丟進竹筒裡。

「但我覺得，反而在研究所，我更不知道什麼才是翻譯。」

經過多年，我知道誠實是跟她說話唯一不會太累的方式。

「你確定你是在翻譯？」她說：「我怎麼覺得你一直更希望的是別人聽你的話？」

「沒有吧。」

「有，而且看你最近的案子，感覺你很喜歡翻成不會日文的人看不懂的樣子。」

「我只是想暗示，這個世界有很多不同的人和語言，如果我們不懂，至少要尊重這些不同。」

「如果啊，你翻了半天只是在說這個世界的不同，」若菱從旁拿起一張面紙：「那還要翻譯幹嘛？」

我一時語塞。

「不然妳覺得，我們能翻譯別人的想法嗎？」

店員上了兩杯啤酒，滿溢的泡沫在逃竄的字詞裡翻騰。

「對你來說，問題應該是這樣有沒有意義吧。」她把其中一杯轉到我的面前：「不用說到別人的想法，你覺得男生和女生有辦法理解對方嗎？」

「我不知道。」

若菱灌了好大一口：「不要每次都在答案前差一點好嗎？跟男人在床上一樣，整天只會裝鎮定問女人爽了沒到了沒。」

知道我不敢回話，她享受著我臉上的反應。

＊

事情發生幾個月後，她傳了LINE約我見面。

「我可以跟你借錢嗎？」

她來我租屋，用我手機叫了兩個人來說過量的食物，我吃不下時跟她說包起來就好別逞強，但她說她真的還餓，像是十幾天沒吃飯一樣。

借了她這筆後可以幫助她渡過難關，從此她也可以更舒適的方式過活。我抱持著這樣的想法答應了她。

「還要不要再多拿一點保險？」

她搖了搖頭，但又想了想，伸出三根手指頭。

火草花的香氣包圍了我們。

事情都處理好後，她說她想看電影，問我有沒有Netflix。

她坐在沙發，我靠著底部半躺在地板。慢慢滑下去的時候，我發覺好像碰到她小腿了。等待一下，發現她沒反應，於是調整了一下姿勢，讓頭頂輕輕地接觸她腳踝。

我心裡想著，給了錢，今天晚上還可以有更多嗎？但我知道，這想法我得說是錯的，不能總是為所欲為。如果沒辦法做自己想做的事，至少得喜歡做出決定的自己。

腳踝凸起的觸感輕輕扶起了心跳，光影被桌上櫻草悄悄遮去片隅。

過了一個月，她又問能不能再借錢。那時我知道我想法刻意了。借錢就是借錢，渡過難關是真，把自己放到債主以外的身分就多了。

佳蓉後來消失在我們的視線裡好一陣子。常合作的幾家廠商名單裡也沒再看到她的名字，各種場合都沒有看到她的蹤影。我不知道若菱是不是跟她還有聯繫，但在事件發生的一年後，作家M氏被自家的編輯K跳出來指控其在婚姻關係外的不倫，並利用職權進行的騷擾及暴力行為。

雖然鮮有人把這件事和從前佳蓉發生的事連結在一起，但她一年沒動的臉書頁面還是分享了這則訊息。按讚的人不多，下面也沒人留言。內容跟翻譯也沒關，她只是單純地說了一些她覺得自己也是被性騷擾的事情。

「……他明知道我不喜歡他而且我們已經分手了，但還是若有若無想牽我的手。我跟他說，他說因為見面了太開心了。可能是我不太會表達吧，覺得還可以就都沒繼續說。但今天的事讓我覺得有必要說出來……後來看電影時，他的頭一直頂我的腳底。我很害怕，不知道在那個密閉空間還會發生什麼事。」

這是我最後聽到關於佳蓉的消息。

*

牆是白色的，而桌面帶點紫色。

這是我認識她時的場景，一間教室。第一眼看到她的時候，我有種「她我可以」的衝動。

不知道是她哪裡的不自信，讓我天真以為可以填補她那點自卑，一切不用感情。自那天起，我注意了和她同堂的打扮，先到她喜歡位置的四周坐下，甚至，我那時人生中第一次拿著剪刀和刮鬍刀將我的陰毛剃平了。我想像著她的嘴巴，不想被任何打擾。

我問她要不要在一起試試看，她說給她一天想想，拒絕了我。爾後，大約我心裡自尊作祟，我堅持說那是她搞錯意思，我沒有跟她告白。她也順著我的意，好像這件事沒有發生。她說了她那時單戀的人，是同系的學姐。那學期交換出國，有一天LINE大頭貼換了，跟一個日本女生合照。

我知道她是說給我聽的，她「現在」不喜歡我。於是在自尊持續發揮下，我當場鏡像講了我喜歡的人，是個日本女生，以前高中時來我們學校作交換生，我們一起去過夏天的海，因為她我才考日文系的。

不知道這樣跟我人生毫無關係的故事她當時相信了多少，可能她覺得沒差，反正也不在

「媽！我們時間還沒確定啦！」

若菱抓著老婦人手臂，調皮地對我笑著。

「妳欠我一百頓和牛吃到飽。」送走兩位老人後，我整個人癱坐在捷運站外台階上。

「好嘛，對不起。他們真的是昨天很臨時才說在台北，要看我可愛的未婚夫。」可愛被特別點綴了俏皮。

「妳他媽過年回家好好說還單身就好到底有什麼毛病。」

若菱一邊大笑一邊幫我把從肩膀滑落的襯衫外罩脫下來，摺好掛在手臂上：「哈哈哈乾你不知道我多緊張怕被你發現，還用爬山早上先把你釣出來。」

「幹，就想妳這個人怎麼突然想流汗，媽的。」

「哈哈好啦，我多發一點案子給你。」

「我實在沒想過妳也會發生那麼俗爛的鬧劇。」

「不覺得很加分嗎？」若菱把我從地上拉了起來：「作為一個女同志。」

「媽的，該不會連那袋牛皮紙袋都是妳偽造的吧？」

「有病喔？真的啦！」她用紙袋往我頭頂搧了過來：「來啦，送你一張，我們和佳蓉同志最後的聯繫。」她從其中抽了一張給我。

我接下後努力站直了身子，用手掌在屁股拍了兩下，再瞪了若菱一眼。她還了我一個這人怎麼那麼可愛的眼神後，笑著說：「好啦先回家了，明天還上班。」

一階兩階地跳下捷運出入口的階梯，到最底部磁磚時她轉身看著上方的我。欄杆向下的部分因為沒有照明顯得特別暗，直到若菱所站的地方才有日光燈。白色的，她先是左腳地向後退了一步，接著右腳用斜角四十五度往後踩，然後對著我大力地揮手。我送了她一根中指。

*

回家的路上，沿途的風景不斷從機車上的我向後飛走。我催著油門，經過林森北條通時看到一些剛聚會完的日本人，站在騎樓相互鞠躬問候。突然間，我想起了大一期末傳統藝能發表會那天，佳蓉站在台上，台下資深的日本教授站起來用食指指著她。

狂言裡《川上》一幕，老公公無法狠下心離開吵鬧的妻子，最終地藏收回本賜予他的視力，夫婦恢復原本清貧孤苦的生活。

下去。

我把機車停在路邊，從包包拿出那張若菱給我的佳蓉手寫卷。

「道路變得曲曲折折的，眼看著就要到天城山的山頂了，正在這麼想的時候，陣雨已經把叢密的杉樹林籠罩成白花花的一片，以驚人的速度從山腳下向我追來。」

那是我們三人大一認識的翻譯課的期末作業，本來是若菱部分的《伊豆的舞孃》，在她和外系學長大吵後換成佳蓉負責。上面有原文、市面上的流通的版本，以及我這輩子第一次看到，佳蓉翻譯的文字。

大一期末傳統藝能發表會，穿戴漂亮的佳蓉用安靜的眼神看著台下的教授，但她沒有說話。

狂言就我所知，並不禁女流吧老師。系主任跑到旁邊。

若菱從後台衝了出來，好像想說什麼，但被佳蓉制止住了。只能隱約聽懂現在不是二十一世紀嗎？

年輕日本講師也聚集過來，幾分鐘後老教授坐回位子，像平常一樣慈祥地笑著。

讓你們台灣男孩子玩玩就罷了。

有人說，最後一幕隱藏了男人的意圖：地藏逼迫他在視力和妻子之間擇一正是暗示了，男人不配擁有視力。一有視力男人就會投向花季少女的懷抱，離開一直照顧他的太太。也有人說，最終這幕代表著人的意志在選擇時，並不若自己想像的那麼簡單。旁人的憤怒，內心的愧疚，在天地間走跳就必須負著這些，這才是世間人類最終選擇的自由。

突然一陣雷鳴，我回頭看去，士林上去陽明山上似乎有陣風雨，閃電在山頂劃開了黑暗，照映出上頭的建築物。我把紙張收回包包，催動油門，希望不會被雨追上。

「山腹的道路彎折如葛藤攀附，正當天城山山頂就近在眼前時，雨的腳步一邊將杉木的林密染白，一邊的礫地自山腳朝著我追趕過來。」

——本文獲二〇二二年桃園鍾肇政文學獎・潛力獎

吳佳駿，高雄人，一九九五年生。作品入選《九歌一一〇年小說選》、二〇二三台灣文學金典獎。出版《新兵生活教練》。

愛的藝術——陳柏煜

上

我以為這輩子不會再聽到葛雷的消息。最後一次見面，他騎車載我去車站，我搭上北上的客運，一如既往，貼在窗上和他打著「手語」、揮手，不知道五年內我不會再回到這個地方。可是葛雷已經知道了，我常穿的那件灰色防風外套留在機車車箱裡，他把外套穿起來向南邊騎，邊騎邊掉眼淚。

快抵達中繼的休息站時，我被冷氣冷醒，好像下午在暖呼呼的草地睡著，張開眼睛已經入夜。像是頭頂上打開一盞發黑光的燈。這時人們總會想到某些很實際的事情，比如說「現在幾點了」、「我該收拾一下離開公園」，而我想起了灰色外套。

我傳訊息問葛雷。外套的確在他那裡，葛雷問需不需要郵寄。反正兩週就會見一次，就別浪費郵資了。我當初如果說「好」，事情會有什麼改變嗎？

事情似乎本來就埋著，只待時間一到就會撐破地表，冒出鮮綠的芽。雖然是葛雷先察覺，但把話說開的人，是我。我們的「分手」說是不清不白、莫名其妙一點也不為過。

到現在我仍想不透自己是哪根神經燒壞了，寄出那封輕輕鬆鬆，甚至不乏柔情蜜意的簡訊。我提議：不然，我們來「試分手」看看？字裡行間，彷彿這項提議能有效解決我們關係中的問題。一帖苦口良藥。

剛開始，我和葛雷就像辦家家酒般，玩得很愉快，不以戀人身分相稱後，似乎為密閉的室內打開窗戶。在分手的潛規則之下，我們的話題理應獲得更大的自由度（事實上並沒有）。我們暫時耽溺在一種奇異的親密感中。聽見我們關係產生變化，朋友都嚇壞了。一封簡訊就轉變關係，沒有打個電話好好談過嗎？他們的口氣聽起來，幾近聽見投一粒小石子到起飛跑道上，使一架波音七四七毫不猶豫地轉向。

因為並不是真的分手呀——我統一回覆的說法。這是真的，只有很少的時候，我在心裡考慮，「完全和葛雷一刀兩斷」會是什麼情形……或許這才是我想要的？隨即我譴責自己，居然有這種將感情論斤秤兩的念頭。可是就在我還在內心小劇場時，葛雷已經有了約會對象。

我打電話向葛雷質問。為什麼不呢，葛雷在另一端憤怒地說。我有點被逼急了，脫口就是「因為太快了，而且我們不是真的分手」。那怎樣才算真的分手，葛雷語帶諷刺。規則都給你訂。我不是這個意思，我是說，太快了。葛雷不知道是不是聽出裡面狡詐保留的空間，口氣軟化，但保留自己的底線：可是，為什麼不呢？

在此之後，我們才正式地踏入漫長、消磨身心的「分手期」。會形容它不清不白，就得怪我先訂了個奇怪的特殊條款：事後反悔，又只是不斷從過去抓取快樂的回憶向葛雷回放。

程中，不斷聽到、感到，隱形的射線從另一個維度直直向我穿過來。

上小學後，情況有所改變，而且是往壞的方向發展。老師在美勞課上發下的白紙，對我造成窒息性的障礙。猛然落在我前方的一道白牆，緊密、安靜，使我動彈不得。長大後我聽別人說，有一種人，非常討厭喝水，一定要加一小撮的糖或鹽——那個量造成的影響是一般人無法嘗出來的。我有種知我者莫若此君的感慨。後來，我發明出一種類似的方法。白紙一發下來，我就在背面，偷偷用鉛筆打上一些小圓圈。

這方法消解了下筆的障礙，卻無法恢復我製造圖像的熱情。國小、國中，我陸續代表班上參加水彩、水墨、素描比賽，獲得不錯的成績，作品被張貼在學校大門的布告欄展示。可是創造並沒有帶來任何喜悅。我享受的是，表現長才（好像展現身上的某一條肌肉），以及隨之而來的虛榮。

高中某一次美術課，教室前後各放了一花瓶的百合。老師宣布：「下午的兩節課，要完成一幅靜物寫生。」她補充，「畫完的同學就可以提前下課。」她話還沒說完，我已經勾出三朵百合的鉛筆輪廓。甚至沒有炫耀的念頭，我只想把眼前活生生的百合，用力塞進畫紙裡。當我把畫繳到台前，老師先是看了我一眼，然後瞄了一眼畫，就讓我走了。走出教室時所感到的沮喪，讓我一度冒出「再也不要畫畫」的念頭。

要等到大學，我才想清楚，我立志要做的是純粹的插畫家，而不是畫家。不是寫生，也不是憑空發想。必須有另一方存在，並做著和我不一樣的事。剛剛我或許有提過，我很少回頭檢視我設計的禮服——我沒提到，若回頭欣賞它們，我會怎麼做。

我會將紙張舉起，置於我與日光燈之間，印在紙張正面的文字圖表公式與曲線出現了，光會加深它們的墨水，使它們透到另一面，與我的禮服糾纏成一團。現下想起來，我認為這個記憶頗具啟發性。欲望原來不是禮服，也不只是另一物的投影，而是偶然在一瞬間形成，無法解釋的團塊。

＊

成為我的男朋友後，葛雷千方百計要幫我介紹插畫工作。他甚至比我自己，更欣賞我的繪畫才華，也比我更常想到畫畫這件事，在做經紀人才華上，葛雷是個天才；但作為男友，無疑是非常糟糕的。葛雷讓我備感壓力。

我常可憐兮兮地看著他，臉上寫滿了「我沒有（天分）」與「我不會（畫畫）」。葛雷雖然熱情不減，可是也因此有點慌亂。畢竟要家裡養的小狗表演握手，小狗卻對指令無動於衷的話，實在是很丟臉。老實說，說不定在工作方面，葛雷與我真的是主人與小狗的關係。在葛雷看來，做藝術家，幾乎是注定的有勇無謀。我認為不盡然如此，卻無法擺脫葛雷隱形的韁繩。在脫逃與交涉的智力上，是的，我是隻小狗。

被葛雷牽著鼻子走的那個時期，我的畫都是非常一般的東西。這麼說並不是批評那些「被動發生」的作品不夠資格，也不是暗示現在的作品更具價值。非常一般，單純只是表示那是作品累積足夠、曝光度提升，在另一些人眼裡，是因為我獲得了某個具指標性的國際獎項。只有我知道，讓我成為插畫家的主因不會是別的，只因為「畫中物P」。

「畫中物P」從來不是畫面的主角。它是深淺不一的線團，幾乎可以辨識為某種四隻腳的動物。那幅拱廊花園的「拱廊」其實是它的腳，它也是霧中的森林、椅子、和主角們百搭的跟班。有時你摸不透它出現在畫中的原因，但它就是出現在畫中了。

某天，一個很久沒聯絡的朋友突然問我說，你是不是養貓了？我十分困惑，問她為什麼這麼問。她說，因為你的畫裡出現了一隻貓！

又有一天，我看見一篇評論，其中有個提到我的小段落，作者認為那個朦朧的記號，代表著我「企圖在繪畫世界找到，如果不是創造——一個屬於自己的、近乎壟斷的詞彙。」

事實上，是在這兩次事件後，我才暗自替它取了「畫中物P」這個暱稱。我和朋友說，對呀，我養貓了。我向養了兩隻貓的她，討教了飲食與照料的問題。如果有機會，我也想告訴那篇評論的作者：他的觀察很有說服力，現在我也認為，他提到的那些嘗試，正是探索「自己的詞彙」。貓女與某評論並沒有猜錯——因為他們「客觀的看見」，才使它漸形具體。不然，只是幻想；不然，只是心理作用。只是我與自己見不得人的小遊戲。

有時候我認為「畫中物P」是葛雷給我的禮物，畢竟它是在「葛雷的消失」此一重大事件後出現的。「畫中物P」並非在一個瞬間顯現，而是像〈烏鴉與水瓶〉裡的水：烏鴉投入一顆小石子，水面才相應地上升。

當然，葛雷並不知情。情況比較接近：我發現了一個尚未被記錄的物種，然後以一個紀念事件將它命名。如果它是青蛙的話，青蛙不會知道葛雷，葛雷不會認出青蛙。

我心裡明白，雖然與葛雷的分開，開啟了我人生的新階段，但「畫中物P」演化的關鍵時刻必然是：當一個小圓圈，從背面跳到了正面。然後是另一個、另一個、直到全數遷移。是的，現在我作畫不再需要，在畫紙背面打圈的事前準備了。

為什麼叫P，似乎已經很明白了。但就讓我多做一些解釋吧。從O到P，是從圓圈中突破了些什麼：從半透的卵殼中，伸出第一隻腳。重點並不在他的離開，重點在那突破。

下

五年的毫無音訊後，我在最意想不到的地方與葛雷重逢。

演算法是那隻把祕密告訴我的小鳥。這實在是糟糕的譬喻，因為演算法不可能存心嚼舌根、它不會啣著某條訊息往返於甲方乙方、更不是以捉弄人為樂的愛神邱比特。儘管數據有其邏輯，但那邏輯絕非意圖使失去交集的舊情人狹路相逢。

雖說最後成功轉達了資訊，想當然，它也不是以開門見山的風格進行。率先跳出的，是內褲的直播。在此之前，我的臉書從未主動推播任何購物頻道。彷彿被指著鼻子說，「同性戀，被我揪出來了哦」，我又氣又惱，當下想到的是：該不會我誤觸了什麼養眼香豔的粉絲專頁？自我檢討了一番，轉而懷疑身邊高調的友人。必然是他們流連於性感廣告、在這個與那個身體間「拈花惹草」地點閱，因此櫥窗「啪」地出現，甚至不用敲一敲門。直播中賣內褲的男孩認為我非常想和他買東西。

接著出現的是海鮮拍賣。表情激動、動作粗魯（但被靜音的）的男人指著我的鼻子謾罵，第一眼我真的這麼以為。然後，冷不防地他向我扔東西。龍蝦，前前後後有十五隻。青紅的活龍蝦在竹篩上爬行，過一陣子就掉出畫面。在我一片經打光、空調的藝術批評或電影上映宣傳的推文中，它出現得甚至比內褲廣告更匪夷所思。就像臭氧層破洞。就像——一隻大老鼠沿對角線竄過廚房。就像——呃，濕答答的龍蝦扔在網頁上。

我驚訝但不無好奇地觀察臉書組成的演化，不試圖干涉，事實上我也無能為力。但除了產生新的排列組合，它還能如何？難不成從螢幕伸出一隻手？我身邊甚至沒有看過《七夜怪談》的同輩了。直播占據頁面的行動持續推進。二手包的直播、調理機的直播、電鍍筆的直播、學步車的直播……在一則不起眼的水晶直播中，閃過葛雷的身影。當下我驚駭無比，不亞於看見螢幕伸出一隻手。

意識還沒有反應過來，身體已經不自主地繃緊。生物性的直覺繃緊，好像尖叫著：他就是「犯人」！就算化成了灰，我也認得出來！直播不會因為我的繃緊而暫停，一閃而過的身影，沒有再次出現在畫面中。但仔細一聽，那介紹商品的聲音，是葛雷沒錯。

我趕緊把網頁關了。我彷彿聽見瓦斯漏氣恐怖的嘶嘶聲。對著無人無聲的電腦桌布，我逐漸冷靜下來。現在是什麼情況？現在是阿里巴巴，意外撞見了強盜的藏寶窟。但情勢對我有利，對方還沒有察覺。另一件事必須花時間想清楚：我想再見到葛雷嗎？我是否該適可而止？

那堆滿彩色水晶的寶窟。

決定下一步之前，我移動到沙發上躺著，享受這一刻。如今葛雷已無法讓我情緒澎湃，可是我仍被奇妙的偶然沖昏了頭。我想起葛雷封鎖我時設下的銅牆鐵壁（找出所有相關的程式，然後逐一設定）。偶然是能打破任何屏障的小槌子，別說是數位的，甚至是不存在的屏障。

我記住了他的頻道。

＊

在葛雷之後，我談了一場很不一樣的戀愛。對方小我幾歲，還在念書，神奇的是，長得和我一模一樣。說來簡單，或許令人咋舌，我認為「長得一模一樣」就是我喜歡他的原因。幾乎是在第一眼，如迎頭撞上擦得太乾淨的玻璃門：我愛上他了。

我們是出於好奇才見面。那陣子我和森都和朋友M走得近，卻始終沒有碰上彼此；在M的客廳裡，我們屢次被錯認為同一個人。實際上，森比我高得多，臉型與唇形也有明顯的差異，單看照片的話，你不會說那是根據同一個石膏像刻出來的。似乎，離開現實情境就能脫離「幻覺」，因此看著照片的他或她，總是對我不解地搖頭：一點也不像。

M安排了我們的見面。在星巴克門口見到我的那刻，森應該直接地看見了那個相像的部分。儘管親切的表情很快地趕上，我清楚記得，他的第一個反應是拉開審慎的距離——像保護自己不被併吞；他看見的，與其說是外表的相像，不如說是「需求」的相像。

在一陣強光似的驚異中，我們放棄了咖啡，在還沒意識到這代表什麼意思之前，我們已經在開往烏來的路上。在涼亭躲雨，小火車經過，森說，只要火車經過，就要親他一個。但不知道為什麼，這天火車的班次特別地少。我奇怪地想起葛雷，但他完全無法干擾涼亭中等待火車的森。

但我們還是陷入熱戀了。約會、通電話，找更多的時間約會、通電話，可是熱度停留在表面，底下有種空踩腳踏車的徒勞感。森說，那是因為M，你對中間的M懷抱愧疚感。我想有愧疚感的人是他，不過既然他和我有如雙胞胎，責任互換應該沒什麼大不了的。我原諒了他。森沒說出口的是，他逐漸對「一模一樣」的想像感到厭惡。他認為我巴著這個想像不放。

一天，森和我要了葛雷的手機號碼。我不疑有他，以為只是鬧著玩。因此當森離開房間去陽台，關上紗門，也沒放在心上。事後按照森的說法，葛雷真的接了電話。葛雷又閃現在我眼前，以一種較淡的色彩、較缺乏自信的表情。森露出神祕莫測的笑。我感到一股酸楚與甜蜜捻成的線，一枚項鍊墜沉在中央。我不知道他們說了些什麼。他們是有什麼好說？

我和森最後一個堪稱愉快的記憶，是在旗津旅行。旗后砲台的遺跡宛如迷宮，幾度我和森走散了，在紅磚色的通道中，白堊色的天台上找著他。一個人也沒有，遠處是模糊的高雄港。森就在我的上方或下方某處。砲台入口的兩邊門牆上，磚砌成樣式不同的「囍」字。磚牆前森提議為彼此拍一張相同的照片，我提不起勁。森說是他先找到我的。好吧。

我挺喜歡森為我做的一件事，那就是送我畫筆。喜歡的原因是它很不實用，森對我的創作有很大的誤解。不免俗地那天要結束在西子灣絕美的夕陽，當時我就想，我一定要用那支令我發笑的畫筆，畫一張畫回送他。森為眼前的景象大受感動。像乒乓球，森說。

後來這深橘色的球成為森的封面照片；再後來也沒有換下。我想他大概對自己的攝影技術十分得意。

那天晚上我發現了改變一切的重要事實。森心裡也有一個葛雷。這不是問題，問題是，我和森之間存在的時差。我的葛雷已經落到海平面之下，而他的葛雷還很燙，甚至顯得比平常更大。紅色的「葛雷」憤怒地要求森的回應。森遲遲不能結束屬於他們的那一天。

*

塗紅指甲油，戴耳環時嘴巴閉不起來；阿黛兒照鏡子，選了藍色洋裝。（藍色會讓她想起什麼嗎？）她收到艾瑪寄來的邀請函。「我不敢相信她來了，都過了這麼久。」艾瑪身邊的女人說。女人離開後，阿黛兒嘗試對眼前的作品發表感想，卻只能吐出：「那幅畫很棒。很美。真的。這一切。」

她以前就不擅長這些，評論藝術、藝術界的社交。某人打岔想詢問艾瑪作品的細節。畫裡是另一個女人，阿黛兒看著畫。這時畫裡的女人，艾瑪的現任，走來表達歡迎。她說：「而且你看，你還在那兒。」是她沒錯。牆上掛著藍色水花下裸身的阿黛兒。

我喜歡《藍色是最溫暖的顏色》。走出戲院時，一個問題在我的腦海中浮現：如果是葛雷呢？假如在我的展覽上看見了自己。過去的自己。過去他應得的一張畫像。當然，假如他最後決定出席。

我和陪我去看電影的M討論這個問題。儘管M非常喜歡我，他不介意、甚至鼓勵我提起葛雷，M對葛雷似乎有特別的感應與興趣。（他聰明地發現，從來就不是、將來也不會是葛雷——而是葛雷沾黏在我身上的殘像，與我糾纏，就像飛機雲。）

那讓我們來弄清楚飛機雲寫了些什麼。首先，葛雷會不會來？

會，他會來的。M說。

葛雷會盛裝出席嗎？

雖然兩段關係（電影的與你們的）有各種方面的差異，我想，是的，葛雷會盛裝出席。

看見葛雷，我該做些什麼？

看情況，但拍一張合照總是無傷大雅。

關鍵來了：葛雷會認出他自己嗎？我的意思是，如果在畫中，他不是以很寫實的方式出現？

與它相遇時，或許他會感受到微微的不確定與彆扭。你期待什麼？某種毫無邏輯的共鳴？不，我不認為他會認出來。你可以選擇自己告訴他。

好，如果我告訴他，他會怎麼評價？

「那幅畫很棒。很美。真的。這一切。」

別這麼尖酸刻薄，我是說，他心裡會怎麼想？

好難的問題。肖像與靜物畫在一點上很不一樣，那就是，肖像會隨位置改變，而靜物畫則否。（是嗎？我說。）入畫的模特兒，比畫家更能敏感地察覺差別。舉例，畫展上不是有許多阿黛兒當年的舊識嗎？他們就像移動的肖像，看起來很像，但關係一旦改變，在阿黛兒眼裡，一切就不復從前。

我不明白。

當然，因為我是隨口糊弄你的。M說，我又不是他，怎麼可能知道。

＊

半夢半醒間，手機響了。響了一聲就切斷，像一顆水珠滑過窗戶玻璃；我分不大清楚它是不是夢。我爬出被窩小便，然後察看手機。一通來自葛雷的未接來電。我渾身發熱。或許是要撥給別人，但誤觸了我的號碼？誰會沒事在早上六點撥電話？不關我的事。

第二天電話又來了。同樣響一聲就掛斷。那就不是誤觸了？葛雷的確有意聯繫我——不對，有意引起我的注意（或好奇）。就在我開始帶著分不清是期待還是恐懼的亢奮，等著隔天早晨的來電時，他卻沒有再撥來。兩通未接來電，留下兩道刮痕又潛回水面下。我很後悔沒及時接起電話——如此，就輪到他煩惱如何收拾了。

葛雷想幹嘛？網路封鎖並沒有解除，我查過。電話是地道、一種臨時途徑，他可以看我一眼（聽見我說「喂」）就掩埋它；他也可以選擇在任何階段斷然脫身。真是如此，我大可當作沒這件事情發生。可是又有些擔心。為了確認葛雷是否安然無恙，我決定打開他的直播。

直式影像9：16，兩旁是大片的漆黑，打開全螢幕後，它就完整地置於中央。這是哪裡？葛雷現在的住處，還是工作室？紫紅色絨布的桌面，寶可夢的小公仔，保險公司贈送的年曆。香水瓶。受漏水所苦的壁紙。亮晃晃的魚缸是主要光源，看不清楚裡面養了什麼。

後來聽別人說我才知道，一般而言，水晶直播主是不露臉的，商品才是主角。當時的我抱著期待，像在銀幕前等待布萊德彼特在下一秒鐘闖入畫面；他的特寫如此巨大，我如此渺小，甚至比他的鼻子還小。

葛雷不是特例。他沒有露臉，聲音在畫面外出現時，嚇了我一跳。聽起來，他就像坐在我旁邊，跟我一起望著那9：16的房間。葛雷的手出現，在畫面裡放置木頭轉盤。進來就不要出去了，葛雷說。

這是陷阱。彷彿聽見拉繩簌簌作響，緊緊地拉起來，然而一種甜蜜的飄浮感，使我有些麻醉。手心冒汗，睪丸收縮。比捕蠅紙上的蒼蠅好不到哪去，但蒼蠅應該不會同時有兩種感受（是嗎）：同一時間，我明白葛雷正與一群隱形的觀眾說話，就像觀光船上的廣播導覽；我也感覺每一句話都是對著我一個人說。

「現在看向窗外，這將會是趟愉快的旅程，我保證。」或者，「我把最好的介紹給你。最划算的價錢。」諸如此類。

是嗎，葛雷？我挑起眉毛。葛雷的手端出白水晶。

「這個送你。」他說。

好像一束花，謝謝。

滑溜的小伎倆總是很管用，商場同情場。我能做的就是一面投入劇情，一面保持警戒。

注意：你需要魔法，但你可不想被魔法困住。

葛雷當然不知情。他不可能知道那通電話會讓我來到這裡，對吧？

面對他，就像……面對風景區入口處的抽籤機。破爛機台、十元一次，誰能嚴肅以待。滿是刮痕的壓克力箱中：朱紅欄杆，牌樓，小廟，平面山水景（上有毛筆題句）。

當它啟動，古裝仙女雙腳併攏，單軌移動不甚順暢，替你取籤。你又怎能不認真。超假、超簡陋、超淒涼。在那個極端的點上它說服了你。請對我說真話，仙女，因為你不會在這裡，因為我不會在這裡。

葛雷輪番拿出不同水晶，一一解釋，和我安靜地規畫接下來的三年、五年、未來的人生。他會陪著我。

因為金星、木星、土星。

這個為了事業、那個為了健康。

就像上量販店挑選日用品。想要與需要。

他很知道我。彷彿那個人一直都是他。

＊

那晚的我充滿迷惑，留下的痕跡更使我不解。我記不得直播是怎麼結束、我有沒有看完直播。我睡著了。

夢中的我站在一張巨大的畫紙上，周遭環繞著蜂群一般的白噪音（幸好並不太擾人），我向前走，發現地上的紙是頭尾封閉的卷軸。無視地心引力，我走上牆，倒掛走過天花板，再次回到原地。玩了幾次就膩了，當時我想，如果要出去，就得畫一扇門。於是我動手。

再次回到意識時，我正在畫一幅巨大的紫水晶（大概就像「谿山行旅圖」中的山那樣大吧，總之十分壯觀）。比起真的水晶，它更溫暖，像一張塑膠椅，坐在上面的人才剛剛離開。至於我為什麼能知道畫中世界的溫度，就別那麼計較了。

我摸它，也用牙齒咬咬看。紫水晶又不是圖像了，我判斷它應該是壓克力材質（啊，大概就是先前提到，抽籤機的那種透明壓克力）。水晶反射出我的臉，幸好，和現實中的我並沒有什麼不同。我期待在夢中能夠有特權，能用想像力美化五官，但並沒有成功。這時我想起它本來應該要是扇門。

完了！如此一來我不就被困在水晶裡了嗎！當時的我這麼想。就在這時，水晶裡面，或是外面，反正就是和我相反的另一面，出現了一個小點。小點像一根軸，對我伸來。一隻握緊的拳頭。

伸到我面前。它打開。

啪！像折疊床一樣高高地架起來，搖搖欲墜。那是一個前所未見的「畫中物P」，不僅是在它的尺寸上、也在它的具體度上。

陳柏煜，台北人，政大英文系畢業。木樓合唱團、木色歌手成員。曾獲林榮三文學獎散文首獎、時報文學獎影視小說二獎（當屆首獎從缺）、雲門「流浪者計畫」、文化部青年創作獎勵。作品多次入選年度文選。著有散文與評論、訪談文集《科學家》，詩集《陳柏煜詩集mini me》，散文集《弄泡泡的人》。譯作《夏季雪》。

我們對於風箏的悼念方式——陳禹翔

我和荻荻開始圖文接龍是在一場哀傷的風箏葬禮之後。

摩天大樓上的風箏，軟弱疲倒在泥濘的地面，骨架被難看地折斷，風箏布破了幾個大洞，攤成扁平的殘體就像一隻久經奔波而虛脫的動物。

城市裡的所有風箏都是為了親近並摘取星星而飛翔的，當那些霓虹的流星飛過這座城市時，總有好多風箏較勁著要奪下它們。星星越來越密集，每到這個季節，只要一抬頭，就能看見天空中無數條閃逝的光焰俐落地擦過氣層，在漆黑裡燃燒著引誘性的魅力。那些風箏被綁在城市最高的大樓頂端，彼此不斷攀高，隨風搖曳，賣力張著各自的大網，大樓底下廣場會即時更新風箏抓住的最新數量，這些數字同樣也會登在晚報、電視台或不知所云的網站頁面。

那天有三架風箏同時捕捉一顆流星，而我的風箏線不幸被另一只風箏割斷，流星撞擊它的支架，導致風箏墜落在河堤邊坡。前一日剛有一場夏日的暴雨，地面有洪水遺下的水窪，風箏不偏不倚落在那裡，並徹底死去。

荻荻陪著我趕到現場，早已來不及了。

「你的風箏……」荻荻說。

漫畫就停在這裡。

我一看完，認為荻荻根本沒聽懂我的意思，雖然她的繪畫技巧熟練傳神，刻畫的細膩程度、對於不同物體的材質的領涉都逼真至極，然而這回她寄來的圖畫簡直荒謬透頂，裡面沒有出現風箏，沒有河堤，沒有我們，當然也沒有什麼悼念或記憶或其他可以畫上等號的意義。

為了糾正荻荻，我打開電腦裡儲存的資料夾，新建立一個文稿。我必須接著寫下去以導正並彌補我們喪失的夏日記憶，本來是希望荻荻能幫我這個忙，不過她徹徹底底誤會了我的意思。我打算書寫關於這架風箏的故事，但在接續寫到風箏以前，我得先寫下發生於風箏之前的事情。

其實我想說的是一個祕密，我和荻荻的祕密。某一天我無意發現電腦信箱裡躺著一封圖檔，點開來是一幅由針筆虛線畫成的裸體，那女人的身體與背景都純白如雪，我此生第一次看見這樣的圖，愣在原地，突然感覺我自己的身體因為燥熱而逐漸融化。

「欸這是什麼，傳這個給我幹嘛？」

「該死！被你看到了，這不是你該看的，我以為我已經把它刪除了。」

「怎麼可能。」

「什麼怎麼可能。」

「妳怎麼可能畫妳自己。」

「我可沒說這是我。」

「這是妳，我認得出來。」

「好吧，這是我。」

「但是怎麼可能。」

我不可置信居然有人想得出裸體自畫像這種主題，而剎那間我的心，彷彿突破了離亂的思緒，像被暗示了一種極狂烈的引力而不得不傾身奔投向它那般，毫無頭緒地搏動。

「聽好，我這輩子沒嘗試過在工作以外的時間畫畫，也沒做過那些無聊主題以外的題目，例如人體。我不知道會發生什麼事，所以你在我弄清楚前不准宣揚出去。」

「我沒打算說。」我告訴荻荻，「我也跟妳同等恐懼。」

「要記得我們不可以得寸進尺，再繼續碰觸規則邊界的話，別人絕對不會接受我，當然也不會接受你。」

「就因為我看了妳的圖？」

「是看了你不該看的圖。」她說。

我決定就以這則故事為開頭，寫一篇小說回應荻荻傳給我的漫畫。

陳有禮從夢中驚醒，她夢見自己在一座荒蕪的城市，在許多機械手臂之中奔跑閃躲，並目睹一輛公車被手臂吞噬。她用手支撐身體，坐了起來，這時又一陣熱流竄上她的背脊，是與方才夢中冰冷恐懼的機械工業完全相異的知覺，陳有禮走到鏡前，褪去衣服，訝異地發現自己的身體如此純白而亮滑，她心血來潮試圖描摹自己身上的曲線，以及光。光芒透過窗戶框住陳有禮，從她的眼中望去，那是種長久存在於存在之外的禁忌，使她的雙手微微顫抖著。

畫完以後便存檔，可是又隨即覺得那張圖畫十分背德，就像在侮辱這座城市所奉行的價值觀，她知道這座城市在自己出生前就已宣告藝術滅絕，於是陳有禮將檔案刪除。不久後，就收到冥王星對她的訊息留言。

我寫到這裡，把文稿傳過去。而後突然想起風箏死去之日的前一天，那時候我坐在荻荻身邊靜默望著天空，荻荻身上有河流的氣味。

荻荻讀完稻荷寄來的文檔，在家裡瘋狂咒罵稻荷。「我畫那張圖的過程根本不是這樣，而且明明就警告他不准再提。這個智障。」

她記得在葬禮上是稻荷自己向她要求畫圖的，彼時她反對，因為風箏已經死了，最好的方法就是遺忘她。不過荻荻明白，這個人，如果不先順應的話是無法被改變的。然而這封文件，卻只顯示他膚淺又操之過急的性格，甚至拿他們兩人的祕密做文章，荻荻氣憤地想。

她用畫筆勾勒出那個女孩，既然稻荷稱她為陳有禮，那就是陳有禮吧，荻荻用繪筆梳好有禮的長髮，兩三下解決這個角色，然後開啟另一個圖層畫冥王星，冥王星的頭髮能夠被紮成一束，臉龐是骨感的，一下子就完成。

構思故事時，荻荻想起她畫完自畫像的那幾日，有如被重新汰洗過一般，突然可以清晰地觀看她所居的這座城市。她所居住的這裡現代化、理性、效率，市民信任堅不可摧的事物。她的工作內容是不停臨摹橋梁、屋宇、城市、山脈，但是沒有人群。不能畫人群，不只是因為沒有人想得到，也是因為沒有人膽敢去想原來人也是能被畫的。

這裡的職業是單純且可預期的，銀行行員、工廠產線人員、交警、超商店員、公車司機、半導體工程師、醫生、律師、軍人，每種職業都有其存在的必要性，荻荻不曾懷疑過這點，每個市民選擇自己喜愛而適合的工作，當然，都是些目的與效用的明確選擇題。

想到這裡，荻荻畫了五頁的連環圖，將她所記得的每一種職業描摹出來，並列於兩側，陳有禮與冥王星兩人並肩穿過其中。陳有禮穿著紅褐色的吊帶褲，白色短袖上衣，冥王星則是格紋襯衫，兩人面貌雪白，身體看上去有些輕飄飄的質感。荻荻臨時起意，在這條長廊的底端多增加了一幅小圖，預留給稻荷接下去，那是一只破碎的風箏，就捧在陳有禮的手上，垂軟像一隻離水的熱帶魚。

冥王星帶著有禮走進他的工作室，請她把風箏放在桌上。

「妳是在哪裡找到這只風箏的？」冥王星問。

「在長廊的盡頭。」陳有禮說，「你能夠救它嗎？我不懂風箏，但我看過其他風箏飄蕩在天空的模樣，我可以畫給你。」

「沒關係，我有辦法修理。」

「這只風箏是不是從大樓掉落下來的？是不是那些抓星星的風箏之一？」

「我不知道，如果是單純從大樓掉下來，也不至於傷成這個模樣，我認為是被蓄意破壞的，它的骨架曾經被替換過，是劣等品，難怪飛不遠。我來幫忙重製一個。」

陳有禮問，難道你要做一個複製品嗎？我會造出一架一模一樣的。那就是複製品啊。複製品難道不好嗎？

「你乾脆直接研究一架新的吧。因為根本不可能有複製品存在，那充其量只算得上外型的臨摹，已經不是原來的風箏，執意這麼做反而是種侮辱。」她說。

冥王星沒有回答，靜靜坐下來端詳風箏，接著開始敲打，縫補，黏製，放任陳有禮自己在工作室晃蕩。有禮一一檢視牆上懸掛如標本般落魄而衰敗的模型，自言自語念著她所讀過的幾行詩句，並且驚訝地發現，有些時候詩句相比於眼前的景物會顯得黯然失色，風箏是這樣一個會讓詩句黯淡下來的東西。

過了很久，冥王星才站起身。在完工時看起來像是已聽取了陳有禮的意見，造出了完全嶄新從未見過的新風箏。

「我們來把它放回大樓頂端。」冥王星說。

那棟高樓位於城市的鬧區，中心商業區不但橫向輻散，也在垂直的高度間建立起繁華與邊陲的分界，二十樓與五十五樓之間充斥著燈光明媚的玻璃窗，以上則漸漸黯淡。放風箏的平台就在一百零三樓，是一個闃暗的空間，那裡只有風聲颼颼橫越，閃躲過亂立的鋼筋與梁柱，頂著風箏，使它們看起來像在無重力之中漂流泅泳。

冥王星和有禮覓了一個空位，綁好風箏，有禮把它捧在懷中，等冥王星向她示意放手，就使力朝暗空中一拋，隨後風箏回到天空，流星竄於那無數的浮游鱗翼身旁，每經過一顆星，風箏們就整齊地點頭款擺。

「冥王星恭喜。」陳有禮說。

「沒什麼值得恭喜的，我的工作就是這樣，天天放風箏，然後乾巴巴地等待它們抓住星星，兌換成一樓跑馬燈上的數字。就算是排行第一名，也沒人認識我。」

「我認識你啊。」

「那妳的工作呢？是什麼？認識妳的人多嗎？」

「我是繪圖師。用望遠鏡觀看城市，然後畫下來轉述給市民。」

「市民不會自己看嗎，他們不會像我們登上樓頂看一看就好嗎？」

「他們當然會看，只是看過就忘了。他們相信我能畫出可信的圖畫，比起自然，這座城市更相信我。」

「妳的工作就是畫那些建築、道路、山脈、河流、海岸。就跟市長辦公室那些資料配圖一樣。」

「對，還要注明海拔、深度、風向、氣溫、路名、建照。」

「做這些事情到底是為什麼。」

「大概是幫助市民歌詠自己住的地方多繁華多壯闊吧。」

「不會無聊嗎？」

「我們和市民都不會想像什麼是無聊，什麼又是有趣。」

「妳騙人。妳明明聽得懂無聊的意思，而且強烈地這麼覺得，否則哪可能會畫自己的裸體。」

「你不該再曲解我畫那張圖的用意了，根本不是你想的那樣。」陳有禮嚴肅地說，一手握拳捶在冥王星的肩窩。

我按下發送鍵。

這次陳有禮的臉上多了一絲血色，氣色變得更好，淡淡的粉橙揉雜淺紅筆觸輕點在她與冥王星的臉頰。他們換上了牛仔褲裝，就像獨立於這座城市的兩個旅行者，誤入了錯誤的登機門而被意外送至此地一樣。這座城保有一貫的肅然，雖然燈火通明，然而在接近地面的那幾層樓，環境與夜空一樣漆黑，彷彿霉氣的雨林。

陳有禮看見前方城區的轉角有光，微弱的一盞泛藍的光，燈下站立著一群神色黯然的人，其中一名留著鬍鬚的老人轉身看向他們，並伸手驅趕。冥王星和有禮躲進街巷的凹處，那裡正好有一個缺口可向外探望。

他們看見那是某個市民與他的家屬正在舉行葬禮。雖然是葬禮，但所有人都沉默不語，嘴唇緊緊連成一線，有時甚至消失，面色呈現蒼白的弧形。沒有音樂，沒有舞蹈動作，連稱得上儀式的行為也有所欠缺。陳有禮記得去年她的鄰居祖母過世，整個葬禮的過程也與眼前這一家人相同，彷彿他們安葬的是一台冰箱，或者洗衣機。

住在城市裡的人一旦宣告不治，從醫院被送出來，就會被推到暗巷裡的熔爐，那時家屬將列隊在亡者身邊，分配所有亡者留下的物件與無形的資產，且全程氣氛肅殺。然後，亡者的棺材被推進爐子，爐子裡有數隻陳有禮夢過的那種機械手臂，開始拆解棺材，並一一吞噬。礙於爐裡四竄而出的火光，有禮與冥王星看不太清楚，只知道確實是由機械手臂拆解裝配繁複的棺材與亡者軀體，最後以火焰燃燒。

冥王星轉頭與陳有禮對視，眼裡投映出有禮的臉，比有禮實際的面貌更加澄澈透明，而在她無限深邃的瞳孔當中，彷彿有一處安全可容納兩個人的地方供他們隱藏。他們發現自己不太能理解這些市民，以及那些過去覺得正常的行為，因為市民與兩人已在過去的某一刻分道揚鑣，冥冥中互相抵斥著，確切地說，是自從他們「突破」以後，就再也不可能停留於此了。

兩人感到前所未有的孤獨。他們行走於窄仄而荒棄的街路，大樓與大樓之間夾成峽谷的天空偶有流星閃逝，總在一瞬間照亮他們的身體，全身覆上金色的光，光芒離開後手裡仍濕濕的，彷彿光芒確實沖刷過這裡一般。

畫面滿滿針筆的線跡和淡霧的色彩，陳有禮再也掩藏不住懼怕的神情，逞強是有極限的，她突然轉身向著冥王星，並踮著腳，用手掌將他的雙眼遮起來，有如遮蔽了整個宇宙。圖畫中有禮親吻了冥王星的唇角，針筆的線段如虛線，篩去無可描摹的祕密，油墨最深處，是個比深夜凝視著一隻貓時更理想化的時空，也許是到不了的地方。

然後城市巨大電視牆的光芒從街巷的盡頭滲了出來，一號風箏摘取分數再次攀高，那些噪音被自動轉換成某種怪異的頻率，冥王星聽得特別清楚。他抬起頭，擠壓成一線的天空，流星的橫越像是燈泡，微弱的燈泡，所有的衝擊力道都被高樓的距離給稀釋，冥王星因此感到不真實的錯覺，以為風箏的事情事不關己。

這一個星期以來我和荻荻互相傳送了幾篇作品，我寫給她的都是文字而她再回傳漫畫給我，我們兩人重構了一則關於「突破」的歷史紀錄，經過反覆的再確認，我相信荻荻跟我如今的處境，不但是機率，還是意外的體現。

我愛風箏，風箏的死亡讓我感到痛心，每夜我都躲在棉被裡哭泣，荻荻說得對，要她畫下來只會使我更陷溺於死亡這引人鼻酸的情緒裡，即使她傳來的圖中很少出現風箏。上次，我在寄給荻荻的文稿裡將我們曾經修補且登上樓頂放風箏的經驗寫進去，我安置了一串交織的對話，關於我們的工作。而就在我剛好看完這篇關於葬禮的新漫畫後，便立刻接到荻荻的電話，她說我不應該按照真實發生的經驗書寫，倘若一切都依循真實，那這我們體悟的所有都將成為命中注定，突破是注定，風箏的死也是注定，我們不再是城裡獨特幸運的人，如此一來悼亡就無法讓我們解脫。

我告訴她，我書寫的內容是奠基於真實經驗沒錯，面對真實是療傷最好的辦法，而妳也應該像我一樣，不要去寫什麼機械手臂，不要去捏造一場根本沒有發生過的葬禮。

「葬禮曾經發生過。」

「可是妳將葬禮美化得彷彿市民有感情一樣，我們當時看見的明明就是他們直接把屍體分食掠奪並以莽撞的方法扔進火爐。」

「你或許喜歡紀實。但我傳給你的圖畫才是通向解脫的途徑，你的文字除了把烏煙瘴氣的現實重述一次以外還能做什麼？」

「妳的圖畫分明是迷霧，我的文字才是救贖。」我對荻荻說。

「那你一開始就該這麼有自信地告訴我，你的文字比我的圖畫更厲害。」

「因為我相信妳。」我深吸一口氣，「所以我想妳幫助我們從死亡的鬱悶中解脫。」我說。

掛上電話以後我獨自呆坐了好久，我知道我們此刻的身分，即便有多少外在的言語修飾，也掩蓋不了人性本身的憂懼。那一刻，當下的我與從前的我同時自內心的深處狂呼亂喊，兩種聲線交疊在我這個生命軸線上，讓我彷彿可以看見過去，關於「突破」前那默片般消失的生活。順著思緒的衝擊，我放鬆自己緊密糾纏成一球的生命，任靈魂被沖向回憶重現的空間。

我最先回到的是我的風箏工作室。那是一方幽暗的空間，天花板制式化地被分割，四盞日光燈安裝其上，不亮不暗，狹長的燈管平均地放出顏料似的白芒。工作室裡氣味難聞，每天都有數只風箏等待維修，有一條長長的輸送帶會將它們推送過來，我們每個人經手後，再交由下一人繼續完成工作。工作時全程安靜，空間的牆壁有幽暗的綠色質調，牆壁吸收回音，有時我們會因過於安靜而感到暈眩。我們的市長阿拉瓦希說，即使是做風箏這類沒有效用的工作，也值得一個靜默的空間來從事。

那個工作室有許許多多和我一樣的放風箏的人，每晚，我們就會登上樓頂巡視摘取星星的進度，我們時而在流星的炮擊中遍體鱗傷，那彷彿流彈的霓虹螢光會鑽進我們瘦弱的軀體之中，時而閃過被氣流支配的風箏，以防遭推落高樓。以前我從不覺得這份差事有什麼特殊之處，它簡直是這城市裡最卑微且沒必要存在的職業，就算有哪一只風箏真的創下史無前例的紀錄，城市的運行也不會有任何改變，反之亦然，我與同事們不知道何謂悸動，不知道追逐，不知道如何體會無趣與無意義，日復一日重複呼吸呼吸著。或許那也算是某種殭屍吧。

我的回憶在腦海裡被從眼睛透進來的日光照到過曝，有些模糊不堪的細節已無能追究，只能確信從未有放風箏的人會為風箏墜落而悲戚。我會注意到這點，是因為在看見了荻荻的裸體畫以後很長一段時間處於極為痛苦悲傷的情緒之中，我彷彿了解自己的生命有一整段是白白活著的，而在醒悟之後，回頭發現時間的巨輪已朝著自己輾壓過來，我喪失了最單純的對世界的感知並變成按時上工的機械齒輪。那複雜的悲痛之中，我的同事們對我不聞不問，他們顯然也不明白何謂悲傷，然而知道他們不明白痛苦卻是使我更為痛苦的理由。這城市的市民不對死亡有任何情緒表現，也沒有任何不表現情緒的原因，我發現這個無奈的事實之後，又躲起來野蠻地哭泣了一場。

我想就是這樣了，掛上電話以後我呆坐了很久，接著決定趕快完成要寄給荻荻的小說後續，我有預感，這場圖文接龍已經即將抵達風箏死亡的那一日了，然後，我們就會結束永無止境的追憶，不再被各種插曲干擾。

陳有禮接到一張傳單，急忙拿來給冥王星看。

「阿拉瓦希要競選連任了。」有禮說，「今天晚上在廣場辦造勢，你要不要去看看。雖然不知道以我們的現況能不能投票。你要去嗎？」

「妳又不是第一天認識我。我從不去政治造勢。」

「那投票日你總得出現吧。」

「會的。」

陳有禮走進廣場的人群中，現場與其說是在辦造勢，不如說那是戶外的商業會議，每個人都西裝筆挺，缺乏任何激情的爆破的與煽動性的吶喊。阿拉瓦希站在鋪了紅毯的平台上，握著麥克風對底下群眾說：「往年的這個時候，大家應該早就結束選舉了。然而在今年，因為國家局勢動盪，遲遲到了此刻才舉行，在你們當中或許有些人，在經歷這樣子的一年以後，開始認為我們正走在錯誤的道路上，對我們的前輩祖先決定消除藝術、擁抱效用的政策擬訂是遲疑的。但是我要告訴你們，這個遲疑本身，就是藝術帶來給我們的遺毒，潛藏在我們的基因裡，是必須被超越的東西。而超越了它，我們的城市才會真正進入卓越的時代。請大家在後天將你們的一票投給我，我一定會帶領你們擺脫痛苦。」

台下傳來整齊畫一的掌聲。

陳有禮聽完，從人群之中轉身，阿拉瓦希的聲音仍然在她身後播放著就像循環不止的廣告。她明白阿拉瓦希的話語意味著，這座城市即將迎來一場密不透縫的監管，以防止任何一絲不該存在的情緒逃出他們口中的效用與意義。

「我們有可能是歷史上最後的突破者喔。」冥王星真誠地說。

「我們會不會被清算啊？」

「那要建立在別人知道我們是突破者的前提上。」

「欸冥王星，你覺得那些人懂選舉嗎？」陳有禮問。

「當然懂，他們對這種事擅長極了，說不定我們還比較不懂呢。」

「怎麼說？」

「因為不管怎麼選，我們都離不開這裡。」冥王星緩緩抬起頭，「萌生離開想法的人在這座城市是不堪一擊的。」

窗外持續傳來阿拉瓦希的聲音，群中此刻終於興起了些許的鼓譟，彷彿這些歡呼聲已足夠阿拉瓦希當選似的。而一切的聲音，包括陳有禮與冥王星，都在不知不覺中融入星夜的背景，冥王星心想，這樣的日子已逐漸在倒數，當歸零的時候，或許他們將會面臨比死亡還要恐怖的未知也說不定。

開票結果出爐後，他們覺得這座城市確確實實要將他們驅離了，雖然從來沒有人這麼說過。陳有禮這一夜都待在冥王星的房裡，她的身體又褪回有如月光的蒼白，冥王星撫摸著她的手，他們兩人遠遠看去就像兩條蜷縮的蟲。阿拉瓦希當選了，並且開始推廣他的功利主義政策，挨家挨戶上門要求登錄個人資料，那天他找上門時，冥王星衣衫不整地上前開門，阿拉瓦希透過門縫看見陳有禮匆匆拉上棉被，眉頭一皺嘖了一聲。大概是嘖給冥王星聽的。

從那時起他們就常常膩在一起，他們時常眼睜睜看著指針滴滴答答旋轉。越是在玄異詭譎的城市，冥王星就越是渴望擁抱陳有禮，好像只有那樣，他才能放心地度過不確定的生活。

荻荻寄過來的漫畫就和我所想的一樣，她用針筆與水彩畫了兩個人赤裸偎依在一起，雙手抵著對方彷彿要從彼此身上摘下星星，雖然星辰在窗外，星辰在雲端，但冥王星與有禮的動作與神情就像他們堅信對方的身體是通向天空的路。

我滑過那幾張沒有著色的裸體，我霎時發覺冥王星是我，而陳有禮則是荻荻，劇情的演變就和我們那天一模一樣。我記得當晚我們裹著棉被聊天，她撐著身體問我會不會後悔這一切的發生。我告訴她，不會，如果不是遇到妳，我大概永遠也不會認識這世界獨立於城市的真實樣貌，雖然代價很高，但我從不後悔，在這裡，這已經是我們能做到的極限了。而在漫畫中冥王星也是這麼和有禮說的。

「冥王星請你回答我。」有禮問，「是成為這麼大逆不道的人不後悔，還是和我一起成為這樣的人不後悔？」

「妳難道覺得這兩件是不同的事情嗎？」

「我正在等你回答。」

「不知道為什麼，每次觸碰妳，都讓我感覺自己正在創作。我們已經好久沒聽過有人在創作了，就像妳昨天盲眼摸索冰箱裡剩下的冰淇淋一樣。」

「其實，我和你的關係就是我們與這個世界的關係。我覺得凝滯的現況會使人熱切想要找到與自己相似的人。」陳有禮說。

「妳有沒有想過，如果我們能活好幾千年，而且永遠都活在這種狀況下會怎麼樣？」冥王星問。

「你說呢？」

「這就像是妳有數千年抵抗這個世界，但永遠處在差一點點就能成功的狀態。」

「所以注定是要失敗的嘛。我會很想去死。」陳有禮眨了眨眼，眼睛一亮轉頭問我：「那如果一切在『突破』發生後就剎然結束，你還願意當個突破者嗎？」

「理性一點回答的話，突破不過就是機率問題。但是在我的內心，卻覺得突破本身就是突破最大的意義了，因為它叫我們受苦。」

有禮掀開棉被，起身去拿畫本，並叫冥王星坐起來，她幫冥王星擺好姿勢，拉了張椅子並開始為他素描。有禮勾勒出冥王星身體的肌理線條，一切暴露在外的優點和缺點都不加掩飾，誠實描繪出真實的冥王星。

「這是比畫妳自己還要禁忌的事情嗎？」

「很可能喔，畫另一個人，就不得不拿藝術當藉口了。」陳有禮說完凝視著冥王星的臉，讓他心中湧上一股羞恥。

「妳可不可以告訴我，那時候妳是怎麼畫自己的？」冥王星有意無意地拋出問題，沒有期望得到解答，更像是問給自己聽的。

她從畫本後嗯了一聲，便將畫轉過來展示給冥王星看。很好看，他說，這樣的話我就是跟妳一樣的人了嗎，我們都不可避免地藝術化了。陳有禮沒有回答，用雙手環扣住冥王星的脖子，輕輕貼近臉頰。

「我們還得變成同一個人。」她告訴他。

隔天不幸的消息傳來，那是在他們兩人打開電視時，第一時段播報的新聞，冥王星摯愛的風箏因為違規追逐高速流星而被阿拉瓦希下令擊落，當場跌落死亡，冥王星一聽，閃過某種受到報應的醒悟，因為他昨日太過放縱，於是必須以風箏的殞亡來贖罪。

「這並不是罪，」陳有禮彷彿看透他的心思，抱著冥王星說，「我們做我們所相信的，不應該受到這座城市的市民的處罰。我們跟他們不同，冥王星，你相信我。」

「我很害怕。」

「我也跟你一樣惶恐不安，但是害怕正是我們最應該呵護的情緒，不能忘記那些最黑暗最齷齪的欲望和恐懼，否則就跟阿拉瓦希那些人沒兩樣了。來，我們為風箏舉辦一場葬禮。」

他們兩人利用整個早上布置家裡，將白色的布幔垂掛於房間，窗櫺的陰痕摺皺投射在布上，像極了扭曲的人臉，這些人臉看起來都具有不屬於這座城市的靈性和溫和。有禮撕下一張白紙，畫了一架冥王星此生看過最美麗動人的風箏，裱框起來，而平時打造風箏的工具也都摺疊好排列在桌上，又在兩瓶束口玻璃瓶裡倒滿水，各插上一束風箏般的花，並綁上緞帶。這是一間莊嚴的靈堂，以悼念一只不顧這世界降下的荒謬規則，用盡生命飛行的風箏。敬你，風箏。冥王星說。

「我們完成了。」荻荻說，走過來，站在我身旁。

我逐一回頭檢視我們交換過的每一篇漫畫和小說，逐步回顧，作為風箏意外死去後的追憶，照理講應該已經成功了才對，我們完整地重構了從突破開始，直到風箏墜亡那天以前的數個場景。「可是不知道為什麼，我想起風箏，還是感到難以彌補的空虛。」我告訴我的荻荻。

「這本來就不是一件容易的事。」她說，接著俯身瓢起一手掌的泥土，那是覆蓋在河堤旁墓地的軟泥，距離上一次我們一同前來已經過了一個月，這塊墓地仍沒有任何別人靠近的跡象，仍是專屬我與荻荻的哀悼的靜默場域。

「在漫畫的最後，妳還是擅自更改了風箏的死因。」我說。

「雖然那並非事實。」荻荻深吸一口氣，「卻是比真實還要合理的情節發展。」

「妳寧可改編故事，改成讓市長追殺我們，也不願意承認風箏是自己掉下來的。」

「稻荷，你知道嗎，我一直想告訴你，我真的好罪惡。我每一天醒來都希望自己真的做錯了，這座城市才是對的。可是我明白自己並沒有錯，這卻讓我更加難受。」

「謝謝妳鼓起勇氣告訴我這些。但我其實是以比妳更誇張的程度在惶恐著的，第一次收到妳的圖時、看到火爐焚化廠時、投票日時，我都害怕得無法言語。我想只能用文字把一切告訴妳，後來發現，原來藝術正在把我們引導回藝術裡頭去。」我說，「我們沒救了。原來沒有生路是這種感覺。」

「剛開始的時候，我排斥畫圖，那是因為我不相信自己。」她說。

「妳一直都是我心目中畫得最好的人。」

「她完成你跟她都希望的事，卻也硬生生把事情搞砸了。」荻荻突然用第三人稱說話，「她沒能讓彼此解脫，她沒有辦法化解彼此滿腹的空虛。」

「妳也會覺得空虛嗎？」我反問。

「是的。」

「為什麼情感越豐富的人反而越空虛呢。」

「對於我們來說，這個世界簡直是扁平的，所以當風箏死去，風箏的形象突然變得立體起來，我們就像是找到第三個如我們這般的人一樣。只可惜在找到的同時，她也已經不復存在了。所以我感到空虛。」

荻荻口齒清晰地梳理隱沒的，底層的，潛伏的規則給我聽，我則安靜地望著她，聆聽那些語言被編織成稍縱即逝的現實。「妳對一切都瞭若指掌。」我說。

「所以我也體會了相應的深層恐懼，一直到現在還是有黑暗的觸爪在我的腦海作祟。」荻荻說。

她彎腰，微微瞇著眼，盯著之前立在小丘上的墓碑，那上頭已覆蓋了一層粗糙的沙土，還有下過雨的痕跡。「這墓碑髒得很快欸，我們應該來換一個。」這一回荻荻並沒有問我的意見，直接在新的木板上寫了「荻荻與稻荷之墓」。

「妳這樣暗示我們不再高飛，不能再追逐星星真的好嗎？」

「噓。」她指著我，「我們要學冥王星跟陳有禮那樣啊，敬你，稻荷。」

荻荻握住拳頭，做出像拿著酒瓶般的手勢，朝我這邊假裝碰撞，我猶有一種未得到答案的斷片感，我不知道她的心思，只覺得她手中的隱形酒瓶幾乎一不小心就會傾倒，將裡頭滿滿的酒酹灑在地。瞬間，我乾渴而龜裂的言語闖出了腦海，就著某些微妙且即期的衝動爭先恐後地表達自己，而那時天高雲闊，摩天大樓反射日頭光芒，更加無情炎熱。

噢我的荻荻，即使未來千年萬年我們只能處於這個不善待我們的城市，我還是會記得這個夏天我們努力悼念過的那只煙消雲散的風箏，敬妳，荻荻。

——本文獲二〇二二年第十一屆台中文學獎．小說首獎

陳禹翔，二〇〇三年生，現就讀台灣大學人類學系，曾獲台積電青年學生文學獎、台中文學獎。

附錄

一一一年年度小説紀事線上版

邱怡瑄

九　歌　文　庫　1401

九歌 111 年小說選
Collected Short Stories 2022

國家圖書館出版品預行編目（CIP）資料

九歌小說選. 111 年 / 楊富閔主編. -- 初版. -- 臺北市 : 九歌出版社有限公司, 2023.03
面；　公分. -- (九歌文庫 ; 1401)
ISBN 978-986-450-537-1(平裝)
863.57　　112001167

主　　編——楊富閔
執行編輯——李心柔
創 辦 人——蔡文甫
發 行 人——蔡澤玉
出　　版——九歌出版社有限公司
台北市 105 八德路 3 段 12 巷 57 弄 40 號
電話／02-25776564・傳真／02-25789205
郵政劃撥／0112295-1

九歌文學網　www.chiuko.com.tw

印　　刷——晨捷印製股份有限公司
法律顧問——龍躍天律師・蕭雄淋律師・董安丹律師
初　　版——2023 年 3 月
定　　價——420 元
書　　號——F1401
I S B N——978-986-450-537-1
9789864505425 (PDF)

本書榮獲 台北市文化局 Department of Cultural Affairs Taipei City Government 贊助

-986-450-537-1 (863.57)
九歌出版社
定價｜420 元
書號｜F1401

年度小說選自成時區，在有限的斷代中，記錄台灣小說發展至今，每個節點曾蘊藏怎樣的可能。閱讀選集除了重返時空現場，更可對照作家的寫作脈絡，重新發掘意義，努力溢出「年」的界限。

不同身世、血緣與文化的人群共居此地，各異的過往閃爍靈光，共構繁複多層的文學圖景。阮慶岳〈作孽的人生〉中，只諳福州話的婆雖自默於記憶與世系，仍是絕對真實的靈魂與骨肉。許猷平描摹文史工作者探詢廟宇歷史，虛實交錯拼湊〈十一公〉的由來與紮根土地的記憶。桂春．米雅深入部落，當〈山風〉吹起，便是跟著祖先回家的時刻。蘇朗欣刻畫飄搖年代香港青年的生命歷程，鍥而不捨的拍門呼喚化作街頭一記〈右直拳〉，儘管疲軟無力，卻是記憶中彼此攙扶美好的仗。

身處異質的時空，小說家用文字渲染獨特氛圍與質感。以金門營區陰涼潮濕的〈坑道〉為背景，姜天陸描寫惶惑荒謬的軍旅現場。王仁劭〈三合一〉用近乎殘酷的細節呈現養鴿文化，賽鴿獲勝而回，需要哪些條件？而當情感迷航，又要如何才能返家？當島嶼女子與遠嫁吐蕃的文成公主交會於高原，於梵音與雪光中跨越千年，那是鍾文音所述〈蝴蝶所愛的少女〉。

周芬伶〈河流的永〉綰合台北水系的身世與纏結於女子身上的兩段感情，在生命終局，是誰仍受困於愛的大樓？插畫家作品中的無名團塊隨戀情逝去而生，陳柏煜〈愛的藝術〉映照關係的失落，也追索藝術創作原初的幽微生發。林楷倫筆下的主角被不存在的〈豬味〉禁錮，磨損的關係如腐臭縈繞屋室，久久不散。

如何用文學性的手法演繹思考、探討論題？前往國際機場的車程形成特異的空間，張亦絢〈上路的遊戲〉呈現一段「在路上」的自我詰辯，島國上人與歷史的錯綜，在每次離開後也將更加明晰。吳佳駿〈川上的舞孃〉環繞文學翻譯展開，叩問在斷裂的語言間，「好的翻譯」是否存在？人與人的理解是否可能？陳禹翔〈我們對於風箏的悼念方式〉則用極度象徵性的語言，折射出對當代失落價值的思辨。

111年度小說獎由廖鴻基以〈雙魚〉、〈赤那鼻〉、〈桃花〉、〈食戒〉獲得。海魚入夢，魚生與人生交織，變造成非現實的敘事，卻隱隱然指向對現實的諭示。篇幅短小卻意蘊豐富，呈現小說家打磨的精湛手藝。

九歌111年散文選
言叔夏主編
定價450元

從整年度的散文創作，精選出四十三位作家具代表性的佳作，分為六大類：求投餵、自由、等孩子長大、新生、一支軍隊在路上、這樣也很好。許多篇談及二、三十代青年的職場生活。黃昱嘉〈鴿籠〉、黃胤誠〈求投餵〉、沐羽〈隔間裡的Bullshit：兩部平行的上班族歷史〉，精準而靈巧地描繪了三種工作場域。李欣倫〈頭朝下〉精準而又尖銳地刻畫出女性婚姻生活中的各種圍籬與界限。
本屆「年度散文獎」由陳維鸚〈等孩子長大〉獲得。

主編 九歌
說選 楊富閔●主編

富閔●主編 九歌

說選 楊富閔●主編

ISBN | 978